新潮文庫

# 小暮写眞館

上巻

宮部みゆき著



新潮社版

12026

# 上巻　目次

# 下巻　目次

# 小暮写眞館

上巻

# 第一部

# 小暮写眞館

*1*

〈――ところで、新しい店の住み心地はどうよ？〉

テンコからの携帯メールである。映画の無料券《ただ》をもらったから今度の日曜にどうよ？　という用件のケツに、付け足しの一文だ。

花菱英一《はなびしえいいち》は、足を止めて素早く返信を打った。ちょうど駅の改札にさしかかっているところだったので、師走《しわす》の忙しい人たちの邪魔にならないよう、礼儀正しく脇《わき》に寄る。寄らずにいられない。それにはちょっとした理由があった。

この春、つまり英一が都立三雲《みくも》高校の一年生になり、携帯電話所持解禁となったばかりのころのことである。家族で近所の中華料理屋へ食事に行く途中、歩道を歩きながらメールを打っていたら、横にいた父の花菱秀夫《ひでお》がいきなりケータイを奪い取ると、ひったくりのごとく走って逃げた。何が起こったのかわからずぽかんとしている英一を置き去りに、百メートルばかり走って姿を消し、三十分近く経《た》ってからやっと現れてテーブルにつくと、はあはあ言いながら、

「花ちゃんのケータイ、隠しちゃったからな」

得意そうに宣言した。

「歩きメールは駄目だって言ったろ？　ルールを守らないからいけないいんだ。猶予《ゆうよ》はきっちり二十四時間。自力で見つけられなかったら、没収だよ」

「あらタイヘン」と、母の花菱京子《きょうこ》がちっとも大変そうではない口調で言った。「花ちゃん、ご飯食べたら探し始めないと」

ちょうどその時、店員が前菜の盛り合わせを運んできて、回転テーブルの真ん中にどんと置いた。英一は、両親と弟が嬉《うれ》しそうに料理を取り分け始めるのを見つめつつ、これまでの十六年間に何度となく考えたことを、また考えていた。

オレはまだ、この両親に慣れられない。

二人とも、いわゆる奇人変人の類《たぐい》ではない、はずだ。父は二十数年もひとつの会社でサラリーマンを続けている。母は英一のときも、弟の光《ひかる》のときも、小学校でＰＴＡ

の役員をやった。光については今もやっているはずだ。どちらの学校でも、あの奥さんはどうにも変わった人だという風評がたったという事実はない。

だから二人とも常識人なのだろう。ただ時々、こういうことがある。内弁慶という言葉があるけれど、うちの親たちの場合は〝内変人〟というべきだろうか。

その時は結局、光の知恵を借りて、期限内にケータイを発見することができた。何のことはない、英一がそれを買った（買ってもらった）駅前の販売店に預けてあったのだ。駅前まで走って行って走って帰ってきたから、息が切れていたのである。

以来、英一は携帯電話を使う折には充分注意するようになった。言いつけに背いて歩きメールなんぞしようものなら、どこからともなく秀夫が現れて、またケータイを奪って逃げてゆくような気がしてしょうがないからだ。現実問題としては、そんなバカなことが起こるわけはない。それじゃあ秀夫はスーパーマンだ。だが、どうしてもそういう気分になってしまうのだから仕方がない。強迫観念というやつである。それほどに、あの時、英一の手からケータイをひったくって走り去る父親の後ろ姿は真剣に見えた。

でも、他人に見せたいものではなかった。

そもそも、自分の長男を、友達がみんなそう呼んでいるからといって、一緒になっ

て、

「花ちゃん」

と呼ぶのもおかしくはないか。英一が友人たちにそう呼ばれているのは、花菱という珍しい名字のせいである。しかし、花菱家のなかでは花菱という名字は珍しくもなんともない。デフォルトでついている。

この呼称が使われ始めたのは、二、三年前からのことだ。当時、オレが花ちゃんなら親父《おやじ》も花ちゃんじゃないの、と訊《き》いたら、

「父さんは、友達には昔からヒデちゃんて呼ばれてたんだ。今でもそうだよ」

「会社じゃどうなのよ」

「ビシさん」

職場の同じグループに、花田《はなだ》と花村《はなむら》という名字の人がいるからだそうである。

「いいじゃないか、外でも家でも花ちゃんで。統一がとれててさ」

ピカちゃんと一緒だ、という。確かに光は、〝ぴかぴか光る〟の洒落《しゃれ》で、赤ん坊のころからみんなにピカちゃんと呼ばれているけれど、それとこれとは意味が違うように思う。

「まあ、いいけどさぁ」

好きにすれば、と言っていたら、母親まで英一を花ちゃんと呼び始めた。当然のようにピカもそれに倣《なら》う。七歳も年下の弟に、ちゃん付けされるのはイヤだ。おまえ生意気だぞ、と言ったら、

「だって、〝お兄ちゃん〟もちゃん付けだよ。同じじゃない？」

ちゃん付けがイヤだという攻め方が間違っていた。

矛先を変えて母親に直訴してみると、

「お父さんと話してて、思ったんだ。母さんね、あんたのこと、ずうっと〝お兄ちゃん〟て呼んできたでしょ。それって良くないと思うの。まるで、あんたは〝お兄ちゃん〟という属性しか持ってないみたいだもんね。問題あるわよ」

いや、別にオレは全然そんなこと問題だと思ってないんですが。

「だけどオレは、母さんのこと母さんて呼ぶし」

「それはいいのよ。あんたにとって母さんは、丸ごと母さんだもの。けど母さんだって、職場じゃ〝キョーコちゃん〟なのよ」

花菱京子は、パートタイムではあるが、都心にオフィスを構えているけっこう大きな会計事務所で働いている。女性は京子一人で、ほかはおっさんばかりだそうなので、〝キョーコちゃん〟が有効なのだ。

「〝英一〟って呼ぶんじゃ駄目なの？」

「あんた照れない？」

母さんは照れちゃうわぁ、と言った。「だってガールフレンドみたいじゃない」

まだガールフレンドがいないのでわからないが、パンツ洗ってもらっている母親に照れられるのは居心地が悪い。再び、まあいいけど、ということになった。

さて、前置きが長くなったが、テンコのメールである。

もちろん、テンコも通称だ。彼の名前は店子力《たなこつとむ》という。英一とは小学校一年で同じクラスになって以来の付き合いだ。学区域に縛られる中学校まではともかく、高校まで一緒になったのは驚いた。都立三雲高校は、英一にとってはかなり背伸びした第一志望校だったが、テンコにとっては二次志望クラスのランクの進路だからである。

店子力。この字面《じづら》を見るたびに、英一はいつも、

（カスッてる）

と思う。「店」が「原」なら原子力だ。だからどうだというわけではないが、カスってはいる。

店子は花菱以上に珍しい名字だが、あだ名の付きやすい名字でもある。テンコは物心ついたころからテンコと呼ばれている。

英一は短い返信をした。

改札を通って地下鉄のホームまで降りてゆくあいだに、またメールの着信音がした。

〈店じゃねぇ。家だ。〉

〈映画おごるから、土曜日、あのスタジオに泊めてくンない？〉

英一は小さな液晶画面を睨《にら》んだ。電車がホームに入ってきたので、ケータイを畳んで制服のポケットにしまう。

スタジオじゃねぇっての。あれはリビングなの。

ため息が出てきそうになったので、意識して呑《の》み込んだ。この一件では、数え切れないほどため息をついたし、鼻息を荒らげたし、声を振り絞ってもきた。それらはすべて徒労に終わった。

それでも、今度ばかりは軽々に、「まあ、いいけど」と言いたくない。そう簡単に、いい、いい、いい。慣れられない。

新しい家。そう、花菱秀夫・京子夫妻は、この夏、結婚二十周年を機に念願のマイホームを購入したのである。転居は先週の土曜日につつがなく終了した。英一の通う三雲高校には、これまでの家よりも、新居の方がずっと近い。公立一本槍《やり》の英一とは違い、たいそうな試験を受けてパスして、私立朋友《ほうゆう》学園小学部に通っているピカは、転校の心配がないばかりか、これまた今までより電車通学の乗り換えの便がよくなった。

ローンの方は任せとけと、秀夫は言った。任せるも何もあんたの家だと、英一は腹の底で思っていた。オレは絶対、相続しないから。あんたがどんな家を買おうと自由だが、オレには残さないでくれ。

普通の家ではないのだから。

新居というのも、花菱家にとって新しい家だというだけで、家そのものは新しくない。築三十三年である。

世の中には、古家を買って改装して住む人びとがいる。わざわざ遠方の山のなかから、古式ゆかしい藁葺《わらぶ》き屋根の日本家屋を運んできて、我が家とする人たちもいる。英一も、それはわかる。自分の家なんだから、自分の趣味が反映されたっていい。それが持ち家の醍醐味《だいごみ》なんだろう。

だが、しかし。

現在建っている古家を壊してしまうと、建築基準法だの消防法だの計画道路だのあれやこれやのややっこしい決まり事に遮られ、同じ容積の家は絶対に建てられませんよ——と、不動産屋が太鼓判を押しているような宅地を、どうして買うのか。

そこに建っている家屋は、既にして資産価値が消失しているので、不動産情報シート上には間取り図が載せられていなかった。脇の囲みの詳細情報のなかに、「古家あり」と記されていただけだった。つまり売りものは土地だけだったのだ。

そういう家を、なんで買うのだ。

「補強して修理すれば、いい家になるよ。まだまだ住めるよ」

ままよ、百歩譲ってそれはよしとしよう。だが、それでもしかし。

「土台とか柱とか水回りとかの補修にお金がかかるからね、内装のリフォームは、最低限に抑えなくちゃならないんだ」

安心して住める我が家にするためだと、秀夫は言った。

「だから、母さんとも相談したんだけどさ、この家のお店の部分、そのまんま残して使おうよ。ユニークで楽しいしさ」

花菱夫妻が買った初めての、そして生涯唯一《ゆいいつ》になるであろうマイホームは、店舗付き住宅なのである。

「そりゃ名案だ。面白い家になりますよ。よかったね、坊ちゃん。お友達に自慢できるよ」

契約の日、仲介の不動産屋は、両親に挟まれてニコニコと座っているピカに笑いかけて、そう言った。英一は、狭い事務所の片隅でパイプ椅子《いす》に尻《しり》を載せ、旧式のエアコンが吐き出す冷気に、しょぼい造花の胡蝶蘭《こちょうらん》がだるそうに揺れるのを眺めていた。

その傍らでは、両親が決定的な書類に決定的なハンコを押して、決定的な署名をしていた。売り主は地味な五十年配の夫婦で、やっぱりニコニコ笑ってはいたけれど、それは驚きを隠すためだったろうと思う。そりゃそうだろう。誰が「古家あり」の「古家」を買うものか。

「私らは、あの土地、コインパーキングにでもしてもらうのがいちばんいいと思っていたんですが」と、売り主の夫の方が言った。本当は、コインパーキングぐらいしか使い道がない、と言いたかったのだろうと思う。

「あの家を残してもらえるならば、亡《な》くなった父も喜ぶと思います」

それは請け合いかねますけども、確かにうちの父は喜んでいます。心のなかで呟《つぶや》いて、英一は、今度もまた父親が彼の手元から、彼なりのマイホームとマイルームへの淡い夢をひったくり、脱兎《だっと》の如《ごと》く走り去ってゆくのを感じていた。

あのうだるように暑かった八月の日から、修理と補強の三ヵ月を経て、今日は十二月の三日。新居の最寄り駅で改札を通る英一の手には、新しいルートの定期券が握られている。

階段を上がって地上に出て、徒歩で五分。この点では、不動産情報シートに嘘《うそ》はない。駅至近。大型スーパーまで徒歩八分。そのとおりだ。が、嘘はなくても書かれていない事実はある。

花菱家の新居である店舗付き住宅は、そんな近いところに大型スーパーができたが故《ゆえ》に臨死状態になってしまった商店街のど真ん中に位置しているのである。

平日の昼間、緩やかに左右にうねっている一車線の道を、英一は一人で歩いてゆく。共に吹き抜けるのは北風だけだ。商店街というより、店舗用各種シャッターの設置経年劣化を示す屋外展示場のようだ。世間は忙《せわ》しないはずなのに、この静けさ。

引っ越しの手伝いに来てくれた時、テンコは、コンビニに飲み物を買いに行って戻ってくるなり、こう言ったものだ。

「『真昼の決闘』だね。だぁれもいないよ」

これから無法者とロートル保安官の対決が始まるからではない。この商店街では、無法者も含めてほぼ全員がロートルなので、みんなあんまり外に出ないのだ。出るのは医者通いの時だけである。

新しい我が家が見えてくると、押さえきれなくなったため息が出た。

補修はしても、古家であることは一目瞭然《りょうぜん》である。木造二階建て、モルタル外壁、一部タイル張り。この「一部」というのは、補修の結果ではない。もともとこうなっていたのだ。二階建ての家がビルみたいに見えるように、家の正面の部分に、四角い飾り外壁が付けられていて、瓦《かわら》屋根を隠している。この外壁に、タイルが張ってあるのだった。

父はこのタイルにも、飾り外壁にも固執した。これがいいんだ、と喜んだ。タイルだけ新しいのに張り替えなきゃならないけどね。

秀夫が固執したものは、まだある。この家の歴史だから、このまんまにしておこうよ、と。

出入口の向かって左側に、二畳分くらいの大きさのウインドウがある。正面のガラスははめ殺しで、ウインドウ内に飾るものは内側から出し入れするようになっている。そしてそのウインドウの脇、片開きの入口のドアとのちょうど真ん中に、重々しい存在感をまとって、もうひとつのものがある。

タイル張りの壁面に打ち付けられていたので、張り替えの時は、工務店の作業員がいったん外した。それを秀夫が、わざわざまた元の位置に付け直してもらったのだ。何でだよ、と思った。外したんなら外したまんまにしときゃいいじゃないか。

「外したら、これ、ただのゴミになっちゃうんだよ。もったいないだろ」

もったいないって、こういう時に使うべき言葉だろうか？

問題の「これ」とは。

縦が二十センチ、横が八十センチ弱。厚みは一・五センチ程度の合金製。銅が混じっているのか、ところどころに緑青《ろくしょう》が浮いている。風雨にさらされ、年月に削られてはいるが、そこに浮き出ている文字は、今もはっきりと読み取れる。

この家――この店の昔の商《あきな》いを示す看板だ。

〈小暮写眞館《こぐれしゃしんかん》〉

真が眞であるところも、念がいっているではないか。

*2*

土曜日の午後五時過ぎ、テンコはこれまでと同じように寝袋を担《かつ》いで泊まりにやってきた。それはいいのだが、何か別のものも提げている。新聞紙で大ざっぱに包んで、持ちやすいように紐《ひも》をかけてある。

「それ、もしかして？」

「うん。引っ越し祝い」

要らない、と英一は言った。新聞紙を開いてみなくても、その形状から、中身が何だか察しがついたからである。

「そんな冷たいこと言わないでよ。うちの父ちゃんも喜んでるんだ」

テンコが新聞紙の包みを開くと、案の定、出てきたのは例のリトグラフである。もう二十年近く前になるだろうか。このリトグラフが大流行した時期があった。もちろん英一はリアルタイムでは知らない。全部テンコの父ちゃんから聞いた話だ。

作者はサーファーだかヨットマンだか、とにかく海を愛する男なのだという。で、クジラとかイルカとかを素材に、たくさんのリトグラフを創《つく》った。その手のものどもが棲息《せいそく》しているのは海のなかと相場が決まっているから、必然的に、彼の作品の色調はみんな同じである。青い。ときどき波が白いけど、とりあえず青が絶対優勢だ。百メートル先から見たって、ああ、あのリトグラフだなとわかる。

今見ると、なんでこんなもんが流行《はや》ったのか理解に苦しむ、安っぽいポスターみたいな絵である。なのに、当時はけっこうな値段で売り買いされていたし、欲しくても手に入らない人もいたそうである。

テンコの父ちゃんは、このリトグラフに魅了されて入れあげた。二十点ほどお買い上げになり、その後、人にあげたり売ったりして手放したものもあるが、今も手元に十点残してある。家のあちこちに飾り、診察室と待合室にも飾ったが、どれも大きなサイズの作品だから、飾りきれずにしまってあるものもある。それを持ち出してきて、花菱家の引っ越し祝いにしようというのだ。

テンコの父ちゃんは歯科医である。大学病院に勤める一方、週に三日は目黒の自宅で開業している。腕がいいと評判で、患者は多い。だから金持ちだし、普段はとても気前のいい人だ。テンコと英一は、しょっちゅうお互いの家に出入りしているし、泊めたり泊めてもらったりすることも多いから、それは英一もよく知っている。店子家のバーベキューは超豪華で、泊まりにいくたびにご馳走《ちそう》になる英一があんまり吹聴《ふいちょう》するものだから、ピカも一緒に行きたがっては両親にとめられている。

だからテンコの父ちゃんは、ケチっているわけではない。本当にお祝いの気持ちでいっぱいで、自分がいちばん気に入っている、いわば秘蔵の品物をテンコに持たせて寄越したのだということも、よくわかる。

こういうのをありがた迷惑という。

テンコが指さす。「これさぁ、このウインドウにちょうど」

「よくねぇ！」

二人は、花菱家の（というか小暮写眞館の）店舗部分にいた。受付の部屋は四畳半ぐらいで、全体に土間になっている。内装をいじった時、カメラやフィルムやお客に渡すプリントなんかを置いていたであろう棚はみんな撤去してしまったが、カウンターはそのまま残してあり、家のなかには、カウンターの後ろで靴を脱いであがれるようになっていた。横手にはドアがあり、リフォーム前はそこからスタジオに通じていたが、さすがにそれではすきま風が寒いというので、今はパーティションで仕切ってある。

だから、テンコが「このウインドウ」と言って指したのは、小暮写眞館正面のあのウインドウのことだ。

頼むからしまってくれと、英一は大急ぎで額縁を新聞紙で包み直した。幸い、両親は買い出しに出かけている。ピカもくっついて行ったから、今は二人だけである。

「でも俺、父ちゃんに言いつかってきたんだよ」

テンコは色白で華奢《きゃしゃ》で、顔立ちが女の子っぽい。その点ではピカとよく似ていて、三人で歩いていると、よくテンコとピカが兄弟と間違われるほどだ。ただ、声だけはその顔を裏切っていて、何というか、一種独特の壊れたような響きがある。野太いのではないし、かすれているのでもない。微妙にズレているというか、どこか故障している感じなのだ。

小学校六年生のとき、音楽の先生が、声変わりしたてのテンコが課題の「浜辺の歌」を歌い終えたその時、

――店子君は、地声が音痴だね。

と言ったことがある。英一がこれまでの人生で耳にした、ベスト・オブ・的確な表現のひとつである。

そういう声を出して、テンコは困っている。色白の顔によく映るパステルカラーの混色編みのセーターに、ポケットがたくさんくっついた迷彩柄のズボン。今日もにぎやかな出《い》で立ちだ。テンコは色彩感覚についても壊れたところがある。

「もらっとくから、親父さんにはよろしく言っといて。気持ちはホント嬉しいって」

「でもさぁ」

この古家にも取り柄がまったくないわけではない。これまで住んでいた賃貸マンションより、部屋数が三つも多いのだ。さらに収納スペースもたくさんある。押し入れ、物入れ、両開きの扉つき戸棚に、三畳分ほどの広さの納戸《なんど》まであった。

引っ越しの際、当面使う予定がなさそうな雑多な荷物は、みんなその納戸にしまった。だからテンコの引っ越し祝いも、そのなかに紛れ込ませてしまえば、父も母も気づくまい。

気づかれるとまずいのだ。必ず、

「飾ろうよ。ちょうどいいよ、あのウインドウに」

そう言うに決まっているからだ。

「花ちゃん、ちょっと考えてみ」

テンコはつるつるした鼻の頭を指先で撫《な》でながら、自分の方が考え込んだような顔をしている。

「あのウインドウ、ずっと空っぽにしておくと、どうなると思う?」

「どうにもならねぇよ」

「いンや。おじさん、家族写真を飾るよ。俺、賭《か》けてもいいけど」

返事ができなかった。図星のような気がしたからである。

テンコは英一の顔色を読んで、にやにや笑った。「な?」

秀夫は英一を花ちゃんと呼び始めるのを機に、テンコのことも「力君」からテンコ君と呼び替えた。途端に、二人のあいだに何かしら妙に通い合うものが生まれたようで、秀夫の意向とか趣味とか考え方を、テンコは時々、怖いくらい正確に読み取る。

そういえば今朝方、父さん、アルバムはどこだとか言ってなかったっけ?

家族写真を選んで、引き伸ばして額に入れて飾る——つもりでいるのかもしれない。

「このクジラとイルカ、けっこうスペースをふさぐからさ。こいつ飾っとけば、しばらくは時間稼げるんじゃね？」

花菱秀夫はあれで非常に義理堅い人で、他人様《ひとさま》からいただいたものは、けっして粗末にしない。テンコの家からの引っ越し祝いだから目立つところに飾ったよ——と言えば、少なくとも当面は、あのウインドウにほかのものを入れようとはしないだろう。

無言のまま、英一は額縁を取り出した。

「釘《くぎ》とかトンカチとか要る？」

「要らない。中にフックがあるんだ」

ウインドウは外から見ると壁面とほぼ一体化しているが、内側から見ると三十センチぐらい箱形に出っ張っている。箱形の横っ腹に蝶番《ちょうつがい》と取っ手があって、取っ手の方を引っ張ると、出っ張った部分全体が手前に開くようになっているのだ。

昔は、お客を撮影した写真を額装して、このウインドウのなかに飾ったのだろう。写真館ならどこでもしていることだ——と思ったが、あれって写真を飾るとき、お客の許可は要るのかな、要るんだろうな、肖像だもんなと、ちょっとだけ考えた。

「うわぁ……これ、ちょっと怖くね？　あんまし重たいもの掛けられないよ」

箱形の部分を開いてみて、テンコが声をあげた。外枠と箱形の部分を、五センチぐらいの大きさの蝶番が三つ繋《つな》がれて支えている。確かに頼りない感じで、初めてここを開け閉《あ》《た》てしたとき、英一もそう思った。が、リフォームに来た工務店の社長は、しっかり造られているものだから大丈夫だと言っていた。

——テストで満点とったら、ここに貼《は》ったらいいんじゃない？

その時も英一は真面目《まじめ》に頼んだ。冗談だと思いますけど、うちの親の前でそういうこと言わないでください。実行しちゃうから。

「ガラス、曇ってるよ。拭《ふ》いた方がいいね」

花ちゃん、バケツと雑巾《ぞうきん》と要求するので、取ってきた。テンコは箱形の内側に入り込んで、まめまめしくガラスを拭き始める。

「こんちはぁ」

なんて言うから何かと思えば、表の商店街を人が通りかかったのだ。

「下手に挨拶《あいさつ》なんかするなよ。まだ商売やってると思われるだろ」

「だって目が合っちゃったから」

「年寄りだろ？」

「ううん、女の子だったよ」

俺らと同じくらいじゃない？　という。そんな若者がこの通りにいるのか。

「ぼさっとしてないで、花ちゃんもガラスの外側を拭いてよ」

寒いので、雑巾だけぶら下げていって、ちゃっちゃと拭いて済ませた。テンコは、あとでから拭きしないと、なんて言っている。

青い海とクジラとイルカのリトグラフは、ウインドウに置くと、サイズはでっかいのに、妙に心細そうに見えた。思いっきり季節外れだし、時代遅れだし、こいつはこいつなりに己というものを承知していて、スミマセンねという感じにも見えた。零落《れいらく》——とはこういうことをいう。

「ほかに何かないかな」と、テンコは言う。「造花とかさぁ」

首をひねって、あ、と目が明るくなった。

「夏休みにピカちゃんが作った紙粘土の人形、あったよね。あれ、飾ろう」

「どこにあるか知らない」

「きっとピカちゃんの部屋だよ」

英一とピカの部屋は、二階のふた間続きの和室である。英一の方は六畳で、ピカの方は三畳にちょっと板張りの部分がついている。押し入れは英一の側に、ピカの側にはロッカーぐらいのサイズの細長い開きがある。

ピカが夏休みの自由制作で作った紙粘土の人形は、彼の学習机の上の棚に、仲良く並べてあった。赤いのと黄色いのと一対になっていて、形だけなら象だ。たぶん象だろう。ただ、牙《きば》の替わりに角があり、尻尾《しっぽ》の先に花が咲いている。

「勝手に飾ったら、あいつ怒るかも」

「怒ンないよ。ピカちゃん、これ自慢にしてるんだから」

外見だけではなく、テンコとピカは嗜好《しこう》も似ていて、気が合うから仲がいい。テンコがそう言うなら心配ないだろう。

「この尻尾のとこ、ピカちゃん、作るのに苦労してたんだ。折れやすいからそうっと持ってよ」

こんなことも、英一は知らないのにテンコは知っている。たまに、オレはこの両親には永遠に慣れられないし、弟には絶対勝てない——と思って気が鬱《ふさ》ぐとき、英一は、オレがテンコの家の息子になって、テンコがオレん家《ち》の息子になったらどうかな、と思うことがある。

そして数十秒で考え直す。テンコは一人息子なので、父ちゃんの跡継ぎだ。歯科医にならねばならぬ。それには歯学部に進まねばならぬ。テンコなら充分可能だ。昔っから秀才なのである。でも英一には不可能だ。学年の下から数えて五十位ぐらいのところの前後一、二位を争うので精一杯の学力なのだから。

そういえば、小さいころから優等生だということも、テンコとピカは似ている。高校もテンコと一緒だということがはっきりしたとき、誰よりも喜んだのはピカだった。学校が違ったら、今までみたいにテンコちゃんに会えなくなっちゃうと思ってたもん、と。

まさかテンコのヤツ、ピカのそういう心情をおもんぱかって三雲高校を選んだんじゃねぇだろうなと、英一はふと勘ぐったものだ。が、本人に訊いたら、学校見学で気に入ったからだよと、あっさりしたものだった。

それでも、心のどこかにちょこっと引っかかってはいた。もっともそれも、ほどなくして両親がこの古家に巡り合うまでの話だ。巡り合ってからこっちは、ほかのことにかまけている余裕などなくなってしまった。

二人で外に出て、ウインドウを眺めてみる。真っ青な空と海とクジラとイルカと、角のある花咲ゾウの人形のワンセット。

「なかなか楽しいんじゃね？」

テンコは両手を腰にあてて満足そうだ。

「この家の住人はいい人たちだって、ひと目でわかるよ」

「変わり者だってことがわかるんだよ」

まあ、いいけどさ——と英一が呟くと、テンコは笑った。

「出た出た、花ちゃんの決め台詞《ぜりふ》」

そんな上等なものじゃない。この家族に——今ではこの家族プラスこの家に慣れるための、英一なりの健気《けなげ》な処世術である。

あ、テンコちゃんだと、ピカの声が聞こえてきた。ひとつ先の交差点の向こうにいる。すぐ後ろを、両親がスーパーの大袋を提げて歩いてくる。おう、こんにちはと父・秀夫が手を上げた。母・京子も笑顔になる。

母の手には、スーパーの袋のほかに、小ぎれいな花束がある。それを見て、テンコが急に小声になった。「あ〜、失敗した。俺も思いついてたんだけど、ウチを出たら忘れちゃった」

「何だよ」

「風《ふう》ちゃんに、花、買ってこようと思ってたんだ。母ちゃんとも話してたのに」

花菱家の三人は赤信号で止まっている。ピカは早く渡りたくて、ぴょんぴょん足踏みしている。

「それこそ気持ちだけでいいよ」と、英一も声を小さくして言った。「テンコが風子《ふうこ》によくしてやると、ピカが一人前にヤキモチ焼くからさ」

「そっか」と、テンコは赤信号の向こうのピカに笑いかけた。「ピカちゃん、やっぱまだよくわかんないンだろうからね」

信号が青になった。ピカが駆けてくる。

わかんないンじゃないんだ。いろいろとわかってきてるんだ。だからヤキモチを焼くんだ。その言葉を、英一は口には出さなかった。そこまでピカのことを理解してやらなきゃならない義理は、テンコにはない。

花菱家は、本当は五人家族であるはずだった。英一と光のあいだに、風子という女の子がいたのだ。六年前の三月に四歳で亡くなった。インフルエンザ脳症が原因だった。

当時、英一は九歳だ。風子の記憶があるし、風子が死んだときの両親の苦しみと悲しみも、知っているし覚えている。でもピカはたった二歳――正確に言うなら二歳と四ヵ月だった。

人間の脳のシステムが完成するのは三歳前後なので、それ以前の早期記憶は残らないものだと、脳科学の本で読んだことがある。赤ん坊のころの記憶があると言い張る人は、たいていの場合、あとから聞いた話を自分の記憶のように思い込んでいるだけなのだそうだ。

だからピカは、風子のことを何も知らない。知らないけど、わかってはいる。今も両親が、片時も風子のことを忘れずに、折々に、まるでずっと一緒に暮らしているみたいにふるまうからだ。

それはけっして悪いことじゃないし、そうせずにいられなくて当然だとも思う。でも時々、オレはいいけどピカは可哀相《かわいそう》だな、と思うことはある。

そう、だから今度のこの古家購入騒ぎの時に、もしも父と母のどっちかが、

——この家は、風子だって気に入るよ。きっと面白がって、喜ぶよ。

なんて言い出したら、ちょっと座り直して説教の逆襲をしようと考えていた。

その必要はなかった。両親は風子のことを一度も持ち出さなかった。英一はほっとしたけれど、一方で、〝新しいおうち〟というものに、自分以上に子供っぽい憧《あこが》れや夢を抱いているはずのチビの弟が、両親のどちらにもひと言も文句を述べず、にこにこと賛成しているのを見て、半分痛くて、半分腹立たしかった。

「見ろ見ろ、ピカちゃん。飾っちゃったぞ」

テンコがウインドウを前に胸を張る。ピカは歓声をあげて飛び上がった。

「わ、スゴイねテンコちゃん！　ありがとう！」

「あれぇ」と、秀夫がスーパーの袋を持ち直しながら声をあげた。「何だ、写真の額

装、頼んできちゃったよ」

　本気で家族写真を飾るつもりでいたのだ。英一は冷汗が出た。

「すんません。これ、うちからの引っ越し祝い」

　テンコが首をすくめつつ、ホラ見れ正解だったろ？　と目配せしてくる。

「いいじゃない。やっぱり写真を飾るのは恥ずかしいもの。こっちの方がずっと素敵。ありがとね、テンコちゃん」

　お夕飯はすき焼きだよと言って、京子が店の入口を——いや玄関を、開けた。


　秀夫と英一とテンコの三人で、牛一頭の七割ぐらいは確実に平らげた。それから、コーヒーを飲もうというので、みんなでリビングに移った。

　リビングである。昔は写真撮影用のスタジオだったかもしれないが、だから窓がないし天井が高くて暖房が効きづらいけれど、今は花菱家のリビングだ。

　それなのに、さっそくピカが張り切って、

「テンコちゃん、どれがいい？」

　左手の壁のところに飛んでいく。繰り返すがこの家は、以前の住まいよりうんと広い。花菱家手持ちの家具や家電を収めても、空きスペースが出た。それを充分に計算に入れた上での措置ではあるが――なにしろ両親は、引っ越し前に紙の模型をつくって家具の配置を考えたのだ――このリビングには、家具も備品も何も置いてない、まっさらの壁が一面だけあった。

かつてこのスタジオで写真を撮るとき、被写体はこの壁を背にしてポーズを決めた。だから壁の上部に、ロール・スクリーン式の背景幕が取り付けられている。八パターンあって、任意に巻き上げたり下げたりして替えることができる。これもまた秀夫が固執した、小暮写眞館の遺物である。理由は例の如くだ。面白いじゃないか。取っ払っちゃったらゴミになっちゃうんだよ、もったいないよ。

ピカはスクリーンを引っ張る紐をつかんでいる。腹いっぱいのテンコは寝そべったまま、

「富士山！」と注文した。

「ハ～イ、富士山ですよ！」

するすると富士山の背景幕が下りてくる。残す以上は汚くしておくのはイヤだったから、頑張って埃《ほこり》をはらったけれど、古色《こしょく》が浮いて色褪《いろあ》せているのは如何《いかん》ともし難い。

「いいねぇ、簡単に壁紙が替えられる」

寝っ転がりながら、秀夫も言った。寝そべると、ちょうど彼の頭の先に、風子の位《い》

牌を収めた小さな仏壇が位置する。塗りではなく白木で、扉の前面には花の彫刻がいっぱいだ。女の子らしいからと、京子が選んだ。

英一が座っている場所からは、仏壇のなかの風子の遺影が真《ま》っ直《す》ぐ見えた。お気に入りだった黄色いワンピースを着て、眩《まぶ》しそうに目を細めて笑っている。亡くなる直前に、家族で上野動物園に行った時に撮ったものだった。忘れはしない。英一がシャッターを押したのだから。

「ピカちゃん、何で絵柄がわかるの？」

「この紐のとこに、ひとつひとつ札がついてるもん」

「これ、どんな撮影の時に使ったんだろうね。銭湯の壁みたいな絵じゃない」

コーヒーカップを並べながら、京子が言った。

「還暦祝いとかじゃないか」

「桜の絵のもあったよね？」

それはこっち、と、ピカが別の紐を引っ張る。桜ではなく、白地に金の雲の幕が下りてきた。

「あ、間違えちゃった」

「こいつは金婚式用かねぇ」

俺にもやらせてと、テンコも起き上がる。

「七五三用の、あったろ。引っ越しの時に見たよ」

「どんな絵だっけ」

「神社の鳥居が描いてあンの。鳩《はと》が飛んでて」

ああでもないこうでもないと騒ぎ、やたらと巻いたり下げたりして、ピカは大はしゃぎだ。テンコが来ると、いつもこうである。

「しっかしこの字、達筆だなぁ」

テンコが紐についている札に触れて、秀夫の方を振り返った。

「おじさん、これ見ました？　すげぇ味のある、いい字ですよ」

どれどれ、と秀夫が寝そべったまま首を伸ばす。テンコは紐を引きずって、札の方を秀夫の目の届くところまで持って行った。

「ほらね？　前に住んでた人、習字とかやってたんじゃないかなぁ」

お年寄りだったからねと、秀夫は言った。「亡くなったとき、八十五歳だって」

「でもこの字はしっかりしてますよ」

「もっと若い時に書いたんじゃねぇの？」と、英一は口をはさんだ。「だってその札、黄ばんじゃってるし。うんと昔に書いたんだよ。古いんだよ」

何もかも古いんだよ、この家は。

「背景の幕だってさ、今はこういうロール式じゃなくて、扉みたいに引っ張って出し入れするヤツになってない？」

ピカの入学の時、記念写真を撮ってもらった写真館はそうだった。

「あの写真屋さん、上手だったね」と、京子が言った。「次にみんなで撮るのは、花ちゃんの大学入学の時かな」

「いいよそんなの。まだゼンゼン先のことなんだから。どうなるかわかんないし」

この四月の高校入学の時も、両親が記念写真を撮ろうというのを、何とか逃げ回って回避した英一だった。

写真は好きじゃない。自分が写った写真を、しげしげ見たことなんか一度もない。

満腹の秀夫は欠伸《あくび》まじりに、「そんな面倒くさがらないでさ、撮ろうよ。これからはさ、いちいち写真屋さんに行かなくても、どんな記念写真でもここで撮れるんだから」

「あ、実はうち、ずっとそうです」と、テンコが言う。「何かっていうと、写真館の親父さんが助手連れて来《く》ンの。先月も来た」

「何の記念写真？」

「祖父《じい》ちゃんが勲章もらったもんで」

店子家は金持ちかつ名家なのである。

ええ？　何？　おめでとう！　そういうことは早く言ってくれないと。お祝いを贈らなきゃ、などと騒いでいるところへ、インタフォンが鳴った。

店舗付き住宅はたいていそうだが、この家も、店の出入口のほかに、住まいの方にも出入口がある。裏手の路地に面したドアで、つい「勝手口」と呼んでしまうのだが、花菱家にとってはこちらこそが正式な玄関なのだから、インタフォンもそこに設置した。路地の側は街灯が少なく、夜になると暗いので、センサーライトとモニター画面のついたインタフォンだ。ついでに言うと、リフォーム以前は、饅頭《まんじゅう》にへそをつけたみたいな旧式のブザーだったのだ。秀夫はこれも残したがったのだけれど、さすがに京子の反対にあった。うちにはピカちゃんがいるんだし、セキュリティはちゃんとしないと。

設置したのだから、誰か来れば鳴るのが当然のインタフォンである。が、一同は何となく顔を見合わせた。引っ越して一週間。両隣の家には挨拶に行ったけれど、知り合いなんてまだいない。こんな時刻に、誰が来るというのだろう。

「新聞屋さんかな？」

京子が立って、台所のモニターを見に行く。ピカもくっついて行く。すぐに、

「誰もいないよ」と言った。「何にも映ってないもん」

「ライト、点《つ》いてるか」

「うん、点いてる」ピカは背伸びしてモニターを覗《のぞ》き込む。

「イタズラだね」

京子は目を離して、ついでに台所の食器を片付け始めた。ピカのほっぺたに反射していたモニターの明かりが消えた。

と思ったら、またインタフォンが鳴った。

ピカはすぐに、手を上に伸ばして通話ボタンを押した。このインタフォンは新式で、ボタン操作だけで何でもできる。

マイクに向かって「はい、どなたですかぁ？」と、ピカが叫ぶ。

みんなで耳を澄ましても、スピーカーから漏れてくるのは耳障《みみざわ》りな雑音だけだ。返事はない。

背伸びするついでに鼻の下まで伸ばして、ピカは食いつくようにモニターを見ている。

「何にも映ってないよ」

イタズラよと、また京子が言った。

「オレ、見てくるわ」英一は立ち上がった。テンコもついてくる。廊下に出ると、

「店の方、見てみる」と、二手に分かれた。

廊下の電気を点けようかとスイッチに触り、とっさにやめた。イタズラ者の仕業なら、こっちが近づいてゆくのを気取られない方がいい。

勝手口――ではなく玄関の靴脱ぎに降りて、ドア・アイに目をくっつけてみる。センサーライトはまだ点いていて明るいが、誰もいない。狭い路地を挟んだ向かいの家の前に、自転車が一台あるだけだ。

英一は鍵《かぎ》を開け、チェーンも外して、ばん！　とドアを開けた。ノブを握ったまま、身体《からだ》を半分、戸外に出す。

とたんに、ぶるっと震えた。今夜はかなり冷え込んでいる。

左右を見回してみる。路地には誰もいない。アスファルトがセンサーライトの光を青白く照り返している。ほんの数年前までは、この路地は舗装されていなかったと、不動産屋は言っていた。だからきれいな道ですよ。舗装したてだから。

こんな時刻に、他所《よそ》の家のインタフォンでピンポン・ダッシュ遊びをする子供なんかいるだろうか。いるのかな？　今日日《きょうび》の小学生は、塾通いだお稽古事《けいこごと》だで、残業帰

りのサラリーマン顔負けに、夜遅くなっても平気で道を歩いている。ピカの友達なんか、みんなそうだ。

昼間、テンコは商店街を歩いていく女子高生を見たというし、まだオレたちが遭遇しないだけで、この道筋の若年人口もゼロではないのだろう。目新しいセンサーライトが気になって、ガキんちょがイタズラしてったんだな――

と、ドアを閉めて鍵をかけた時、店の方でテンコがわっと叫んだ。

英一よりも早く、両親とピカが駆けつけた。テンコは例のウインドウの箱形の部分とガラスのあいだに挟まったまま、変なふうに中腰になっていた。目はガラスの外に釘付けだ。

「何だよ？」

集まった一同に、もういっぺん「わぁ」と言ってから、テンコはガラスの向こうを指さした。

「何か、通った」

そりゃ通るだろう、死に体とはいえ、一応は商店街だ。

「ふわっと通った」

浮いてた、という。

「それよりおまえ、何でそんなとこ開けてんの？」

「外を見るのに、これがいちばん早いもん」

以前は、店の出入口の扉は半透明の樹脂製で、外からカウンターのあたりまでうっすらと見通せるようになっていた。さすがにそれでは落ち着かないので、リフォームの際、一般住宅用の玄関ドアに取り替えた。ここには窓もないので、確かに外を見通すにはウインドウを開けるのが手っ取り早い。

スリッパ履きのままで、秀夫が土間に降りてテンコと並んだ。ガラスに手をついて、ついでに顔までおっつける。

「ふわっと、何が通った？」

「女の子です」

「昼間もそんなこと言ってたじゃんか」

「あれは生きてた。ちゃんと歩いてた。生足《なまあし》だった」

でも今のは違う、という。

「女の子って、どんな女の子？」

土間への降り口に立って、柱に手をつき、京子が尋ねた。ピカは京子の腰にしがみついている。テンコはちょっとそれを見て、

「ごめんねピカちゃん。おどかすつもりじゃないんだよ」

ピカは固まっている。

「ね、どんな女の子?」京子が重ねて訊《き》いた。「いくつぐらい?」

「あ、俺らぐらいです」

やっぱり昼間と同じじゃないか。

「違うよ。あの子は制服着てた。今度のはなんか……白い服だった」

ピカが目を見開き、ますます強く京子に抱きつく。その頭に手を置いて、

「そう」と、京子は言った。「大きい子だったんだね」

秀夫がガラスの前で振り返る。彼が額をくっつけていたところが曇ってしまった。

「風子じゃないよ、母さん」

大真面目に優しく、宥《なだ》めるような口調だった。

「うん、そうだね」と、京子は微笑した。「風子なら、うちのなかにいるもんね」

しんとしてしまった。

京子はピカの髪をくしゃくしゃにして、大きく笑った。「イヤねぇ、ピカちゃん。そんな怖くないよ。きっと、誰か走って通った人がいたのよ」

「そうそう」と、テンコもあわてたように笑う。「俺怖がりだから、すぐビビっちゃ

うの」

早くお風呂《ふろ》に入らないと、もう寝る時間だよ。京子がピカを連れて奥へ戻って行く。テンコはウインドウを元通りに閉めた。秀夫はスリッパを脱いで景気よくパンパン叩《たた》くと、土間から上がりながら首をひねっている。

「やっぱり出るのかなぁ、このあたり」

「おじさん、声が大きい」

「いや、須藤《すどう》さんからさ」

須藤というのは、ここの売買を担当してくれた不動産屋の社長である。代々この土地に根をおろして商売しており、自分で三代目だと言っていた。

「ここらは昔、空襲で焼けて、大勢死んだって聞いたからね」

その話なら英一も聞いた。この町は、関東大震災にやられ、太平洋戦争末期の大空襲にやられ、戦後の復興期には水害にやられ、とにかくやられっぱなしの過去があるらしい。

――私の親父《おやじ》の代には、古家を壊すと、土台の下から人骨が出てきたなんて、しょっちゅうありましたからね。

防空壕《ごう》の跡が見つかって、一度に複数の人骨が出たこともあったそうだ。

夫です。

——いや、今はさすがにないですよ。もうあらかた出尽くしました。この家は大丈夫です。

あらかたとか出尽くすとか、失礼な言い方じゃないのと思ったけれど、

「それだけじゃねぇよ。このあたりで死んだ人たちは、いちいち幽霊になんてならないって言ってたろ」

須藤社長の言葉の、肝心なところを、英一は思い出した。契約の大事な話はほとんど右から左に聞き流してしまったが、これだけは印象に残っていたのだ。

「幽霊にはならない。みんな歴史になったんだからって、そう言ってた」

へえ——と、テンコが口笛でも吹きそうな顔をした。「いいこと言う社長さんだね」

「ピカが怖がるんだから、こういう話はダメだ。だいたい大人げねぇよ」

すみませんと、テンコと秀夫が一緒に謝った。タイミングよく、テンコちゃ〜んと、台所の方でピカが呼んでいる。

「いっしょにお風呂、入ろうよ」

行け！　と、英一はテンコに指令を飛ばした。「もしも今晩ピカがおねしょしたら、蒲団干《ふとんほ》しはテンコがやれよ」

「あ、それは大丈夫。ピカちゃん、俺と寝袋に入って、スタジオで寝るって言ってた

から」

スタジオじゃねぇ、リビングだ！

3

テンコは日曜の晩も泊まり、やっぱりピカと一緒に寝た。おかげで英一も二人に付き合い、ふた晩続けてリビングに蒲団を運んで寝る羽目になったので、月曜日の朝は首が凝ってしょうがなかった。

不思議なものだ。テンコの家に泊めてもらうときは、英一も寝袋を借りて寝る。それだとゼンゼン平気なのに、蒲団だと寝違えてしまう。

「俺ん家《ち》の寝袋は、チョモランマとか登る登山家も使ってるヤツだからね」

店子家謹製の寝袋という意味ではない。テンコの家には家族の人数分プラス英一用の寝袋がキープされているのだ。なぜかと言えば、テンコの父ちゃんに、たまに庭で寝る趣味があるからである。

野宿だ、とテンコの父ちゃんは言う。シチュエーションとしてはそうかもしれないが、庭師が入って手入れしてるような庭のなかだから、本物の野宿ではない。しかもテンコの父ちゃんは、世帯主の権利だとか言って、最近は自分だけ芝生の上で寝る。春なんか、ふかふかだそうだ。

最初に聞いた時には、付き合いきれない変な趣味だと思ったものだが、やってみると予想外に楽しかった。無論、テンコの父ちゃんも季節を選んでこの趣味を実行するから、さほど身体に無理がかかるわけでもない。寝袋に入って夜空を仰ぐと、都心でもけっこう星が見える。悪くない。

「父ちゃんと、いつか新宿中央公園で寝てみようって言ってんだけど」

「やめとけ。ホームレス狩りにやられるぞ」

テンコの父ちゃんの患者さんが困るではないか。わたしの掛かり付けの先生、公園で寝っててボコられちゃって、わたしの入れ歯、作れなくなっちゃったんですよ。

週末から花菱家に居続けだったので、今朝のテンコはあの色彩豊かな出で立ちのままである。三雲高校は、一応制服があるけれど、基本的には自由服登校なので、差し支えはない。制服を着るのも、私服で来るのも自由、という意味だ。

並んで電車に乗り、改札を出て校門をくぐるが、テンコとはクラスが違うので、校舎に入ったところで別れる。眠たいし首は痛いし、しんどい月曜日だった。

まあ、授業が辛《つら》いのは今日に始まった話ではないから、いいけど。

こういうのを人生の皮肉というのだろうか。三雲高校に合格した時には、両親は大喜びしてくれたし、褒めちぎってくれた。偉い、よくやった、頑張ったね英一！　もちろん本人も嬉《うれ》しくて、悪いこと言わないからやめといた方がいいよと言った担任や、挫折《ざせつ》も人生経験のひとつと思って受けてみろと言った進路指導の先生たちを見返した気分だった。

今では、そういう思い出のすべてがくすんで、白っちゃけて見える。

何事も、瞬発力より持続力。そして持続力をつけるのは、瞬発力を鍛えるよりも、はるかに難しい。

テンコのおかげで――というか、テンコがいるせいでと言ってもいいかもしれないが、英一は三雲高校で、いわゆるひとつの青春満喫的な人間関係を築こうという欲望からは、最初《はな》から解放されている。登校して、授業時間を堪え忍び、放課後が来ると帰る。その間、クラスメイトに話しかけられれば適当に相づちぐらいは打つし、笑ったりもするけれど、特に親しい友人はいない。親しくなりたいと感じる誰かに遭遇してもいない。無論、ガールフレンドなんか別の銀河の彼方《かなた》である。

ただ、同好会には入った。部活動ではなく、あくまでサークルだから、縛りは緩い。上下関係もあってないようなものだ。

ジョギング同好会という。名称からして気取りがない。英一はそこが気に入った。活動への参加も自由だ。月曜から金曜まで、好きな時に出て、ウオーミングアップだけは一緒にやって、あとはてんでに学校の近くの決められたコースを走る。ちゃんと走破すると二十キロ近くあるコースだけれど、上級者になるとこれでは物足らず、フルマラソンに挑むために、別のプログラムを組んで他所に走りに行ったりする。

英一は、中学の時にはハンドボール部に入っていた。トレーニングのためにランニングはさんざんやったから、二十キロぐらいなら走れる。が、今のところはまだ、それ以上を目指す気にはなってない。

四月以来、月・水・金の週三日をジョギングの日と決めていた。でも今日はやめにしよう。走ると首に響いて痛い。下駄箱《げたばこ》のところで、同好会でよく一緒に走る橋口保《はしぐちたもつ》に会ったので、今日はパスと伝えた。

「俺も早めに切り上げるんだ。予備校の試験があるからさ」

橋口は物干し竿《ざお》みたいな長身で、顔も手足も長い。中学の時に部活ではいちばん仲が良かったキーパーとよく似た体型で、話してみたら性格もちょっと似ていた。

「そういえば、花ちゃん、引っ越したんだって？」

言われて驚いた。橋口には言った覚えがない。年賀状だって、もしもちゃんと間に合うように書いて出すにしても、これからである。

「そうだけど、なんで知ってンの？」

「テンコに聞いた」

テンコは、花ちゃんの友達は自動的に俺の友達になるという主義で、だから橋口ともすぐ親しくなった。英一以上に親しいかもしれない。

「あいつ、あっちこっちでしゃべってるよ。面白い家なんだって？」

橋口が笑う。テンコのヤツ、昨夜《ゆうべ》、寝袋の上から踏んでやればよかった。

「面白かねぇよ。うちの親、変わってるから。オレはいい迷惑」

ふうんと言って、橋口は笑うのをやめた。「写真館だったんだってな。立派なスタジオがあるって」

「ゼンゼン立派じゃないよ。町の写真屋だもん。すげえボロい家だし」

またふうんとうなずき、下駄箱から取り出したスニーカーをぶら下げたまま、

「俺ン家の親戚《しんせき》にも、写真屋やってた家があるんだ。おふくろの兄貴。俺の伯父《ち》さん」

今度は英一が「ふうん」と言う。

「三年くらい前になるかなぁ。店閉めて廃業しちゃった。商売にならないんだよ。み

んなデジカメで撮って、自分でプリントするだろ？　店に現像に出すなんて、インスタントカメラぐらいだよ。それだって、コンビニやドラッグストアに持ってかれちゃって」

今度はふうんも言えなかった。写真屋の現状って、そうなのか。

「いろいろ便利になると、消える商売ってあるんだよな。専門職の方がヤバいんだ」

橋口はその伯父さんが嫌いではないのだろう。残念そうな口ぶりだった。

「おまえん家《ち》は、いいじゃん。絶対なくならない専門職だもん」

橋口の親父さんは弁護士である。で、橋口も司法試験を目指しているらしい。

医者一家のテンコもそうだが、三雲高校にはこういう生徒が多い。親が政治家だという生徒もいる。

それが英一の居心地の悪さの一因にもなっている。花菱秀夫は凡々たるサラリーマンだ。

勤めている会社は業界で大手と言われる精密機械の部品メーカーで、製造業の底力が見直されるようになった近ごろではテレビＣＭも（早朝か深夜の安い時間帯で）打つようになった。でも、秀夫はエンジニアではない。事務職で、入社以来総務一本槍《やり》だ。それも総会屋対策とかやっているならまだプロっぽいが、どうやら総務のなかでも庶務畑ひと筋の仕事であるらしい。

秀夫は、会社での出来事を、ほとんど家で話さない。別の話ばっかりしている。それでも、ごくたまに、歓送迎会や忘年会などの折、うちで飲み直そうよと同僚や部下を家に連れてくることがあり、そのときの会話を漏れ聞いて総合的に推察してみると、

——親父の会社での地位は、軽い。

という結論に達せざるを得ない。

だから英一も父親を軽んじている、ということではない。それほど短絡的に、社会と同じ物差しで自分の親を計ろうとは思わない。ただ時々、親父、仕事面白いのかな？　と疑問に思うことはあった。庶務って、要するに雑用係の何でも屋だろう。

今は正社員だが、この先はどうなるか不安でもある。業績が少しでも傾けば、真っ先にアウトソーシングされる部署ではないか。

まあ、未来のことを先回りして不安がってもしょうがないので、いいけど。

「うちだってわかんないよ。アメリカみたいに、弁護士が増え過ぎちゃって食えなくなるかもしンないし」

橋口も、ちっとも不安そうではない口ぶりで言って、じゃあなと体育館の方へと走っていった。細長いので、走ると身体が左右にゆらゆら揺れる。

テンコは中学の時にはブラスバンド部でドラムを叩いていて、こっちでは軽音楽同好会に入った。やっぱり緩くて楽なところらしく、いつ訊いてもどんな楽器や何のパートを担当しているのか判然としない。ただ毎日のように部室には通っている。だから、ジョギングしないで帰る日は、英一は一人だ。駅前のコンビニでちょこっとだけコミック誌の立ち読みをして、欠伸《あくび》を嚙《か》み殺しながら帰宅した。

午後四時ちょっと前。この時刻では、家には誰もいない。ピカの通っている朋友学園は小学部から課外活動が盛んで、あいつは美術部にいる。例の花咲ゾウみたいなものを作ったり、絵を描いたりするのだ。そのほかに、本人がやりたがったので子供英会話教室にも通っている。そちらは週に三日だが、帰りは六時を過ぎる。朋友学園は京子の職場に近いので、タイミングが合うときは一緒に行き帰りしているけれど、均《なら》せば、ピカが一人で登下校することの方が、ずっと多い。

ピカが小学校から私立に入り、電車通学することになった時、英一は心の最深度部分から驚いた。よく両親が許せたというか、乗り越えられたものだと思ったのだ。いざ通学が始まってみたら、やっぱりダメだと近所の公立に転校させるのではないかとも思っていた。

風子を亡《な》くして、両親はひどく臆病《おくびょう》になった。臆病という言葉がキツ過ぎるなら、神経質になったと言おうか。ちょっとでもピカから目を離すことができない。風子の死因が死因だっただけに、風邪が流行《はや》る季節には、家のなかの空気が静電気を帯びているみたいにピリピリするのがわかる。

ずっとそんなふうだったのに、いざ就学となったら、六歳のピカを一人で電車に乗せて、学校まで通わせるという。まさか、という感じだった。ピカにはできる。あいつはしっかりしてるから。でも、あんたらの方が無理だよと思った。毎朝、母さんが玄関で、ピカのランドセルをつかんで泣くんじゃないの？

それがまあ、何とかなった。子供用の携帯電話と防犯ブザーを持ち、ピカは朋友学園に通い続けている。これまでのところ、緊急事態は発生していない。

学校は楽しいかと訊くと、間髪容《い》れずに、

「うん！」と答える。

「花ちゃんは？　学校、楽しい？」

「まあな」

それよりお兄ちゃんと呼べ。

ジャージに着替え、湿布薬を探してうろうろしたが、見つからない。近くに薬局があったはずだ。買っちゃった方が早いと、勝手口でサンダルをつっかけた。

と、インタフォンが鳴った。

速攻で、英一はドアを開けた。

また、誰もいない。まだ陽があるのでセンサーライトは点かない。

ドアから出て左右を見回し、どなたですか？　と声をかけてみた。なるべく強い声を出そうと思ったのだが、力んだせいで裏返ってしまった。

バカらしい。このまま薬局へ行こうと思うのに、ドアを閉めてサンダルを脱ぎ、店の方へ回ってしまう自分がいる。念のためだ。一昨日《おととい》のテンコと同じことをしてみよう。

あのウインドウに近づき、取っ手を引っ張って、扉を手前に引いた。

次の瞬間、腰を抜かしそうになった。制服姿の女子高生が、ガラスにぺったり貼《は》りついていたからである。

いきなり英一が現れたので、向こうも驚いたらしい。パッと飛び下がって、スカートの裾《すそ》を気にした。膝上《ひざうえ》二十センチぐらいのミニ丈だ。ごっつい膝小僧が丸見えだ。足がある、と思った。我ながら情けないが、真っ先にそれを確認した。これは生身の人間だ。

ウインドウを閉めて、大急ぎで店舗の方の出入口のドアを開けてみた。

女子高生は、まだ歩道に立っていた。まともに目が合った。かける言葉が見つからない。

女子高生の方が、まばたきをして、先に口を開いた。

「あの、ここって写真屋さんですよね」

英一の脳内言語ソフトはまだフリーズしている。

頭を振って、肩の上から髪を払い落とすと、女子高生はもう一度言った。「写真屋さんですよね？　お店、また始めたんでしょ？」

英一はぱかんと口を開いた。とりあえず呼吸をする。

「ずっと閉まってたけど、このごろ、明かりが点いてるから……」

三雲の同級生の女子にも多いが、舌足らずな甘ったるい口調だ。それが英一に現実感を取り戻させた。こいつ、フツーの女子だ。

「一昨日、土曜日の夜も、来ました？」

やおら、そう尋ねた。こちらとしてはもっとも確認したい事項である。

「え？」女子高生はまた髪を振る。「一昨日って、あたしが？」

「だから、土曜日の夜、九時過ぎだったかな、インタフォン押したでしょ」

女子高生のきれいに整えた眉《まゆ》が歪《ゆが》んだ。目つきが険しくなる。半歩下がって、英一から距離をとった。

「ここ、お店じゃないの？」

気を悪くすると同時に、英一が自分と同年代だということを意識したのだろう。夕メ口になった。声も尖《とが》る。「看板が出たまんまだから、写真屋さんだと思ったんだよ。悪い？」

「そン時、何か白い服着てた？　白いコートとかセーターとか」

きれいな眉毛が吊《つ》り上がる。「そんなの、何か関係あンの？」

いやらしい、と口のなかで呟《つぶや》く。舌っ足らずの甘え口調がかき消えた。

英一もむっとした。「うち、写真屋じゃないから」

女子高生はさらにトンがる。「おかしいじゃない。だったらなんで看板出してるの」

「そんなの、何かあんたに関係あンの？」

女子高生がみるみるムクれた。これもまた同級生の女子たちで見慣れているが、しっかりと手をかけたメイク顔である。そのわりには可愛《かわい》くない。たいていそうだ。なのにみんなメイクする。

「とにかく、うちは写真屋じゃないから」

言い捨てて、ドアを閉めようとした。思いついて言い足した。

「この看板も、そのうち外すから」

あと十センチでドアを閉め切るというところへ、女子高生のキンキンした声が飛んできた。そして、的確に英一の耳に突き刺さった。「こっちは、あんたンとこの写真で迷惑してンだからね。逃げようったって、そうはいかないわよ」

聞き捨てならない。

そう思ってしまった。

花菱家は写真屋ではないのだし、この女子高生が言う「あんたンとこ」というのは小暮写眞館のことなのだから、まったく関係ないのだ。ドアを閉めてしまえばいいのだ。

しかし、「迷惑」という単語は重い。

本当に、小暮写眞館で扱った写真に関するトラブルが持ち込まれているのであれば、放っておいたらまずいかもしれない。売り主のあの夫婦に――あるいは須藤社長でもいいが、ひとこと報《しら》せるくらいの義務はあるのじゃないか。

英一はドアを開けた。怒れる女子高生は詰め寄ってきた。

「迷惑って、どういう迷惑？」

声を抑えて、英一は訊いた。女子高生の方は、英一がブレーキをかけたと知るや、かえってアクセルを踏み込んできた。肩に掛けていた通学鞄《かばん》を開けると、なかから一枚の封筒を取り出して、英一の鼻先に突きつける。

「自分で見てみなさいよ。これよ！」

英一は手を出さなかった。ハトロン紙の封筒が、鼻の頭にくっつきそうだ。

「どんな写真なんだよ？」

待ってましたとばかりに、女子高生はハイトーンの声で叫んだ。

「心霊写真よ！」


ありふれたキャビネ判のカラー写真である。画面の右下に、「4.20」の数字が並んでいる。この写真が撮影された日付だ。残念ながら年度まではわからないけれど、真新しいものではなさそうだ。

自分の家でくつろいでいる、家族の写真だ。ただ、来客も混じっているかもしれない。被写体に、同年代らしい人がかぶっている。

撮影場所は家のリビングだろう。畳敷きの座敷だから、〝茶の間〟という表現の方がぴったりくるか。お膳《ぜん》が据えられていて、六人の男女がそれを囲んで座っている。お膳の上にはビール瓶、コップ、料理の皿に寿司桶《すしおけ》。ただの食事風景じゃない。だったらわざわざ写真を撮ることもないだろうし。あ、だから来客が同席していると考えれば、筋が通るか。何かの集まりなのだ。

あくまでも英一の受けた印象で判断するしかないからいい加減なものだが、この座の中心人物は、二人のおっさんだ。六十歳前後かな。たぶん兄弟だろう。顔立ちも、生《は》え際《ぎわ》の後退の加減もよく似ている。で、向かって右側のおっさんの隣に座っているのが、おそらく彼の妻だろう。やはり五十代半ばから六十歳ぐらいの女性である。

この三人は、撮影者の方を向いて笑っている。そして彼らの対面に、あと三人の人物がいる。彼らは当然、カメラに顔を向けるために、座ったまま身をよじるようにして振り返っている。

そのうちの二人は、またおばさんである。一人は正面にいるおばさんとおっつかつの年代。もう一人は、三人の〝おばさん〟のなかではいちばん若いようだ。ひょっとすると四十歳にもなってないかもしれない。

三人の女性たちは、見た目の感じでは、どの組み合わせでも姉妹関係ではなさそうだった。顔立ちも体格もまったく似ていない。

そして不思議なことに、手前の二人のおばさんは、揃《そろ》って長袖《ながそで》の黒いワンピースを着込み、首には真珠のネックレスをつけている。

まだ世間知の少ない英一にも、一見してこれが喪装《もそう》だということぐらいはわかる。となると、この膳は法事の後の精進落《しょうじんお》としなのだろうか。でも、他の人たちは平服だ。いや、ちょっと待て。平服だけど、まるっきりの普段着でもない。みんな襟のついたものを着ているし、男性陣はベルトを締めスラックスをはいている。正面のおばさんの、膳の脚の陰にちらっと見える足は、ストッキングに包まれている。それにこのおばさんも、よく見ると襟首のところにネックレスが覗《のぞ》いているようだ。

英一は立ち上がると、隣のピカの部屋へずかずか入っていって、虫眼鏡を探した。このあいだ理科の実験に使うとかで買ったばかりのはずだ。

怒れる女子高生は消え、件《くだん》の写真だけがこうして英一の手のなかにある。英一は自室に引っ込んでいる。まだ誰か帰ってくる時刻ではないが、自分の机に座っている方が集中できるし、この写真を不用意に家族に見せてはいけない、という判断もあった。

確かに、不気味な写真だったから。

笑ってごまかしてしまえないほど、奇っ怪だったから。

女子高生から写真を受け取り、一瞥《いちべつ》した瞬間にそう思ったから、英一は大真面目《おおまじめ》に取り組んでいるのである。そう、写真の分析に。

ピカの虫眼鏡は学習机の引き出しに入っていた。英一はそれを手に持ったまま、階段を降り玄関まで出て行って、門灯を点けた。台所の明かりも点けた。師走《しわす》の陽は短く、写真の検分に夢中になっているうちに、家の外も内もいつの間にか真っ暗になっていた。それが急に薄気味悪くなってきたのである。廊下の電灯まで点けてしまった。

アホかオレは。

背中がぞくりとする。

虫眼鏡を使って拡大すると、正面のおばさんはやっぱりネックレスをつけていた。柄物のブラウスの襟にはレースの縁取りがある。

膳を囲んでいる六人目の人物——膳の手前の振り返り組三人の最後の一人は、二十代半ばから三十歳くらいの男性である。彼の素性は一発で推定できた。たぶん、正面のおばさんの（つまりは推定される正面のおっさんおばさん夫婦の）倅《せがれ》だ。おばさんと、耳の形がそっくりなのである。先っぽが尖っていて細長く、耳たぶの小さな耳。

血族の特徴は、耳の形によく現れる。顔には他人のそら似があるけれど、耳にはない。耳が似てれば、高確率で血縁関係が存在する。この豆知識をくれたのはテンコの親父さんだ。ついでに言うなら歯並びも似るそうだけど、これをくっきり見分けるのは歯科医じゃないと無理なので、素人《しろうと》は耳を見ろ、と言った。その時には、こんなこと教わっても一生使い道がないと思ったものだけど、聞いておいてよかった。

英一は買い置きのノートを取り出すと、ページを横にして、写真に写っている人物の配置をざっと描き取った。そしてその頭の上に、推定される関係を描き込んでみる。正面のおっさん二人のうち、おばさんと並んでいる方に「男①」、並んでいない方に「男②」。そして二人を半円で結んで、そこに「兄弟（?）」と書く。「男①」の隣のおばさんには「女①」。隣のおっさんと半円で結んで「夫婦（?）」。手前の喪服二人のおばさんには、年齢順に「女②」「女③」と書いて、半円で結んで「来客?」。そして六人目の「男③」が「夫婦の倅（?）」。

さて。

この写真の被写体は七人だ。

しかし七人目は、他の被写体との関係を推測する以前に、「人」と数えていいのかどうかという問題が――まずあった。

賑《にぎ》やかに会食する六人のいる茶の間の右手に、座敷の切れ目の敷居が見える。唐紙《からかみ》が開けてあるのも見える。敷居の向こうは板敷きで、廊下ではなく台所なのだろう。テーブルの端っこと、スツールが半分写っている。

要するに、誰が撮ったのか知らないが、ヘボな写真《スナップ》なのである。座敷の男女六人の記念写真なら、座敷だけを撮るべきだ。なのに、フレームの右側に余分な景色が入ってしまっている。もっと中央の被写体に寄って、まわりの雑多な家具などが写らないようにするべきだった。

　台所のスツールは、当然テーブルの高さより低い。だからそこには空間があく。七番目の被写体は、そこにいた。

　顔は女だ。もとい、女の顔だ。

　額から上は、テーブルの天板《てんばん》で切れている。天板の上に、この女の髪（頭）の部分が飛び出して写ってはいない。

　そして顎《あご》の先は、スツールのシート部分で切れている。スツールはありふれた木製の三本脚のもので、そこにも空間があるから、七番目の被写体がこんなところにしゃがみ込んでいるのだとしたら、スツールの脚のあいだに被写体の身体が写っているはずだ。あるいは、スツールからはみ出して写るはずだ。

　なのに、何も無い。

　つまり、テーブルの天板の下とスツールの座部とのあいだに、女の眉、両目、鼻、両の頬、唇だけが、ぽかんと浮かんでいるのである。その目はぱっちり開いていて、カメラを見ている。唇は軽く開き、何か言いかけているようにも見えないではない。顔の両脇《わき》がぼんやりボケているので、耳は見えず髪型もわからない。

なるほど、あの女子高生が「心霊写真よ！」と叫ぶわけだ。テレビのバラエティ番組で心霊写真や心霊ビデオを取り上げる時には、これなんかよりもっとピンボケの、そう言われて見れば人の顔に見えなくもない、というレベルのものにだって、出演者たちがきゃあきゃあ騒いでいる。

英一は写真を凝視する。写真の女の顔も、英一を見つめ返してくる。

あんた、誰？

無理矢理もぎ離さないと、目がそらせなくなる。だから英一はそうした。

あの女子高生は、この秋、十月の第一週だったか二週目だったかの日曜日、近所の戸田八幡宮《とだはちまんぐう》という神社の境内で開催されていたフリーマーケットで、この写真を手に入れてしまったのだと言った。

――欲しくて買ったんじゃないわよ。

彼女が買ったのは、三冊で金百円也《なり》のノートのセットだった。表紙が可愛かったのだそうだ。で、家に帰ってからよく見てみると、そのうちの一冊に、この写真が挟まっていたというのだ。

――剝《む》き出しで入ってたのか？

――違うわよ。よく見なさいよ。その袋に入ってたの。

「その袋」とは、小暮写眞館のネーム入りの横長サイズの封筒だ。さほど傷《いた》んではいないが、折れ目のところが擦り切れている。

——この写真、一枚だけ？

——そうよ。ほかにも何かあったら、まとめて一緒に持ってくるに決まってるじゃん。気味悪いもん。

彼女にとって、写真の出所を推測する手がかりは、〈小暮写眞館〉という名入りの封筒だけである。

——友達に訊いたら、この商店街にそういう写真屋があるって。だけどもうずっと前から閉まってるよって。

困った彼女は、何度もこの店の様子を見に来ていたのだそうだ。看板が残ってるから、また開業するんじゃないか。閉店ではなく、休業しているだけなんだろう、と。

そこへ何も知らない花菱家が引っ越してきて、ご丁寧にもリフォームした上で、世帯主の酔狂で看板を掲げたまま生活を始めた。女子高生にとっては「待ってました！」である。

——黙って新聞受けに突っ込んどいたってよかったんだからね。けど、それじゃ返したことになンなくて、やっぱあたしが祟《たた》られるかもしンないし。

とにかくあんたのとこの写真なんだから、あんたが始末してよね。一方的にまくしたてられ、手にした写真に目を奪われているうちに、気がつくと彼女は消えていた。名前も連絡先もわからない。うちは小暮写眞館じゃない、善意の第三者に過ぎないのだと、もういっぺん主張する機会を逸してしまった。

しょうがないからこうして問題の写真と睨《にら》めっこしている。何か手がかりはないのか。

手がかりって――何をするための？

4

「この女のヒト、美人だねぇ」

机の端に尻《しり》を載せ、踵《かかと》のつぶれた内履《うちば》きをぶらぶらさせながら、テンコはそう言った。

翌日の放課後である。教室には英一とテンコしかいない。おまえが同好会で何をしているか知らんけど何をしているにしても今日は休んでオレに付き合え！　と、朝からしつこく頼んでおいたので、やって来たときのテンコは興味津々《しんしん》の顔をしていた。

今も、その顔のままである。

「こんなの、美人とかいう問題じゃないよ。気味悪いと思わねぇの?」

別に、とテンコは内履きをぶらつかせる。

「だってただの写真だよ。花ちゃん、ちょっと冷静になってみ」

「ただの写真に女の幽霊が写るかよ!」

「幽霊かどうかもわかんないよ。カメラの故障かもしンない。あと、二重写しかもよ」

トリック写真ねと、テンコは言い足した。

もちろん、英一だってそちらの可能性を忘れてはいない。こんな写真、だいたいそんなもんだろうとも思う。ただ便宜上というか話の勢い上は、「女の幽霊」の方がふさわしいじゃないか。

「これを持ち込んできた女の子、感じ悪いしさ」

「おまえが幽霊だと思った女の子、な」

意地悪く指摘してやると、テンコは笑った。「そうだねぇ。でもあン時は、ホントにあの子、脚が無いみたいに見えたんだ。街灯が古いせいかな」

人間の目は、しょっちゅう見間違いをする。だけどカメラは違うだろう。機械は錯覚なんか起こさない。

「トリックだとしたら、誰が何のためにこんな手の込んだ真似《まね》をするんだろ」

「だからさ、人騒がせなイタズラでしょ。パソコンを使えば、こんなのちょいちょいって作れちゃうよ」

「――相談するんじゃなかった」

英一は写真を鞄にしまいかけた。と、テンコが頭のてっぺんから壊れた声を出す。

「へぇ～、花ちゃん本気《マジ》で困ってる？」

「こんなもん押しつけられて、困らない方がどうかしてるよ」

「だったら俺、持って帰って破って捨ててやるよ」

くるりと向き直り、テンコは右手を出した。

「捨てる前に父ちゃんと母ちゃんに見せるけど。二人とも面白がるだろうから」

写真をつかんだまま、英一はテンコを上目遣いに睨んだ。「おまえさぁ」

「うちは平気だよ。霊障とか信じてないからね」

「レイショウ？」

テンコはすらすら説明した。「心霊写真を持ってると、写っている霊の念が写真の持ち主に影響を与えて、何かしら悪いことが起こる。そういうのを霊障という」

「何でそんなこと知ってんの？」

「常識だよう。知らない花ちゃんの方が珍しいよ」

そうなんだろうか。

「知らないクセに、マジ怖がってる。花ちゃん、意外とビリーバー？」

すごくバツが悪い気がしてきた。

「ビリーバーって何だよ」

「心霊現象とか超常現象とか、現在の科学では説明しきれないいろんな現象が実在するって固く信じてるヒトのこと。信じるつまりビリーブからきてる言葉」

ホントかよ。和製英語じゃねぇの？

「オレはただ――」

「ポイ捨てできないって思ってるだけ？」

「おまえはできるのかよ」

「だから、俺はできるって」テンコは今度は左手を出した。「引き受ける」

英一には、じゃあ頼むとは言えなかった。

手を下ろすと、テンコはちょっと真顔に戻って言った。

「つまり、花ちゃんは解明したいんだね」

「解明って？」

「この謎《なぞ》」テンコは写真に指を向けた。「何でこんなもんが写ったのか。あるいは写されたのか。この女は誰か。このおじさんおばさんたちは何者か」

「何でオレがそんなこと」

「したいんじゃない？　図まで描いてさ」

昨日描いたノートも、英一は持参したのだった。机の上に広げてある。言われて、あわてて閉じた。

「これはその……目的があってしたわけじゃねぇよ」

「花ちゃん、几帳面《きちょうめん》だからね。でも見落としてることがあるよ」

写ってる人間ばっか見てるでしょ、という。

「正面を向いている三人の後ろに、テレビがあるよ。その上にカレンダーが置いてある」

英一は写真を見直した。確かにそうだ。でも、「小さくて数字がわかんねぇ」

「もういっぺん、俺に見せて。人間スキャナーだから」

テンコは両眼とも裸眼で二・〇の視力の持ち主なのである。

しばらく写真に目をくっつけていたかと思うと、「二〇〇三年だ」と言った。「四月二十日は何曜日かな。天文部に訊けば、すぐ調べてくれるよ」

五年前だ――と、うなずいた英一だけれど、たちまち思い直した。「そんなことがわかったからって、何になるんだよ」

「解明への手がかり。小さなことからコツコツと」

「だからオレは解明なんてしたかねぇの！　これをどう始末すりゃいいか知りたいだけなんだって！　だから相談してるのに」

「だったら捨てればいいんだってば。相談にのってるじゃないの。捨てよう捨てよう。ハイ、さよなら」

今にも破ろうとするテンコの手から、英一は写真をひったくり返した。

「捨てて……もし何かあったらどうする」

「何もないってばさ」

「断言できる根拠がどこにある？」

鋭く問い返した英一を、テンコはじっと見つめた。それから、実に嬉しそうに破顔した。

「じゃ、その根拠を見つけるために解明しようよ。そうしたいんだろ？」

机から降りると、テンコは椅子《いす》を引いてちゃんと座った。

「花ちゃんてさ、自分じゃ気がついてないみたいだけど、はっきりしないことを、うやむやのまんま放っておくことができない気質《たち》なんだよね」

　またワケわかんねぇこと言い出して。

「おまえ、ついこのあいだ、〝まあ、いいけど〟がオレの決め台詞《ぜりふ》だって言ったろ。まるっきり逆じゃんか」

「言った言った。だけど、それとこれとは違うんだよ」テンコはきっぱりと言う。「花ちゃんが〝まあ、いいけど〟で片付けるのは、自分の心と感情レベルの問題。自分が納得したり、妥協すれば済んじゃう問題なら、右から左に流しちゃう」

　本当に右から左へ素麺《そうめん》でも流すような仕草をしてみせる。

「だけどこっちは理屈の問題だろ？　理詰めで解ける謎の話。そういう場合は、花ちゃんて、途端になあなあができなくなるんだ」

　身に覚えがない。

「たとえばさ、引っ越しの前にうちに泊まりにきたとき、父ちゃんと議論したの覚えてない？　月の大きさについて」

　空に浮かんでいる月のことである。

「地平線の近くにあるときはでっかく見えて、空に昇ってゆくと小さく見える。あれって、どうしてそうなるのか、今のところはっきり立証できてないんだよね。地平線に近いと、地上の建物や地形と見比べることができるから大きく見えるんだろうという説が、一応は定説なんだけどさ。つまり目の錯覚ってこと。でも、完全に理詰めで証明されてるわけじゃないんだ。父ちゃんがその話をしたら――」

花ちゃん、すごく熱心に考えてたよね、という。

「正確に計測するにはどういう方法があるかって、あのときも図を描いたりして議論してた」

そういえばそんなことがあったかな。

「あとで話したら、父ちゃん、言ってた。花ちゃんのああいうところは、もちろんもともとの性格もあるんだろうけど、きっと、ピカちゃんがいるからだろうって」

またまたわからない。「なんでピカが出てくるんだ?」

「だからさ、花ちゃんは、もしかしてピカちゃんに、〝お兄ちゃん、お月様はどうして高いところに昇ると小さくなるの?〟って訊《き》かれたら、ちゃんと答えられるようにしとかないとって思うんだよ。万事、そうなんだよ」

兄さんの責任感、という。

「意味わかりません。だったら、弟や妹がいるヤツは、みんなそうなるのかよ」

テンコは引き下がらない。

「ならない。花ちゃんは特例なんだ。だってピカちゃんはうんと小さいだろ。そこが違うんだよ。花ちゃんはね、ピカちゃんが物心ついて、世の中のいろんなことを、どうして？　どうして？　って質問するようになってからこっち、いつでも答えられるように準備するヒトになったんだよ。すぐには答えられなくても、いつかは答えられるように。まるっきりわかんなくても、なぜわかんないのか答えられるように」

オレはそんな上等な兄ちゃんじゃない。

「そこに七歳上の面目がかかってるからって言っちゃったらそれまでだけどさ」

確かにピカは、ある時期からやたらに「ねえどうして？　どうして○○は○○で××じゃないの？」という類《たぐい》の〝どうして攻撃〟をしてくるようになった。英一としては、うざったくてしょうがない時が多いけれど、たまに面白いこともある。へえ、オレにとっては当然のことが、ピカにはまだわからないんだ、と。でも、だからってそこに、テンコが言うほど重要な意味や動機付けを感じたことは一度もない。

「テンコ、考えすぎ」と言ってやった。「それにこの写真のことは、ピカには内緒だ」

「悪い夢を見そうだもんね」

何だよ、テンコだって薄気味悪いと感じてるんじゃないか。

「そのフリーマーケットをやった神社って、どこかわかる？」

戸田八幡宮は、商店街の北端から橋をひとつ渡った先にある。小さな神社で境内も狭いけれど、桜の古木がいっぱいあるので、春にはきれいな眺めになるだろう。

「女の子が買ったノートを売りに出した人が誰だかわかれば、強力な手がかりになるね」

フリーマーケットの開催には神社側の許可が要るはずだから、社務所で訊いてみれば主催者がわかるよと、テンコは言う。

「そこまですることなんかねぇよ」と、英一は言った。「それよりやっぱ、須藤さんに頼む。売り主に、この写真を返してもらう」

解釈の幅を広くとるならば、この写真は、小暮写眞館の残留物とみることができる。ならば、仲介の不動産屋を通して売り主に返却するのが筋だろう。

そうなのだ。ぐずぐずしないで、テンコにも話さず、真っ先にそうしていれば済んだことだった。オレ、何をあわててたんだろう。

反対するかと思いきや、テンコは素直に、「ンじゃ、そうしよ。早い方がいいよ。すぐ行こう、須藤不動産」と、立ち上がった。

「須藤は社長の名字で、社名はＳＴ不動産ていうんだよ」

英一も鞄を肩に担《かつ》いだ。

ＳＴ不動産は造花の胡蝶蘭《こちょうらん》もしょぼいが、一人しかいない女性事務員は、輪をかけてしょぼい。まだ二十代だろうに、いつ会っても化粧っけがなく元気がなく、パサついた髪にはセットした様子さえなく、お茶を出してくれたときに、指の爪《つめ》がみんな割れていたので驚いた覚えがある。ただ身なりに無とんちゃくだという以上の、何らかの個性の表現なのか。

間の悪いことに、本日はその女性事務員しかいなかった。社長も社員たちも出払っているという。

「何か、急ぎの用？」

かったるそうというより、はっきり調子悪そうに椅子の背にもたれかかったまま、血の気のないくちびるを開いてそう言った。

「急ぎなら、ケータイで連絡してみるけど」

「いえ、そこまでの用じゃないです」

「あの家、どっか壊れた？」

まばたきもせずに、大変なことを訊いてくれる。

「壊れそうな状態だったんですか?」

「見るからに壊れそうだったじゃない」

「だけどリフォームしたし――」

「あんなの気休め。住んだら壊れる」

この女性社員には、ビタミンと鉄分だけでなく、愛社精神とか顧客への誠意とかいうものも欠けているらしい。

「社長さん、何時ごろ戻りますか」

壁のホワイトボードを見上げていたテンコが、猫なで声で訊いた。全員の行動予定表の体裁をなしているホワイトボードではあるが、何も書かれてないので参考にならないのだ。

「ちょっと出てくるって言ってたから、ちょっとじゃない」

女性社員はしきりと爪をいじっている。甘皮を剝こうとしているらしい。

「えっと」テンコは愛想笑いして、「おねえさんは、垣本《かきもと》さん?」

ホワイトボードに並んでいる名前のなかで、唯一《ゆいいつ》ピンク色の枠で囲まれているのが「垣本」だ。

「そうだけど?」

ミス垣本はふっと指先を吹く。ミス・インターナショナルとかのミスではなく、社会人として大事なものをいろいろミスしているという意味のミスだ。

「僕、店子っていいます。花菱君の友達」

「ふん」

　返事ではない。また指先を吹いたのだ。

「うち、歯医者。目黒だけど、腕、いいですから。よかったらいっぺん来てみてください。ところで垣本さん、心霊写真に興味ありますか？」

　脈絡も何もない。だが反応はあった。ミス垣本は、剥いた甘皮かさ、さ、く、れ、を吹き飛ばそうとすぼめていた口をそのままに、テンコを見た。

「何？　なんて言った？」

「シンレイシャシン」

　歯の浮くような音がした。ミス垣本が回転椅子の上で身体《からだ》を動かしたのだ。英一は驚いた。彼女の瞼《まぶた》が全開になっている。今まで、半分方垂れ下がっているところしか見たことがなかった。

　ヤバい。英一はテンコを肘《ひじ》で突き、ぎりぎりまで声をひそめた。

「バカ。あたし霊感があるのとかいうタイプだったらどうすんだよ」

「いいじゃん、参考になるよ」と、テンコも囁《ささや》き返す。

二人の座っている応接セットから、ミス垣本の机までのあいだの距離は、ざっと五メートルばかりか。

「言っとくけど、あたし違うから」

聞こえたらしい。

「霊感なんかないよ。ってか、そんなもんがあるって言うヤツ、信用できない」

ミス垣本は背もたれから離れ、今度は机に両肘をついた。だるそうな表情に戻ってゆく。その過程からして気怠《けだる》げだ。

「——出たの？」

は？　と、英一は問い返した。

「だから幽霊」

「って、どこに？」

「小暮さんとこ。出たの？　あのお爺《じい》さんの幽霊」

英一とテンコは顔を見合わせた。で、同時に訊いた。「出るんですか、小暮さん」

「噂《うわさ》はあったよ。知らなかった？　社長、言ってなかった？」

まったく聞いていない。

「どういうふうに出るんですか」

「店番してるって」

言ってから、ミス垣本は口の片っ方の端を吊《つ》り上げて、歪《ゆが》んだ笑い方をした。

「夕方、あのカウンターの後ろに座ってるんだって。見たって人、何人もいる」

英一の背中がまたぞくりとした。テンコは喜色満面だ。応接セットを離れてしゃかしゃか移動すると、ミス垣本の向かいの回転椅子に座り込んだ。

「垣本さんは、見たんですか」

「あたしは見てない。噂だけ」

「でも信じる？」

「出ても不思議じゃないジイさんらしいから」

何が嬉《うれ》しいのか、テンコは座ったまま小躍りしながら英一を振り返った。「花ちゃん、聞いてる？　貴重な情報だよ」

どう貴重なのだ。件の写真とは無関係だし、だいたいこの女の言ってることは矛盾してる。

「あんた、さっきは霊感なんか信用できないって言ったのに、幽霊の噂は信じるんだね」

つい粗暴な口調になった。年上っていったって、十歳は違ってないだろう。向こうの態度が悪いんだから、こっちだってこの程度でいい。

ミス垣本は平然としている。眠そうに、一度だけまばたきをした。

「花ちゃん」と、テンコは諌《いさ》め顔だ。

「あのさぁ、花菱さんの息子」

半目で英一を睨むと、ミス垣本は言った。「あんたの方が考え違いしてるんだよ。ふたつの事柄を混同してるの。霊感というものの在る無しと、幽霊が出る出ないは、まるっきり別問題」

でしょ？　と、半目の横目でテンコに同意を求める。

「霊感なんていい加減なもんがなくたって、誰でも幽霊を見ることはあるよ。あたしも見たもん。出るときは出るし、いるとこにはいるんだから」

この女がこんなにしゃべるのを見るのは初めてだと、英一は思った。つるつるしゃべれるんだな。

「いつ？　どこで？　不動産屋さんって、怪奇体験が多いんスよね？」

持ち上げ口調になって、テンコが合いの手を入れる。それでもミス垣本の愛想笑い神経は反応しない。

「怪奇ってほど大げさじゃないけど。不思議ってば不思議ってくらいの感じ」

「ですからどんな？　具体的に」と、幇間《たいこもち》テンコが煽《あお》る。

「お客さんにマンションの部屋見せに行ったら、窓枠の上のとこに女が座ってた。サッシの上に」

天井までこれくらいと、両手で三十センチぐらいの幅を示してみせた。身振りも、しようと思えばできるんだな。

「そんな狭いところに、女の人が？」

「そ。へばりついてた。髪だけだらぁっと垂れてて、顔が隠れてた」

「どうしたんですか、それで」

「どうもしないよ。そのお客さんは借りなかったってだけ」

「ほかの借り手は？」

「ついたよ。今も住んでる。女子大生」

「じゃ、サッシの上の女は？」

英一は思わず問い返してしまった。また振り返ったテンコの笑顔が気に障《さわ》る。そんなに面白がるなよ。

「知らない。出ないいんじゃない？」

テンコは興奮している。「ひょっとしたら、その女は部屋じゃなくて、先に見に来たお客の方にくっついてたのかもしれないな。その客、男でした？」

「三十過ぎのサラリーマン」

「わぁ……だったらありそう、ありそう」

「そいつ、女忍者に付きまとわれてたんじゃねぇの」と、英一は言った。「忍者なら、窓枠の上にへばりつけるだろ」

ミス垣本には、まったくウケない。「社長も一緒に見たからね。あたしだけじゃない」

「社長は何て？」

「お客が気にしないなら、気にするなって。この商売にはいろいろある」

ざっくりとした割り切り方である。

「じゃ、社長さんも垣本さんも幽霊を見たのに、そのサラリーマンは気づかなかったんですね？」

ミス垣本は、だるそうな表情とは裏腹に、早口で一気に言った。「だから、幽霊が見える見えないに、霊感なんてものは関係ないんだよ。あたしは、ここに勤めるまで、そういう体験はいっぺんもなかった。社長も普段はそんなタイプじゃない。ついでに言うなら、そこで見えた幽霊と、そこにいた人との関わりだって、あるのかどうかはわかんない。出る時は勝手に出てくるんじゃないの？　あとは確率の問題。知らないけど」

テンコの目が輝く。「垣本さん、凄《すご》いッス。理論派だ」

どこが。

「花ちゃん、写真出せ写真。垣本さんにこれがどう見えるか、俺、確かめたい」

英一が渋っていると、勝手に鞄から写真を取り出し、ミス垣本の目の前に、貢《みつ》ぎ物でもするみたいにそうっと置いた。

「どうッスかね？」

頬杖《ほおづえ》のまま、ミス垣本は、鼻の頭のてっぺんあたりで写真を検分した。

「——泣いてるじゃん」

「え？」

「この女、泣いてるよ。涙を流してる」

ホラと、爪の先でとんとん写真を叩《たた》いた。テンコは飛び上がり、机を回っていって、写真にかぶりつく。

「そう、かな。うん、そう言われてみれば、このつうっと流れてるの、涙ですね」

「あんたたち気がつかなかったの？」

「大人の女の人の泣き顔、まだ見たことないもんで。経験値、足りないから」

テンコの釈明に、ミス垣本は納得したらしい。確かに大人だねこの顔、と言った。

「三十過ぎてるかな。若い女の子じゃないね。割と整ってるけど」

「でしょ？　美人ですよね！」

「そんな騒ぐほど綺麗《きれい》でもないけど」

一人だけ蚊帳《かや》の外で、ちょっと意地にもなってきて、英一は腰を上げた。

「テンコ、帰ろう。意味ねぇよこんな会話」

その言葉尻にかぶるようにして、ミス垣本がとんでもない発言をした。

「あたし、この人たちに見覚えがある」

驚きで、英一も固まった。テンコは目を剝いている。

「ホントに？」

ミス垣本は指先で写真をつまむと、目の前に持っていく。無精たらしく、反対側の手はまだ頰杖状態だ。

「どっかで見たことある」

「この女の顔、垣本さんよりは年上の感じですよね」

テンコを横目でちらりと見ると、ミス垣本は写真で彼の鼻の頭を叩いた。

「人の発言、よく聞きなよ。あたしはこの人たちに見覚えがあるって言ったの。顔だけ女の方じゃないよ。こっちの、飲み食いしてる方の連中」

えっと叫んで、テンコは写真をつまみ取った。鼻の脂《あぶら》がついたらしく、あわててシャツの袖で拭《ふ》いている。

「家族ですよね、この人たち」

「そうみたいだねぇ」

「この近所に住んでるのかな。垣本さんの顔見知り？」

「近所の人間なら、見覚えがあるなんてレベルじゃない。すぐわかるよ、いくらなんでも」

うちは地元に密着してるんだからねと、少しは商売ッ気があるようなことを言った。

「じゃ、思い出してみてくださいよ。どこで見覚えがあるのか。頼ンます」

その時、英一の後ろで出入口のドアがカランと鳴った。いらっしゃいませと声がして、それからその声が急に緩んだ。

「あれ、英一君じゃないか」

須藤社長だった。マフラーを取り、コートを脱ぎながら事務所のなかに入ってくる。

四十二歳だそうだが、気苦労のせいか体質か、髪がだいぶ薄くなっている。気の毒だけどじじむさい。が、口を開くといきなりマイナス十歳になる。声が若いからだ。

「学校の帰りだね。お友達も一緒か」

テンコがひょいと頭を下げた。

「お父さんに何か頼まれた？　まだ何かあったかなぁ」

自問自答する社長は、さすがに、家が壊れたかとは尋ねないようである。

「この子たち、幽霊の話をしに来たんですよ、社長」

社員の簡潔な報告に、社長は張りのある驚き声を発した。泡を食ったのか、

「まさか、本当に出た？」

まともに英一に問いかけてきた。

「ってことは、社長も知ってたんですね、小暮写眞館の幽霊の噂」

英一は応接セットのソファの肘掛けに尻を載せると、腕組みをした。客の倅として、ここは強気に出てもいいところだ。

「うち、誰も何も聞かされてなかったんですけど、それって、不動産取引としてどうなんですかね。大事な情報が伏せられてたことになるわけでしょ」

須藤社長はミス垣本とは違い、愛想がいいし愛社精神もあるし、社会性だってある

のだろう。が、この件についてまったく動じないという点では、彼女と一緒だった。

あわてたのはほんの一瞬だけで、もう立ち直っている。

「垣本君、お茶ちょうだい。何だ、英一君たちにも何にも出してなかったの？」

ネクタイを緩めながら英一の向かいのソファに腰をおろし、にこっとした。

「もともと割安だったでしょ、あの家」

それは「古家あり」の「古家」だからである。

「問題のすり替えですよ」

「そうだね、今の言い方は正しくなかった。訂正しましょう」

軽く手を上げて、ちょっと考える。

「たとえばあの家で殺人事件があったとかさ、そういう情報なら、確かに開示しないといけないんだよ。でも噂レベルのものだと、ね」

確実な事実じゃないから、という。

「僕がさ、物件の価値を不当に損ねるような風説を流布《るふ》したら、それは売り主さんに対して不誠実な取引になるわけだよ」

「じゃ買い手はどうなるんです？」

突っ込んだら、かわされた。

「ホントに出たの？　君が見たの？」

英一が返事をためらうと、いつの間にかちゃっかりミス垣本を手伝ってお茶くみをしているテンコが、

「違いますよ。ゼンゼン別の幽霊の話なんです」と、余計なことを言った。

「そ。全然別件」ミス垣本も、テンコがいれたお茶に口をつけて、悠然と答える。

「な～んだ、脅かさないでよ」

須藤社長はたちまち笑顔になる。笑うと、この人はさらに若返る。というより、いっそ赤ん坊みたいな笑い方だと言っていい。日ごろはこの笑顔が商売の潤滑油になっているのだろう。が、今はむかっ腹が立つ。

「どっちもうちの話なんだから、全然無関係ってことはないだろ」

英一が説明しているあいだに、テンコは社長に件《くだん》の写真を手渡した。

「おや」と、社長は声を発した。「おやおやおやおやおや」

テンコとは逆に、写真をじっくり見るために、社長は顔から写真を遠ざけてゆく。老眼が始まっているらしい。

「これ、確かに小暮さんのとこでプリントした写真なんだよね？」

「だと思いますけど」英一はむっつり答えた。「小暮写眞館の封筒に入ってたんだか

ら」

「だったら間違いないな。そっか、三田《みた》さんは小暮さんに写真頼んでたんだな」

英一とテンコは、またまた顔を見合わせた。

「ミタさん？　社長、この人たちを知ってるんですか」

写真をテーブルに置くと、社長は邪気のなさそうな目で英一を見た。

「うん、知ってるよ。うちのお客さんじゃないけどね。これは三田さんの持ち家だったから」

英一は肘掛けから降りて、社長の向かいに移った。「場所、どこです？」

「小暮さん——じゃなくて君の家からだと、バス通りを挟んで西側になるかな。みやま小学校って、わかる？　さもなきゃスーパーかなめ」

スーパーの方はわかった。

「あの近所だから、千川《せんかわ》二丁目だね。やっぱり古い一戸建てだった」

「じゃ、これに写ってるのは、その三田さん一家なんですね？」

「うん。この三人は間違いない。三田さんと奥さんと、息子さん」

社長は、「男①」「女①」「男③」を順番に指で示した。やっぱり、夫婦とその息子だったのだ。

「あとの人たちは、三田さんの親戚《しんせき》と——この喪服を着た女の人たちは、たぶんこっちの方の人じゃないかと思うけど」

こっちの方と言う時、社長は両の掌《てのひら》を擦り合わせて拝むような仕草をした。

「宗教ですか」

「そうそう。奥さんが熱心だったから。日蓮宗《にちれん》とか浄土宗とかじゃなくて、もっと新しい方」

新々宗教という意味だろう。

「お寺の法事とはまた別に、ああいう信仰を持ってると、信者同士で集まって拝んだりすることがあるんだよ。そういう集まりをやったときに撮った写真じゃないかな」

法事の後の膳《ぜん》かな、この喪服の人は来客かななど、英一の推理は大筋であたっていたことになりそうだが、詳細はどうでもいい。被写体の身元がわかるなら、問題は全面解決だ。

「センならこれ、その三田さんに返してあげればいいわけですよね」

「それはどうかなぁ」須藤社長は真顔になった。「返すのは難しいと思うよ」

「どうして？」

「一昨年《おととし》の秋、九月だったかな。三人とも亡《な》くなってるから」

英一もテンコもミス垣本も驚いたが、リアクションは三人三様だった。

英一はすぐには言葉が出なかった。テンコは反射的に、「じゃ、そっちも幽霊？」と訊いた。ミス垣本は自問自答するように、

「じゃ、なんであたしが見覚えあるんだろ」と呟《つぶや》いた。

社長は首を伸ばしてミス垣本を振り返る。「垣本君、三田さんの顔を覚えてた？」

「ちょっとそんな気がしたんですけど」

「君、記憶力だけはめちゃくちゃいいもんね。それ、新聞で見たんじゃない？　地域面には顔写真まで出たからね。けっこう大きな記事だった」

じんわりと、英一の胸に黒い霧が立ちこめてきた。「事件だったんですか」

「火事だよ。一家三人焼死」

またぞろ声を失ってしまった英一を尻目に、ミス垣本はテンコに説明している。

「あたし、ここで働き出してまだ一年」

「あ、そうか。でも火事は一昨年だから」

「そ。でも新聞かぁ。そうだったかも」

「垣本さん、どこに住んでたんですか」

「ずっと新田《しんでん》三丁目」

「じゃ近いや。隣の駅だもんね。同じ地域面、見てても不思議じゃないや。でもホント記憶力いいなぁ」

社長、とミス垣本は呼んだ。依然、気のない平べったい声である。「お客じゃないって割に、よく知ってる」

タメ口である。須藤社長は気にしない。

「地元の人だからね。息子さんはお客になりかかったこともあるし」

月極《つきぎめ》駐車場を探していたのでいくつか紹介したのだけれど、賃料が高いというので話がまとまらず、結局息子さんは車を手放すことにしたのだという。

「いつごろのこと？」と、またタメ口だ。

「それはもうずっと前。いや、ずっとってこともないか。二、三年前かなぁ。その後も、顔を見れば挨拶《あいさつ》ぐらい交わしてたしね。名前、何だっけな。マコトとかマサトとか」

社長は首をひねっている。

「あんな亡くなり方をして、気の毒だったよ、ホント」

「火事の原因は何だったんですか」英一は尋ねた。「放火？　不審火？」

須藤社長は笑った。「そんな深刻な顔しないでくれよ。悲劇ではあるけどね」

「だって事件性が――」

「ない、ない。そういうふうに聞こえた？　ごめんごめん」

父親の三田さんのタバコの火の不始末が原因だと、はっきりしているそうだ。

「火が出たのが夜中でね。三人とも逃げ遅れちゃったんだよ。古い木造家屋だったから、火の回りが早くて」

出火場所は一階で、家族三人は二階に寝ていた。煙が充満、階段が焼け落ち、焼けた柱が建物を支えきれなくなって倒壊。遺体は、すぐには身元がわからないほど焼けてしまっていたそうだ。

大惨事である。

テンコもはしゃぐのをやめた。ミス垣本と並んでおとなしく頬杖をついている。

「この写真」英一も自然と声が低くなる。「誰がフリマに出したんだろう」

お茶をすすりながら、社長が言った。「わざと出したんじゃないね。こんな個人的なものを売る人はいないから、間違ってまぎれ込んだんだろうよ」

「それにしたって誰が？　関係者は死んでるのに」

「全員死んだわけじゃないよ。あと三人、写ってる人たちがいる。こういう写真は、被写体の人たちみんなに焼き増しして配られるものだろうからさ」

生きている三人のうちの誰か、ということか。いや、これを撮った人物も含めて考えていいか。

「イタズラとかトリックとかカメラの故障とか、原因はいろいろ考えられますよね」

「現像の際の手違いとかね」と、社長がすぐ続けた。「小暮さんとこだと、それは大いに——ああでも、五年前ならまだ大丈夫だったかな」

言葉の最後の方は小声になった。

「オレ、ついさっき〝霊障〟って言葉を知ったんですけど」

英一が言うと、須藤社長は興味深そうにくるりと目を上げた。「うん？」

「これも、そういうことなんですかね」

「そういうことって、どういうことさ」

「だから——」言いにくい。「ここに写ってる女の幽霊みたいな顔と、三田さん一家三人が焼け死んだことのあいだに、何かこう……不可思議なつながりがあるとか」

写真が撮影されたのは五年前の四月。三人の焼死はその三年と五ヵ月後。

「ああ、その霊障ね」

うなずくところを見ると、須藤社長は言葉の意味を知っていたらしい。

「逆に、凶事の予兆と見ることもできるかもしれない」と言った。

テンコが応じる。「はいはい！　心霊写真には、そういう解釈の仕方もあります」

「未来に悪い事が起こるのを、霊が報《しら》せてるという解釈ですか？」

社長に問い返した英一に、

「バッカみたい」

辛辣《しんらつ》な波動をこめて、ミス垣本が吐き捨てた。この音声を採取し東京都の水源に投下したならば、都民皆殺しは確実である。

「ンなことがあるわけないじゃん」

あまりの毒気に、隣のテンコが首をすくめている。英一も堪《こら》えきれなくなった。

「オレだって信じてねぇよ。ただ、この写真の持ち主はそう思ってたかもしれないだろ？　それを考えてンだから、ぐちゃぐちゃ言うなよ」

「うんうん、よくわかる」

取りなすふうも宥《なだ》めるふうもなく、社長が飄然《ひょうぜん》と言う。ミス垣本も、取りなされたつもりも宥められたつもりもないらしく、

「声に出して考えるのって、口を動かさないと字が読めないのと同じくらい、バカ」

言い捨てた。何だこの女《おんな》。常識外れとか大人げないとかいう以前のレベルだ。

「垣本君」須藤社長がにこやかに呼んだ。「缶コーヒー買ってきて。英一君たちの分

もね」

ミス垣本は返事もせずに立ち上がり、小銭入れを手に出て行った。彼女が英一の脇《わき》を通るとき、はっきりと〝気〟を感じた。こういうのを通りものというんじゃないのか。

「彼女、ちょっと変わってるんだ。不愉快だったら、ごめんね」

「ちょっとじゃないですよ。桁違《けたちが》いです」

「じゃ、ごめんねも一桁くり上げるからさ、勘弁してやって」

「社長、何か弱味でも握られてンですか」

「それは大人の世界のことだから。ともかく、写真の出所を調べたいなら、フリマの主催者に問い合わせるのがいちばんだと思うな」

そして写真ではなく、名入り封筒の方を取り上げて、しみじみと見入った。

「懐《なつ》かしいね。うちでも昔は小暮さんに頼んでたんだけど」

小暮写眞館。

「あの店、いつまで営業してたんですか」

社長は苦笑した。「売買の前にひととおり説明したんだけど、英一君、覚えてない？」

身を入れて聞いていませんでした。

「小暮さん——小暮泰治郎《やすじろう》さんていうお爺さんだけどね。亡くなったのは今年の二月。八十五歳だった」

通りかかった人が、あのカウンターのそばで朝刊を手にして倒れているところを発見したのだという。

「心臓にね、でっかいのがどかんときちゃったらしい。心筋梗塞《しんきんこうそく》だった」

「一人暮らしだったんですか」

「要介護認定を受けていて、週に何度かヘルパーさんが通ってたそうだけど、基本的には一人暮らしだった」

亡くなった時点でも、店は一応「営業中」だったそうだ。

「その歳《とし》で、できたんですか、商売」

「開店休業だったさ。だいいち、お客が来ない」

それでも朝は五時に店を開け、夜は七時に閉める。それが小暮老人の習慣だった。

「今時、町の古い写真屋さんに現像を頼む人は少ないよ。コンビニや、安いチェーン店があるからね」

それでも小暮写眞館は営業していた。

「このあたりの地区全体は、新しいマンションが建ったりして、若返ってきてるんだよね。だけどあの商店街は取り残されちゃってさ。住んでるの、お年寄りばっかりでしょう」

高齢者は、子供や孫たちと同居していない限り、そもそも写真撮影の機会が少ないのだと、須藤社長は言った。

「人生のそういうにぎやかな時期は、とっくに過ぎちゃってるものね」

ただ、たまさか写真を撮れば、そういう老人世帯は、永い付き合いで気心の知れている小暮写眞館に現像を頼む。ついでに、店先でしゃべったりもする。

そうやって小暮写眞館は「営業」していた。

「だけど……そうだなぁ、僕が噂を聞いたのは、うん、けっこう前の話になるけど」

小暮さんもいよいよ駄目だよ、という噂が流れてきたのだそうだ。

「手が動かないから伝票が書けないし、頼んだ現像とか忘れちゃうらしいんだ。ひどいときは、預けたフィルムやインスタントカメラを失《な》くしちゃう。どこに置いたか忘れちゃうんだね」

「ボケてきたって……ことですか」

「まあ、はっきり言えばそうだよね」

だからさっき、「五年前ならまだ大丈夫」なんて言ったのか。

そうやって、わずかな固定客たちも離れていった。客たちの側には必要性が失くなり、小暮写眞館には信用が失くなっていった。

それでもなお、小暮写眞館は「営業」していた。

「小暮さんとしては、朝起きたらカーテンを開けるように店を開けて、夜になったらカーテンを閉めるように店も閉めてたってだけのことだろうけどね」

僕だって——と、社長は照れ笑いをした。

「このまま商売を続けて爺さんになったら、同じようになりかねないなぁ」

小暮老人は十五年前に妻に先立たれており、だから写真館の土地と建物は、一人娘が相続した。その娘夫妻が、花菱家にとっては売り主にあたるわけである。

「石川《いしかわ》さん、石川信子《のぶこ》さんていうの。横浜に住んでる」

「一人娘で、父親が八十を過ぎてるのに、同居してなかったんですか」

「英一君、本当に何も覚えてないねぇ」

笑われて、スミマセンと首を縮めた。

「信子さんはご主人の方のご両親を介護してて、小暮さんまでは手が回らなかったんだ。小暮さんも、俺は一人で大丈夫だからって言ってた。実際、商売の方はともかく、ちゃんと生活してたんだから」

「生活費は？」

「年金があるからさ」

何より小暮老人は、あの店から離れたがらなかったのだそうだ。

「僕はね、英一君と同じで、物事に対して様々な可能性を考えてはみるけど、基本的には合理主義者なんです」

急に口調をあらためて、でも顔はニコニコ笑ったまま、社長は言った。

「だから幽霊の存在を頭から信じ込んでるわけじゃないんだけどさ」

「さっきあの事務員さんから、マンションの窓枠の上にへばりついてた女の話を聞きましたけど」

「はい、衝撃の目撃談」と、久々にテンコが合いの手を入れる。

「ああ、あれね。あれは……嫌な眺めだったねぇ。うん、ああいうこともあるよ。たまにはね」

社長はふと遠い目になったかと思うと、顔に水をかけられたみたいに、素早くまばたきをした。

「世の中にはいろいろな人がいるから、いろいろな出来事も起こる。なかには不思議な事もある。そういう世界観で、僕はこの商売やってます」

ただ——と、座り直して指を組んだ。

「例の噂。小暮さんの幽霊が出るっていう」

ひとまわりして、話題が最初に戻ってきた。英一はうなずいた。

「小暮さんが亡くなると、すぐ始まったんだよね。出た、見たってさ。で僕は、それも不思議はないと思ってたんだ。あの写眞館は、小暮さんの人生そのものだったからね。建物が残ってる限りは、小暮さんの魂はあそこに留まってるだろうなぁって、むしろ納得したくらいだよ」

しかし相続人の石川信子は、物件を売却することを希望して、須藤社長を頼ってきた。これは生前の小暮老人が、娘にその旨《むね》を言い含めていたのだそうだ。ここを売るときは、ST不動産に頼め。親父《おやじ》さんの代からの付き合いだし、不動産屋は地元に限る。

「売るとなったら、僕ももちろん、あの建物を残すのは無理だと承知してたよ」少しばかり弁解口調になり、社長は続けた。「だから〝古家あり〟で売り出したんだ。上物は壊されるとばっかり——」

英一はすかさず割り込んだ。「そこへ、うちの親みたいな酔狂な客が現れた」

そうそう、と社長は笑った。ホント、赤ん坊があやしてもらって喜んでるみたいだ。

「嬉しかったなぁ。神様のお導きのような気がしたよ。あの建物、いいでしょう？　風情《ふぜい》があるよね。僕も理屈ではわかってても、壊すのは忍びないと感じてた。だから本当に有り難いお話だったよ」

社交辞令や、商売上のお愛想ではなさそうだった。目が輝いている。

「君のお父さん、仕事で何度かこの辺に来ることがあって、町の雰囲気が気に入ってさ、いつか住みたいと思ってらしたそうだね」

確かに、そんな話はしていた。

「目黒なんて閑静なところにおられたのに、いきなりここらに住もうなんてさ。驚いた」

「目黒にいたのは、たまたま会社の社宅があったからってだけですよ」

当の社宅はとっくに取り壊され、住宅手当補助制度に変わったが、切り替えの当時は英一がまだ小学生で、転校させるのは可哀相《かわいそう》だと、両親は同じ区内で賃貸マンションを探したのだった。

「閑静っていうなら、今の家だって静かです。静かすぎて墓場みたいだ」

須藤社長は薄い髪をかき上げて笑った。そして、大事そうに小暮写眞館の名入り封筒の皺《しわ》をのばすと、件の写真を収めて、英一の前に差し出した。

「もし、ご両親が小暮さんの幽霊の話に気を悪くされるようだったら」

「いませんから、幽霊。平気です」と、英一は力を込めて言い切った。

「でも噂は別だからさ。耳に入ると——小さい弟さんもいることだし」

社長は今まででいちばん済まなそうな顔になった。

「ご両親はともかく、住んでる家に幽霊が出るなんて、光君は怖がっちゃうよねぇ」

「だから、家族には内緒にしときます。噂話にも気をつけておきます」

そのとき、テンコの幽霊目撃騒ぎの折、とっさに「風子なら、うちのなかにいるもんね」と呟いた母の声が、英一の耳の奥の方をすうっとよぎった。

「幽霊なら、うちにも自前のが一人いるんで、もう定員いっぱいですし」

須藤社長はちょっと目を瞠《みは》って英一を見た。

「いえ、何でもないです。今のは取り消し。意味ナシ発言です」

手早く、鞄《かばん》に封筒と写真をしまう。

「ありがとうございました」

「今さら何だけど、君が背負《しょ》い込まなくてもいいことだとは思うんだけど……」

「こいつを受け取ったのはオレだから」

「花ちゃん、最初は売り主さんに返すって言ってたんですよ。小暮写眞館の写真なんだからって」テンコがまた余計なことを言う。「それで来たんです、俺たち」

社長は広い額をぺんと手で打った。「あ痛ぁ、そうかぁ。残留物という解釈ね」

英一はテンコを睨《にら》みつけてやった。

「でも石川さんだってそんな状態なら、こんなもんを返されたって困るだけでしょ? だからいいですよ」

了解、と社長は言った。「優しいんだね」

同世代の女の子ならいざ知らず、四十過ぎのおっさんに言われて嬉しい台詞《せりふ》ではない。そこへもってきてテンコが、

「そうなんです。優しいんですよエイイチ君は」

要らんリアクションをする。

「手に余るようだったら、いつでもまた声をかけてよ」

「はい。テンコ、行くぞ」

「缶コーヒー、飲んでかないかい?」

「結構です!」

幸い、戻ってくるミス垣本とすれ違うことはなかった。

5

戸田八幡宮の社務所は、宮司《ぐうじ》の自宅の一部になっていた。社務所の入口は閉じられていたので、英一は家の裏手にまわり、ドアの脇のインタフォンを押した。

すぐに、女性の声で返事があった。花菱京子と同年代のおばさんが、ひょいとドアを開ける。

英一は最初に名乗ると、十月にここで行われたフリーマーケットのことで、と切り出した。「僕が買ったもののなかに、間違って紛れ込んだらしい品物があったんです。どう見ても売りものじゃないんで、お返しした方がいいと思って」

「花菱君、ですか」

おばさんはエプロンで手を拭《ぬぐ》いながら、制服姿の英一をするっと観察した。三雲高校の校章のところで、視線が二秒ほど止まった。

「ひょっとして、商店街の写真屋さんのとこに引っ越してきたおうちの息子さん？」

そうです、と応じたけれど、驚いた。何で知ってるんだろう。

「うちのこと、ご存じですか」

おばさんは笑顔になった。「ええ、ハッピー通りの人たちは、うちの氏子になりますからね」

あの臨死状態の商店街には、「千川ハッピー通り」という名称がある。そしてハッピー通りの店は、ハッピー商栄会という組織に属することになるらしく、たった今くぐってきたこの神社の鳥居の柱には、「寄進　千川ハッピー商栄会」と刻まれていた。

「そうですか。すみませんでした、ご挨拶もしてなくて」

「あら、そんなことはいいんですよ」

しっかりしてるのね、と褒められた。今日はテンコが部活をサボれないとかで、一緒にいなくてよかった。

「フリーマーケットには、うちは場所をお貸ししてるだけなんですよ。だけど、まとめ役をやってる半田《はんだ》さんとは知り合いだから、その品物、こちらで預かってお返ししてもいいけど？」

「いえ……直接お返しした方がよさそうな感じなんで」

柔和だったおばさんの目が、ちょっと尖《とが》った。「あら。だけど、半田さんにも誰が出した品物だかわかるとは限らないけどね」

「とりあえず、お話だけでもしてみます」

おばさんの目の尖りは、不愉快ではなく好奇心から生まれるもののようだった。

「そんな大事なものが紛れ込んでたの？」

「はあ、まあ」

おばさんはもう一度英一の全身をスキャンした。ホントにしっかりしてるのねと、今度は多少の嫌味を込めて言った。

「半田さんは、駅前のお蕎麦《そば》屋さんのお嬢さんよ。歩道橋を渡ったところに、三友《さんゆう》ビルってあるの、わかるかしら。あの二階の松月庵《しょうげつあん》。電話なんかより、行った方が早いんじゃないかしらね」

仰《おお》せのとおりにすることにした。

松月庵は夕方は五時開店で、今は「準備中」の札が出ていた。暖簾《のれん》もしまってあったが、出入口に鍵《かぎ》はかかってなかったので、開けてみた。引き戸がガラガラと音をたてる。

途端に、声がした。

「すみません、まだなんですよ――」

奥の厨房《ちゅうぼう》から、ジーンズに白い上っ張り姿の女性が出てきた。三十ちょい、くらいか。背が高い。英一を見て小首をかしげる。

「あの、神社の境内のフリマのことで」

制服の高校生が一人で蕎麦屋に来る？　その謎《なぞ》が、ひと言で解けたらしい。長身の女性の目が明るくなった。

「戸田八幡の？」

「はい。十月にやってましたよね？　こちらの半田さんという方がまとめ役だって教えてもらったんですが」

「その半田はあたしです」

気さくな感じで自分の鼻の頭をさす。蕎麦屋のお嬢さんは、この人か。

「何かしら。出店《しゅってん》のこと？　次は三月の予定なんだけど」

テーブルを回って近づいてきて、英一を観察する半田さんの視線も、やっぱり校章のところで一瞬だけ止まる。こんなもん、くっつけてたって何の意味もないと思い込んでいたけれど、学校の外の世界では、学生の身分証明といったらこれだけなのだ。

「学校で何か出したいの？」

「いいえ、そうじゃないんです」

英一はさっきの説明を繰り返した。即座に、戸田八幡の時とは違う手応《てごた》えを感じた。半田さんの顔に驚きが広がっていく。それと何か——期待かな、これは。

「ちょ、ちょっと待って」

下からすくうような目つきになり、

「どうぞ、座って」

半田さんは手近の椅子《いす》を示すと、自分が先に座った。蕎麦屋らしい和風の椅子だ。シート部分に藍染《あいぞ》めの座蒲団《ざぶとん》がくくりつけてある。英一はそこまで近づいたが、鞄を肩に立ったままでいた。

「紛れ込んでた品物って、もしかして」

い、い、い、もしかして、と声を強めて繰り返し、

「写真――かしら」

的中《ビンゴ》だ。

答える前の数秒間、英一は相手の目を見た。残念ながら、そこに見えるのは目の玉だけだったが、思い入れは満足した。

「そうです」

「もしかしてもしかしてもしかして」

長身の半田さんは腕も長く、掌《てのひら》も大きい。それをひらひら動かして、

「ちょっと変わった写真だった？」

ダブルのビンゴだ。その分の思い入れも満足させてから、英一は「はい」と答えた。

「いわゆる心霊写真ってやつかな、と」

途端に、椅子に掛けたまま、半田さんはどっと脱力した。笑顔もほどける。

「あら〜、良かった！　まさかねぇ！　無理だと思ってたんだけど」

期待の色が、一気に安堵《あんど》へと変わる。これまでの英一のどんな推測にも、この反応は存在していなかった。疑われたり笑われたり不審がられたりせず、喜ばれるとは。

「ごめんなさいね。驚かせちゃったんでしょう？　すごく気味悪い写真なんだってね。女の顔が、こう——変な場所にぼうっと浮かんでるって」

「あ、はぁ」

半田さんは、現物は見ていないらしい。

「どこに紛れ込んでた？　君、何を買ってくれたの？」

「ノートです」

半田さんは忙しく目玉を動かした。思い出しているらしい。「ノートねぇ。ノートとかたくさん出てたけど、あったかしら」

「三冊セットになってました」

「あ、あれ？　あれって高雲堂《こううんどう》さんの在庫だったヤツかな。何でそんなとこに——」

高雲堂は文具店だろうか。

「ページのあいだに挟まってたの?」

「はい。だからすぐわからなくて。先週、使おうと思って開いたら気づいたんです」

「そうよねぇ、写真一枚だけじゃねぇ」

「小暮写眞館ていうネーム入りの封筒に入ってました」

「あ、そうそう、そうなんだって!　だったらホント、間違いないわ」

ごめんなさいねと、半田さんはさっきより丁寧に頭を下げた。

「あたしたちも、仕分けのとき気づかなかったの。だってプリント一枚だっていうんでしょ?　無理よ。キョウカイの人たちから問い合わせが来たときは、もう品出ししちゃった後だったし」

キョウカイ?　何の協会だろう。

店内にも厨房にも、ほかに人気《ひとけ》はない。ほのかに蕎麦つゆの香りがするだけだ。それでも半田さんはまわりを気にして声をひそめた。「キョウカイさんだって、供養《くよう》を頼まれたものを、うっかり失くしちゃいましたじゃ済まないもんね。青くなって探してたみたいよ」

供養?

英一の脳裏に、拝むような仕草をしてみせる須藤社長の姿が浮かんだ。写真のなかの、黒いワンピース姿の女性たち。三田さんの奥さんが熱心だった――

キョウカイは、教会か。宗教の方だ。

「じゃ、教会からもフリマに出店してて」

かまをかけてみると、面白いくらいに半田さんは反応した。

「ていうか、あちらで信者さんたちから集めた品物をね、うちでどっさり預かったのよ。そのなかに、問題の写真が紛れ込んじゃってたんだね」

「教会で供養するように頼まれた写真だったんですね」

「そうそう」

大きく何度もうなずいてから、半田さんはやおら長い上半身を乗り出した。

「ねえ、どんな写真？　今持ってる？」

現物を見ていないから、好奇心満々なのだ。

「いえ、持ってきてません」

とっさに、英一は嘘《うそ》をついた。本当は鞄のなかに入れてある。この場で写真を出し、きゃあきゃあ騒がれるのは嫌だと、反射的に思った。

「持ってないんだ。残念ねぇ」

半田さんに、けっして悪気があるわけではなかろう。立場が逆だったら、英一だって似たり寄ったりの反応をすると思う。

「あの写真、信者さんの持ち物だったんですかね」

「そうだって。昔の写真を整理してて、見つけたんだってよ」

ならば、持ち主は黒いワンピースを着た二人の女性のどちらかだろう。

「撮った当時は普通の写真だったんだって。そんなこと、あるのかしらね。気がつかなかっただけじゃないかしら」

この雰囲気だと、半田さんは、被写体である三田家の三人の横死《おうし》については知らないのだろう。そこまでの情報は与えられていないのだろう。

英一は、もう一歩踏み込んでかまをかけてみることにした。

「教会の方は、写真が見あたらなくなったとき、すぐにフリマに出した品物のなかに紛れ込んでると気づいたんでしょうか」

「ううん、全然。だから連絡をくれるのが遅くなったのよ。教会のなかを探し回ってたから。外に出ちゃうなんて、そんなことあり得ないって。大事な預かりものですからね。ちゃんと保管してあったそうだし」

顔をしかめ、半田さんはちょっと口を尖らせた。

「そのくせ、万にひとつってことがあるから探してくれって、言ってきたら今度はしつこくってね。だけど探しようがないじゃないの、こっちは」

そうですよねぇと、英一も相槌《あいづち》を打った。

「もしも本当にフリマの売りものに紛れ込んでたとしても、買った人が見つけて連絡してくれるのを待つしかありませんよって。こっちとしちゃ、それぐらいしか返事のしようがないわよ」

教会とフリマのまとめ役半田さんの関係は、やや悪化しているようである。

「それだってあてずっぽうで言ってたんだけどね。うちでとりまとめ役をやってるなんて、わからなかったらそれまでだもの。君、よくうちがわかったねぇ」

「運が良かったみたいです」

英一は肩の鞄を担《かつ》ぎ直すと、脚を動かした。

「ありがとうございました。じゃ、その教会の方へ行ってみます」

場所などを教えてくださいという意味を込めたつもりなのに、半田さんには伝わらない。それどころか、

「ダメダメ、やめときなさいよ」

「まずいですか?」

「君みたいな若い子が、うっかり出入りするような場所じゃないよ。こんなことで関わりができて、入信しろって口説かれちゃったら困るでしょ？」

半田さんは、教会の教義については否定的であるらしい。

「ああいう人たちって、信心に凝り固まってるからね。見境がないのよ。近づかない方がいい」

否定的、ではなかった。全否定だ。

「写真、うちに持ってきて。あたしから返しておくから。君のことは黙っとくし」

「いや、でも」

「悪いこと言わないから。大人の忠告に従っときなさい」

半田さんの言うとおりだ。英一が教会とやらに口説かれるかどうかは別として、ここで写真を返してしまうのが、解決法としてはもっとも手早く、かつ妥当だろう。

ただ、謎は残ってしまう。

あの女は誰だ。

あの写真にはどんな意味（もしくは意図）がある？　意味も意図も無いということもあり得るけど、現物を手放してしまえば、それさえ判然としなくなる。

急に大人の貫禄《かんろく》をまとって、半田さんはまっこうから英一を見つめている。

この人に写真を返せば、必ず見るだろう。家族経営らしいこの店の人たちにも見せるだろう。ひとしきり話題にするのだろう。

そして写真は教会へ返される。そこでもたっぷり話が盛り上がるのだろう。

その後、写真は「供養」され、たぶん、消えて失くなる。

英一の抱えている疑問は、永遠に解けなくなる。教会の関係者が、仮に写真にまつわる事情を知っているとしても、部外者でまだ未成年の英一に、詳しく教えてくれるとは思えない。

「ああいうものって、持ってない方がいいらしいよ」

さらにひと押しと思ったのか、半田さんが続けた。

「下手に持ってると、悪い影響が出ることもあるんだってよ」

英一が黙っていると、今度は引きにかかった。声がぐっと低くなる。

「現に、すっごく変だもの。いくら紙っぺら一枚だって、分けて保管されてたものが、フリマの商品に紛れ込むなんてさ。それだけだって充分に気味が悪いよ」

あたしは自分で商品をチェックしたから、よくわかる、という。

「まるで写真に意志があって、勝手に教会から逃げ出したみたい」

考えてもみない発想だった。英一は目を瞠った。半田さんは大きくうなずいた。

「その、写ってるっていう女の幽霊、供養されて祓《はら》われちゃうのが、よっぽど嫌だったんじゃない？　それ、怖いよね」

英一は思い出した。

――この女、泣いてるよ。

ミス垣本に指摘されて、あの後、写真をじっくり観察し直してみた。言われてみれば涙の筋が見えるようでもあり、見えないようでもあった。

ただ、写真の女の顔が、見る者に何かを訴えかけていることだけは確かなように思えた。

まるで写真に意志があって。

さっき写真を見せたくないと思った。それと同じくらい強く、同じくらい素早い衝動が、英一をとらえた。

ここはもう一度、嘘をつくべきだ。

「実は、写真はもうないんです」

半田さんの口がぽかんと開いた。

「燃やしちゃったんです。気味が悪いから」

目を見られたくないので、うつむいた。そのまま続けた。「ああいうもの、どうしたらいいかわかんなかったんですけど、火で焼いちゃうのがいちばんかなと思って。もちろん誰にも見せませんでした」

アラと、半田さんが小声で言った。

「でもその後で、やっぱまずかったなとか思って。持ち主が探してるってことだって、あるかもしンないし。だから神社に、フリマのこと訊《き》きに行ったんです」

静まりかえった。どこかで湯が沸いている。

「いつ燃やしたの？」

「写真に気がついてすぐです。ライターで火を点《つ》けて」

ねぇ——と、半田さんの声が足元の方から忍び寄ってきた。

「それ以来、変なことが起きてない？　金縛りになるとか体調が悪いとか」

「全然ないです」

まったく。何ひとつ。異常なし。その部分は真実だから、英一は顔を上げ半田さんの目を見て答えた。

「だから大丈夫だと思います。勝手な真似《まね》しちゃったんで、持ち主の方にひと言謝りたいだけです。それで終わりです」

半田さんは鼻からため息をはいた。すみませんと、英一は頭を下げた。

「神光真《しんこうまこと》の道教会って教団の、城東支部よ。戸田八幡の近く。いかにもそれらしい、真っ白で大きな建物だし、近所で訊いたらすぐわかるわよ」

「はい。ありがとうございました」

この蕎麦屋、旨《うま》かったら残念だな。二度と来られないからな。走って階段を降りながら、英一は考えた。


半田さんの言葉に嘘はなかった。間違えようのない白亜の建物で、〈宗教法人神光真の道教会〉の看板も麗々しく、見ず知らずの人間には近寄りがたい雰囲気だった。助かったのは、建物のなかに幼稚園が併設されていることだ。遊具のある中庭に園児たちの姿はなかったが、たまたま職員らしい男性が掃除道具を手に出てきたところを、柵《さく》ごしに声をかけて、つかまえることができた。支部の受付なら通りに面した側にあり、今は開いているし誰でも入れると、親切に教えてくれた。

「真の道に、ようこそおいでなさいました」

九十度のお辞儀つきだった。

支部の受付には、ミス垣本とは別種の生物であるようなきれいで優しくて言葉遣いの美しい若い女性がいて、本日三度目になる英一の「戸田八幡のフリマで云々《うんぬん》」話を聞くと、すぐに内線電話で誰かを呼び出した。この対応の早さからして、件《くだん》の写真の紛失（あるいは流出）は、この支部内ではけっこうな問題になっているのだろう。

「係の者がすぐ参りますので、そちらでお掛けになってお待ちください」

きれいで優しくて言葉遣いの美しい受付嬢が勧めてくれた椅子は、だだっ広いロビーの、顔が映りそうなほど清潔に磨き込まれた床の上に、オブジェのように点在していた。椅子と対になったテーブルの上には、清楚《せいそ》な小花を活《い》けた花瓶が置いてあるが、英一が漠然とかつデタラメに想像していたような、十字架だの曼荼羅《まんだら》だの仏像だのイコンだの教祖の肖像画だの——ともかくそんな類《たぐい》のものは、一切ない。

ここの神様って、オレなんかが知らない、まるっきりの新型か？と、思いかけたとき、その想定をひっくり返す「係の者」が、履きものの底を鳴らしながら登場した。

どう見ても、お寺の尼さんである。半歩遅れて付き従っている中年の女性は、地味なスーツ姿で首から長い数珠《じゅず》をさげている。

英一は椅子から立ち上がった。映画やドラマではなく、本物の尼さんに会うのは生まれて初めてだ。

「真の道に、ようこそおいでなさいました」

これがこの教団の「こんにちは」であるらしい。

尼さんの袈裟《けさ》は、本格的な法要などの際に着るタイプのものではないのだろう。簡素なつくりだ。かぶっている頭巾《ずきん》がなければ、別の商売（といっていいかわからないけど）の人に見える。たとえば占い師とか。

尼さんは支部長代理で、妙心尼《みょうしんに》と申しますと名乗った。お付きの女性は、事務方の野口《のぐち》さんという。二人とも、高校生相手だというのに慇懃《いんぎん》そのものだけれど、さすがに名刺なんかは出さない。

仮に出されたとしても、英一の目には入らなかったろう。野口さんの顔に気をとられて。

写真の人だ。黒いワンピースを着た、年上の女性の方。この顔だ。たった五年だから、ほとんど外見が変わっていない。

「本当によく連絡してくださいました。お手数でしたのにね。ありがとう」

それにしても偉いわ、という。

「写真一枚から、よくわたくし共までたどり着かれましたね。素晴らしいわ」

「驚きましたよ。あなたには探偵さんの素質があるんじゃないかしら」

妙心尼は、英一から見れば、母親を通り越してお祖母《ばあ》ちゃんの年代の人だ。野口さんは立派なおばさんである。その二人に口々にちやほやされるのは、何とも何だ。ともかくテンコがいなくてよかった。

「それほどの手間じゃありませんでした」

隙《すき》を見せるとすぐ褒めちぎられそうなので、英一は一気に、写真を焼いてしまったというところまでしゃべった。

「半田さんをお訪ねして、こちらで写真の行方を皆さんが心配しておられたと聞いて、ますます軽率だったと思いました。申し訳ありませんでした」

二人の婦人は、手を取り合わんばかりにして笑顔を咲かせる。

「よくわかりました。充分ですよ。まだお若いのに、きちんとしてるのね。きっと、あなたの親御さんが素晴らしい方たちなんでしょう」

「ぜひお目にかかりたいものです」

やめといた方がいいと思います。

英一は野口のおばさんに目を向けた。「あの写真に写っておられましたよね？　ってことは、あれは野口さんの」

おばさんは鞠《まり》つきの鞠みたいに、はずむようにうなずいた。「ええ、わたしのアルバムにあった写真なんですよ。昔、信者さんのご家族と一緒に撮ったもので」

「勝手に燃しちゃったりして、ホントにすみません」

妙心尼と野口のおばさんは、ちらっと目を合わせた。英一には読み取れない会話が、目配せのなかで交わされたようだった。

妙心尼が言った。「見る人の心を、少しかき乱すところのあるお写真だったでしょう」

「はい」

かなり——と、言い添えた。

「率直に、どんなふうに思われました？　お若い方のお気持ちが聞きたいわ。言葉を選ばなくていいんですよ」

「気味悪いな、と思いました」

「そうですよね。それが自然です」

野口のおばさんは、首からかけた長い数珠を手のなかでまさぐり始めた。軽い音がする。

「こちらでも、皆さんそう思われたんですか」

「人の魂というものは、ときどき、ああした形で目に見えることがあるのです。わたくし共はいい経験をいたしました。あなたにとってもそうであると嬉《うれ》しいのですが、今も、気味悪いというお気持ちだけかしら」

語る妙心尼の傍らで、野口のおばさんは目を閉じ、数珠をまさぐっている。

「魂っていうと……あの写真のテーブルの下に写っていた人は、やっぱり亡《な》くなってるんでしょうか」

にこやかに問い返された。「あなたはどう思われます？」

「普通に考えれば、まあ、そうだろうなと」

妙心尼はうなずいて、「わたくし共にとって、あの写真のお顔の方は、御仏《みほとけ》のお遣いです。ここで丁重にお祀《まつ》りするべきものでしたのに、手違いで外に出てしまいましてね。皆で心を痛めておりました。見つけていただいたことを深くお礼申し上げます」

「焼いてしまったことは、気にしないでくださいね」

依然、数珠をいじりながら野口のおばさんが言った。開いた目にうっすら涙が溜《た》まっている。

「それもまた、あなたがあなたの意志でしたことというより、御仏のはからいです。思わぬ出来事に狼狽《うろた》えているわたくし共を、あなたを通して御仏がお叱《しか》りくださったのでしょう。有り難いことでございます」

こんなに丁寧に遇されて、嘘をついている手前、英一こそ狼狽えて然《しか》るべきなのだろう。後ろめたさが湧《わ》いてきたっていい。なのに、そういう気持ちにはならなかった。

「大事なものなのに、どうしてフリーマーケットで売る品物のなかに紛れ込んだりしちゃったんでしょうね」

「わかりません」と、妙心尼は微笑《ほほえ》む。大福みたいな、ふくよかで真っ白な頬だ。

「わたくし共には、御仏のなさることの、すべての意味がわかるわけではないのですよ。わからぬことはそのまま受け入れ、わかるはずだ、わからねばならぬと思った時に生まれる傲慢《ごうまん》を矯《た》めていかねばなりません。それが今世での修行というものです」

野口のおばさんは、また目をつぶって数珠をまさぐりながら、何度もうなずいている。

「あなたのお考えはどうかしら」

英一はわざと別のことを言った。「写真に写っているご家族は、こちらの信者さんなんですよね。問題の女性の方も——写ってるのは顔だけだから見分けにくいかもしれないけど、皆さんがご存じの方ですか」

野口のおばさんは答えない。妙心尼は笑顔のまま軽く首をかしげた。

「それを知ることが、あなたにとって何か意味がありますか」

「いえ……すみません。意味なんてないです。ただの野次馬で」

「それなら、御仏のお遣いというわたくしの言葉を、そのままあなたの心の内におさめていただくことはできませんか」

はい――と応じて、英一もまた目を伏せた。

案の定、写真に絡《から》む事情を教えてはもらえない。さっきから妙心尼は、英一の質問に質問で答えてばかりいる。そのたびに、じわじわとたぐり寄せられているような感じだ。

居心地が悪くなってきた。背もたれにかけた学生鞄のなかで、あの写真もまた、早くここから出たがっているような気がした。

――まるで写真に意志があって。

そうだよ。せっかく出てきたんだから、また逆戻りなんて嫌だよな。

「それじゃ、失礼します」

乱暴に椅子を引いたので、甲高い金属音がたった。妙心尼は微笑したまま、鞄を肩にかける英一を見ている。

「あなたにこうしておいでいただいたのも、御仏のお導きというものです。真の道の教えの一端に袖《そで》が触れたとお思いになって、どうぞこれをお持ち帰りください」

妙心尼がつと振り返ると同時に、受付の女性が足音もなく近づいてきた。一冊のリーフレットを手にしている。妙心尼がそれを受け取ると、立ち上がって英一に差し出した。

「わかりました。いただきます」

ろくに見もせず、手つきだけは丁寧に、英一はそれを鞄にしまい込んだ。

「真の道に、ようこそおいでなさいました」

見送りの言葉も、それだった。妙心尼と野口さんと受付嬢が、並んで頭を下げる。

英一は会釈《えしゃく》だけして、ロビーから出た。

歩道に足を踏み出し、歩き始めると、どんどん早足になった。かなり遠くまで離れても、神光真の道教会から引きずってきてしまった目に見えない糸を振り切ることができない気がして、何度となく手で背中を払った。

その夜遅く。

英一は自室の机に両肘《りょうひじ》をついて、目の前に立てかけたあの写真と向き合っていた。天井の蛍光灯では手暗がりになるので、デスクライトを点けている。写真の女の顔が、くっきりとよく見えた。

夕食が済んだ頃になって、雨が降り始めた。今では本降りで、軒から雨粒が滴《したた》る音がする。両親もピカも寝てしまい、家のなかは静まりかえっていた。

――さて、と。

何となく、話しかける感じになる。

――これであんたは自由の身だけど、これからどうしようか。

写真の女は、もの言いたげに口を開きかけているだけで、答えない。

――ホントに泣いてるのかよ。

オレが、あんたがここに現れた意味を解いて、あんたの気が済むようにしてやったのなら、あんたの涙は消えるのかな。それともそんな考え方は、それこそ傲慢ってもんなのかな。

こんな写真に、意味なんて無いのかな。

「花ちゃん、何見てるの？」

心臓が口から飛び出すかと思った。

英一はとっさに平手で写真を隠すと、身体《からだ》ごと振り返った。勢い余って椅子から落ちそうになる。

すぐ後ろで、パジャマ姿で毛布をかぶったピカが、目を丸くしていた。

「ピカ！」

時計を見れば零時に近い。なのにピカはぱっちり覚醒《かくせい》していた。しばらく前から起きていたのか。

「近づく時には音をたてろよ。おまえ忍者か」

ふ〜んと、ピカは口を尖らせる。英一が隠した写真が気になるのだ。

「それ、なぁに」

「何でもない。トイレか？」

ピカはこの歳《とし》で既にいっぱしの読書家で、英一が驚くほど難しい本を読んでいることもある。ただやっぱり可愛《かわい》いところもあって、読んだものの内容によっては、夜一人でトイレに行けなくなるのだ。

「違うよ。ボクじゃない」

ピカは顔いっぱいににんまり笑って、隣の三畳の方を指さした。

「天井が、い、い、おもらししてる」

雨漏りだった。あろうことか、ピカのベッドの真上である。天井板に染《し》みが浮き、壁を伝ってひと筋の水が流れ落ちてくる。

英一は両親を叩《たた》き起こし、天を呪《のろ》い、この家を呪い、ST不動産を呪った。

「屋根の防水補修は完璧《かんぺき》ですって、誰か言ってなかったっけ？」

「まあ、そう怒んないでよ」

秀夫には緊迫感がない。京子は眠そうで寒そうだ。家具や夜具を退避させ、がたがたと動き回る秀夫と英一を、ピカと一緒に毛布にくるまって、あくびしながら見物している。

「ピカちゃん、花ちゃんの部屋に寝かしてもらえばいいよね」

「却下。母さんと寝ろ」

「ヤダよ。お父さんのいびきがうるさいんだもん」

オレの部屋だって余分なスペースはない。ベッドと机のあいだに蒲団なんか敷かれたら、出入りが不便でしょうがない。実に正当な主張で、そのまま押しきれば両親は折れそうな感触だったのに、ピカがちょいちょいと英一の袖を引いた。

「花ちゃん、さっき写真見てたよね」

一応、声なんかひそめている。

「こっそり見てたよね。ナイショで見てたよね。あれってそういう写真なの？　ボク、わかんないからお父さんとお母さんにきいてみようかなぁ」

悪魔め。

「毎晩、おまえの顔の上を臭い足で跨《また》いでやるからな」

「そんなことしなくたっていいよ。スペースならあるもん」

英一の部屋の押し入れの、上の段が空いているというのである。

「衣装ケースを下におろせば、僕一人ぐらい寝られるよ」

「ピカちゃん、押し入れで寝たいの？」

耳ざとく聞きつけて、京子が訊いた。途端に悪魔は我が家のアイドルに変身する。

「うん！　二段ベッドみたいで楽しいもん」

仲良しの友達が兄弟で二段ベッドに寝ていることを、ずっと羨《うらや》ましく思っていたのだそうだ。

「そうかぁ。花ちゃんとピカちゃんじゃ、もうサイズが違うからねぇ。二段ベッドは無理だもんね」

判決が出た。英一は押し入れの衣装ケース二個をおろしてベッドの下に突っ込み、秀夫がピカの蒲団を運んできて押し入れの上段に敷いた。確かに、ピカ一人なら悠々と寝られる。

「けっこう寝心地よさそうだね」

やれやれ——と、両親は寝室に引きあげる。

「とっとと寝ろ」

押し入れの戸を閉めようとするのを、ピカは脚を出して遮った。

「花ちゃん、あの写真、なぁに」

「見たいか」

「見たいよう」

「見せてもいいけど」英一は凄《すご》んだ。「トイレに行けなくなったって、オレは知らないからな」

「ボクがここでおもらししちゃうと、困るのは花ちゃんだと思うんだけど」

ピカは以前、京子と町を歩いていて、ドラマの子役をやらないかとスカウトされたことがある。イメージぴったりなんだよ、坊や。どこのプロデューサーだか知らないが、そいつはピカのこういう内面の暗黒まで見抜いていたのだろうか。光あるところに影がある。

仕方がない。英一は写真を見せた。

「小暮さんが現像したもンなんで、うちに持ち込まれてきたんだ。今ンとこ、父さん母さんには知られたくない。話が大げさになるからな」

ピカは上の空の様子で、写真に目を奪われている。

「これって、シンレイシャシンだね」

ピカたちの年代でも、すぐにその言葉が出てくるのである。

「きれいなヒトだね、この女の人」

テンコと同じ感想だ。

「花ちゃん、この写真どうするの？」

「それを考えてるところを、おまえに邪魔された」

ピカは邪気のない目をくるりと回した。「ここに写ってるヒトを探してみたら？」

「探したよ。持ち主はわかったんだけど、その人はこの写真を」

どう説明すればいいだろう。

「――大事にしないんだ」

「何か、ウラにいろいろありそう」

ピカはじいっと英一の顔を見る。瞳《ひとみ》だけでなく、白目までもが青っぽく見えるほどきれいに澄んでいる。英一がとっくに失ってしまった〝子供の目〟だ。

「あるけど、おまえには関係ない」

「花ちゃん独りでカイケツできる？」

携帯電話だって、ボクの助言がなかったら発見できなかったのに。

「お兄ちゃんをバカにしてるな」

「してないよ。けど、さっきボクが言ったこと、花ちゃん、ちゃんとわかってない」

ここに写ってるヒト——と言いながら、ピカはピンク色の小さな爪《つめ》で女の顔をさした。

「このヒトを探してみたらって言ったんだ」

「だって幽霊だぞ。もう死んでるんだ」

「身元を調べることはできるでしょ？」

「だから、その手がかりがないんだ。写真の持ち主は教えてくれなかったし——」

妙心尼と野口さんは、この女を知っていて知らん顔しているのか、まるで知らないのか、はかりかねた。三田家の三人のその後の運命だって承知だろうに、匂《にお》わせもしなかった。あれは手強《てごわ》い。二度と近寄りたくない。

「だいたい幽霊なんだから、必ずしも被写体と関わりのある人間——元人間かどうかもわからないだろ。ふわふわ漂ってて、たまたま写っただけだったら」

ピカはころころ笑った。「花ちゃんたら、いくらシンレイシャシンだからって、そんなデタラメな写り方はしないよ。この女の人がここに写ったのには、それだけの理由があるんだよ」

この家――と、ピカは指で写真の縁を撫《な》でた。

「きっと、この家だよ」

「家は焼けちゃって、もう失《な》いんだ」

ぺろりとしゃべってしまった。ピカの黒目がひとまわり大きくなった。

「やっぱりウラがあるんだぁ」

「その言い方、やめな」

でも、ピカはいいことを言ってくれた。家は焼けて既に失いが、場所は判《わか》っているのだ。

「そういうの、何とかって言うんだよな？　場所に憑《つ》いてる幽霊」

チバクレイと、ピカは答えた。地縛霊だ。

「心霊写真の本なら、ボク持ってるよ。本棚に入ってる」

「お兄ちゃんはいつも思うんだけど、光君はもっと子供らしい本を読んだらどうだ？」

「オバケの本だよ。子供らしいよ」

ピカの本棚は混み合っていて、目的の本を探し出すには手間がかかった。二冊あった。一冊は確かに子供にもウケそうな内容だが、もう一冊はサブカル系の評論集である。誰が買ってやったんだよ。

戻ってみると、ピカはすっぽり蒲団に潜っていた。顔が見えない。

机に本を置いてスタンドを近づけると、くぐもった声がした。「でも、花ちゃん」

「おやすみ」

「きっとトリック写真だよ」

スタンドの笠《かさ》に手をかけたまま、英一は憮然《ぶぜん》とした。オレは本当に、テンコと取り替えっ子されているのではなかろうか。テンコとピカが兄弟で、オレは店子家の跡継ぎなのでは？

## 6

「それで遅刻してりゃ、世話ないね」

「うるさい」

翌日の昼休み、英一は一晩で二冊の本に目を通して知り得た心霊写真の歴史を、テンコにひとくさり講釈した。おおよそ百四十年前にアメリカで生まれ、イギリスに渡り、十九世紀末のヨーロッパでブームを巻き起こし、明治維新のころに我が国にも輸入された。

心霊写真という「概念」の歴史である。

写真に写っている「霊」らしいものの正体が、現像時のミスだったり、カメラの故障だったり、純然たるトリックであったりすることは、明治も十年代には既にはっきりと認識されていたのだそうだ。輸入されてほどなくのことである。写真の重ね焼きの技術が発達する一方で、大真面目《おおまじめ》に「現象としての心霊写真」を研究する人びとがいたからだ。

それでも、科学的な解明が進む傍らで、心霊写真は何度も社会を騒がせてきた。明治・大正・戦前の昭和と、それぞれの時代で似たような心霊写真がらみの事件が起きている。科学という「学問」からはまだまだ遠いところにいた多くの一般庶民にとっては、「そこにいないはずの人」が写っている写真は、依然として不思議な現象のままだったし、一部の宗教関係者に重宝なアイテムとして使われたために、神秘性が強まってしまったという側面もあった。

戦後は、七〇年代のオカルトブームでひとつのピークを迎え、心霊写真は一気に大衆化する。で、どんなものでもそうだが、ブームは必ず終わるし、波が高ければ高いほど、反動も大きい。このころはもう戦前とは事情が違い、庶民にとっても、科学は日常の身近なものになっていた。そちらの物差しを取り出すことを思い出せば、みんな熱が冷めるのだ。その後は徐々に世間の関心が薄れていって、一九九五年のオウム真理教事件を発端とするオカルトバッシングで、はっきりとした衰退期に入った。

ところが、今またじわじわと盛り返してきているらしい。最初から「お遊びですよ」とエクスキューズ済みのテレビのバラエティ番組や、はっきりフィクションである映画が端緒になっていて、七〇年代当時の熱狂とは別種の、もっと娯楽に寄った扱われ方ではあるけれど、未《いま》だに心霊写真や心霊映像は存在するし、写真に霊が写ることがあるという「常識」も健在だ。昨今ではもっぱらネットで情報が広まり、都市伝説化してゆくパターンが多いという。

これはもう、「そのように考えたい」という人間の性《さが》のなせる業《わざ》としか言いようがない――と、英一は思った。科学は科学で尊重し、その恩恵に浴しながらも、人は、写真という記録媒体に「霊」が写ることもあると信じたいのだ。

部分的な思考停止である。そのサイズや感度はとりどりでも、人は誰でもこの思考停止スイッチを持っている。一生押さない人もいれば、何か具体的な「証拠」を見せられると、すぐ押してしまう人もいる。

それはたぶん、このスイッチが、今では唯一《ゆいいつ》、日常のなかで死後の世界の実在を信じることと、深いところでつながっているからではないのか。死がイコール無ではないことへの信頼。いや、期待といった方がいいか。

風子なら、うちのなかにいるもんね。

母さんのああいう発想と、心霊写真は切っても切れない――

なんて、高みの見物のように考えていたわけではない。これはすべて英一自身のことだ。主語は「人は」ではなく「オレは」なのだった。

だからこそ、本を読みながら何度か手を止めて、考え直した。もしもうちに、風子という失われた存在がいなかったなら、どうだろう。風子が元気でいて、兄ちゃんに憎まれ口をきく年頃になっていたならば。それならオレのこのスイッチも、もう少し押しにくい場所に設置されたのではあるまいか。

「で、花ちゃんとしてはどうよ。まだ解明する意欲はあるわけ？」

「乗りかかった船だからな」

英一自身、このあいだのテンコの分析というか考察は、あたっているかもしれないと思い始めていた。この件、うやむやにしておいては気分が悪い。どんな形でもいいから謎《なぞ》解きをしたい。こんな人騒がせなことをした奴《やつ》を突き止めて、いったいどんな人物なのか、顔を見てみたい。

　寝過ごしただけなら、一時間の遅刻で済んだ。二時間遅れたのは、どうせ遅れついでだからと、三田家の跡地を見に行ったからだ。そこは月極《つきぎめ》駐車場になっていた。「空きあります」の看板に書かれていた連絡先は、㈲京葉不動産。電話番号から推して地元の不動産屋だ。

　そこでST不動産に頼ることにした。ミス垣本が出たら脊髄《せきずい》反射で電話を切ってしまうところだったが、幸い社長が出てくれた。

「三田さんの土地を、誰が相続したのか知りたいんです」

「いいけど……英一君、学校は？」

「これから行きます」

　何日かかかるよと、社長は苦笑していた。

「まさか花ちゃん、今日の放課後にはご近所を回って、この女の人の顔に見覚えありませんかって訊くつもりじゃないだろうね？」

　テンコは眉毛《まゆげ》を上げ下げして妙な顔をする。

「そのつもりだよ」

「それ、無防備過ぎね？　近所にも神光真の道の信者がいるかもしンないよ」

「慎重にやる」

現物を見せるのは最後の最後だ。まずはそれらしい女性の存在と、その死を確かめることから始めなくては。

「何か口実をつくらないとね」

「社会科の自由研究だとでも言っとく」

放課後、今日も部活だというテンコが下駄箱《げたばこ》のそばで待ち受けていた。

「小学校のクラス会をやるんだけど、担任の先生が産休とってたとき、代替教員として来てくれた先生の連絡先がわからなくて、昔の住所を頼りに探してますっていう口実は、どうよ？」

テンコも暇人だった。

「うん。使わせてもらう」


英一は千川町一帯を歩き回り始めた。相手の信用を素早く勝ち取るには制服が有効だとわかってはいたけれど、今度は本名を名乗らず、テンコの作り話を前面に押し立てて進むと決めたので、私服に着替えて安物の伊達《だて》眼鏡までかけた。聞き歩けば歩くほど、この土地独特の情報ネットワークの威力を痛感するようになったので、これは正解だった。調査が終わって英一の気が済んだはいいが、花菱家が妙な噂《うわさ》を立てられて住みづらくなったというのでは困るからだ。

千川町にもその周辺にも、老人世帯は多かった。真新しい小洒落《こじゃれ》たマンション群の谷間にひっそりと立ち並ぶ、築年数のいった一戸建ては、ほぼ間違いなくじいちゃんばあちゃんたちの家だった。一人住まいの老人も目立った。事は五年前だから、別に老人世帯ばかりを狙《ねら》わなくてもいいのだけれど、老人世帯の方が抜群に在宅率が高くて、効率がよかった。話し相手に飢えている老人たちは、こちらが後ろめたくなるほど信じやすくて、すぐうち解けておしゃべりをしてくれた。英一が何も言わなくても、話題もどんどん拡《ひろ》がった。

きっかけはテンコの作り話に頼っても、話が三田家のあった場所に及ぶと、老人たちは必ず火事のことを口にした。記憶はまだまだ生々しいようだった。その火事で焼けたのは三田家だけではなく、隣接していた二階建てのアパートも一部が焼けて、怪《け》我人《がにん》が出たという。そのアパートは補修され住人も住み続けていたが、結局二年後に取り壊され、今はコンビニになっている。聞き込みの最初の方でその情報をキャッチしたので、以降は便利に使わせてもらった。僕らの先生も、そのアパートにいて火事に遭ったから、引っ越したのかもしれないんです。

三十歳くらいで、けっこう美人でした。英一のこの表現に、そういう人なら〇〇さんじゃないのと、さまざまな情報が返ってきた。ただし、役には立たない。なかには、明らかに駅前三友ビル松月庵の半田さんを指していると思われる情報もあった。残念ながらあの人は幽霊ではないし——美人でも、ないような気がしますが。

三田家の人びと、とりわけ奥さんが神光真の道教会に熱心に帰依《きえ》していたことは、近所で有名だったらしい。三田さんを知っている人が相手なら、どこでもすぐ話題に出てきた。だからきっと極楽に行けたはずだという意見と、信心してたのにあんなことになって皮肉だねという意見が拮抗《きっこう》している。一人だけ、三田家の向かいの美容室の先生は、奥さんの白髪染めとパーマのたびに入信しろと口説かれるので閉口したと、苦々しい口調で話してくれた。

信心で有名だった父母に隠れてか、息子の方は影が薄い。近所の老人たちも、彼のことはよく知らないようだった。かろうじて名前が「真」と書く「マコト」であることがわかった程度だ。三田さんは、息子さんがまだ小さい時にこの町へ引っ越してきたんだけど、あの子は地元の学校に通ってなかったし、大きくなるとすぐ家を出ちゃったんじゃないかね。火事の時には戻ってた？　ああ、そうだったよねぇ。あんたは三田さんの息子を探してるの？　あの息子さんは学校の先生だったのかぁ。あ、違うの。

高齢者相手のやりとりでは、しばしば話の筋道がごっちゃになる。それを厭《いと》ってはいけない。むしろ巧《うま》く利用するべきだということを、英一は学んだ。その際に生じる一抹の罪悪感を押し殺すことも、また。

英一には父方にも母方にも祖父母がいるけれど、どちらともつながりは薄かった。なぜ薄いのか説明すると長くなるのだが、ひと言で片付けるなら、これも風子の影響である。とりわけ、父方の花菱家と嫁・京子の関係は、風子の死を境に、ほとんど切れてしまっている。だから英一には、こんなふうにまとまってじいちゃんばあちゃんと話をする経験は初めてだった。

テンコの父ちゃんには、野宿のほかに、釣りという趣味もある。遠くへは行かない。都心から車で小一時間走った海っぺりで、突堤から投げ釣りをする程度だ。それでも語ることは語るので、以前、こんなことを言っていた。外道に外道の愉悦あり。

目的のものではなくても、何か釣れれば楽しいというくらいの意味だが、聞き込み中の英一もそんな気分だった。先生探しという口実などどっかへ行ってしまって、ある老夫婦のばあちゃんの空襲体験談と、じいちゃんの満州引き揚げ談に、一時間以上付き合ったこともある。

話を聞いているあいだは、頭の隅で、こんなことやってる場合じゃないんだけどなとか、オレ何やってるんだろうとか、脈絡を失い同じ話を繰り返す老人特有の迷走語りに飽き飽きしたり、少しばかり腹を立てたり、自分に呆《あき》れたりしている。冷めているのだ。なのに、ひとつの聞き込みを終えると、もうこりごりだとは思わない。そんなまとまったことを考える以前に、次の段取りを考えている。そこでまたじいちゃんばあちゃん相手に同じことを繰り返すとわかっているのに。

とはいえ。

成果はどうかと尋ねるテンコには、「そういう聞き込みじゃ、俺はパス」と笑われ、疑わしげに大きな黒目を凝らすピカには、「花ちゃん、毎日どこへ出かけてるの？」と詮索《せんさく》され、本題とは関係ない話にまみれているには、現実的な限度があった。須藤社長からの連絡を待つあいだの時間つぶしだと思っても、あんまり部活に顔を出さないので二年生の先輩に声をかけられ、橋口にも「具合でも悪いのか」と心配されるに及んで、もうしまいにしようかなと思った、八日目のことである。

あたりが来た。

千川一丁目の一角に、いつ通りかかってもシャッターが降りたままの小さな店がある。間口一間ほどで、家も軒もシャッターも傾《かし》いでいる。故障してて開かないんだろうと思っていた。

その店が開いていたのだ。菓子屋だった。古びた商品陳列棚の奥に、古びたレジスターが据えてあり、古びた女性つまりばあちゃんが、縞《しま》の着物を着込んでぽつんと座っていた。

ここだけ時間が停まっている。

ごめんください、と声をかけ、一歩店内に踏み込むと、埃《ほこり》と黴《かび》の匂いを感じた。陳列棚だけでなく、商品もみんな古ぼけている。賞味期限、どうなっているのか。

声に応じて着物姿のばあちゃんが顔を上げた。服装とは裏腹に、髪はきちんとカットされ、白髪染めもされていた。それを見てほっとした。髷《まげ》なんか結われていた日には、回れ右して逃げ出すところだった。

「はい、なぁに」

いつものように丁寧にテンコの作り話を披露し、お心当たりはありませんかと問いかけると、着物姿のばあちゃんは顔をしかめて英一を凝視した。いや、しようとした。目が悪いのだ。もう一歩近づくとはっきりした。瞳が白濁している。

「よく、わからないけどね」

「はあ、すみません」

「あたしはこのとおりの年寄りだから」

耳は遠くないようだが滑舌は悪い。この八日間の経験で、英一にはわかった。入れ歯のせいだ。

「あんた、学生さん？」

「はい」

「その先生っていうの、三田の真《まこと》さんのお嫁さんじゃないの」

アジ釣りをしていてずっとイワシが釣れていて、突然ウナギがかかった。それで自分が本来ウナギ釣りに来ていたことを思い出した。英一は思わず、ごくりと唾《つば》を呑《の》んだ。

「三田さんのお嫁さんですか」

「あの人、小学校の先生してただろ」

だろと言われても同意する材料がない。

「今まで、ご近所の方たちから、真さんの奥さんの話は聞きませんでした」

着物姿のばあちゃんは、干涸《ひから》びたみたいに痩《や》せこけている。頭なんか、英一の拳骨《げんこつ》ぐらいの大きさだ――というのはオーバーだけれど、心証としてはそんな感じだ。その頭を怠《だる》そうにうなずかせて、ばあちゃんは続けた。

「お嫁さん、こっちに住んでなかったからね。いろいろ揉《も》めてて、別れたって」

「なぜ揉めてたんでしょう」

ばあちゃんは英一の問いかけを聞いてない。

「だからみんな、よく知らないんだよ」

呟《つぶや》いて、レジスターの脇《わき》に置いてある小銭入れみたいな袋を、右から左に動かした。

「息子さんも親元に戻ってきたと思ったら、一緒に死んじゃったしね。三人とも死んじゃった」

「ひどい火事だったそうですね」

ばあちゃんの白濁した目が、英一の方を向いた。視線の向きは合っている。

「おかしな信心をするからいけないんだよ。あたしはさんざん言ったのに」

独り言のようだった。

「嫌だね。みんな死んでっちゃって」

三田家と付き合いのあった人であるらしいことは推察がついた。口ぶりが淋《さび》しそうだ。

「あの嫁さんのことは、徳子《とくこ》さん、隠してたんだよ」

徳子は、三田家の奥さんの名前である。

「離婚なんかして、倅《せがれ》が疵《きず》ものになったと思ってたから」

「はあ」

「娘だったら何だけど、男の子だもんねぇ、関係ないのに。それも信心のせいだよ」

それ以上は、押しても引いても実のある話は聞き出せなかった。でも充分だ。三田家には嫁がいた。貴重な関係者だ。

「これ、ひとつください」

手近にあったドロップの缶をひとつ手に取り、三百円だというから、小銭で払った。店を離れてからよく見ると、一年前に賞味期限が切れていた。帰り道、駅前のゴミ箱に捨てかけて、やめた。神光真の道教会のリーフレットは、ここの雑誌用分別箱にためらいなく投げ込んだのに、ドロップの缶は捨てがたい。だって、やっと釣り上げたウナギだから。


「よく調べたね。誰に聞いたの？」

須藤社長からの電話である。英一は真っ先に、三田家の嫁さんのことを言った。時間が停まったような菓子屋のことも言った。須藤社長は知っていた。

「あそこのおばあちゃん、もう人間より神様に近くなってるからね。気が向くと、ランダムで店を開けるんだ。近所の人はみんな慣れてるから、誰も驚かない」

もちろん、買い物もしない。

「やっぱり一人暮らしなんですか」

「いやいや、お孫さん夫婦がいるよ。僕の同級生」

もう「へえ～」と言う気にもならない。この土地では、親子二代以上にわたって住み着いている住人たちなら、何らかの形でみんな互いのことを知っているのが普通なのだ。須藤社長が地元に詳しいのは商売のためだけではない。ここはそういう土地柄なのである。

「あのお菓子屋さんも、小暮さんとこと同じくらい開店休業なわけだから」

孫夫婦は店を片付けて賃貸に出したいのだが、お祖母《ばあ》ちゃんが嫌がるのでそのままになっているという。着物姿のばあちゃんは、九十歳を過ぎているそうだ。

「昔は町会の婦人会の仕切り役だったそうだ。だから事情通なんだね」

社長の方も、収穫はあったという。

「登記簿を見るだけならすぐなんだけどね。事情を知るには、少しは当事者と話をしなくちゃならない。それには筋を通さないといけないし、京葉不動産の社長とは親しいけど、うちがあの土地を狙ってるみたいに聞こえると嫌なんで、切り出し方に苦労したよ」

三田家の跡地を相続し、現在も所有しているのは、三田さんの弟さんだった。

「たぶん、一緒に写真に写ってる人だよ」

顔が似てたもんな。

「じゃ、教会の信者ですよね」

「弟さんの方はどうかなぁ」

「会えたんですか」

「いや、電話で話しただけ」

亡くなった三田さんのご家族のスナップ写真が、どういうわけか神社のフリーマーケットに紛れ込んでいた。お返ししたいんですが、どうしたらよろしいか。須藤社長はそういうアプローチをしたそうである。

と、三田の弟さんはすぐ答えた。それはきっと、教会の方から出た写真でしょう。うちのものではないから、教会に返してもらえればいいですよ。

「弟さんは埼玉に住んでるんだ。こっちのフリーマーケットに物を出すわけないからね」

「それで？　社長はお嫁さんのこと、どうやって知ったんです？」

当社は三田さんとお付き合いをいただいておりました。なのでこの写真も当社に持ち込まれたわけですが、写真には僕の存じ上げない女性の方も写っているのです。お心当たりはありますか――と、訊《き》いたそうである。

それも教会の人でしょうと、弟さんはあっさり応じた。その素っ気ない口ぶりから、社長は弟さんは信者ではないと判断したわけだ。

あの写真の笑顔は、親戚《しんせき》付き合いの一環か。

「で、これじゃとりつくしまがないなと思ってたらね」

まさか理恵子《りえこ》さんじゃないだろうしと、弟さんがぽろりと言った。

どなたのことですか？　ああ、甥《おい》の嫁ですよ。最初《はな》からごたごた続きの結婚で、永く保《も》ちませんでしたから、兄夫婦とお付き合いがあった方たちも、よく知らんでしょう。

えへんと、須藤社長は咳払《せきばら》いをした。声が嗄《しわが》れたわけではなく、胸を張ったらしい。

「そこから、僕は見事にひと芝居打った」

その後の会話は以下のとおり。

――ああそうですか。でもこの写真を見る限り、年格好からして、どうもその理恵子さんという方じゃないかと思われますねぇ。あるいは教会で撮ったお写真かもしれません。

――そんなわけはない。あの人は信心が嫌いで、それで兄貴たちと合わなかったんだから。

――ははぁ、そうですか。

――甥の奴もね、親に相談もせんで勝手に嫁を見つけて、うまく収まるはずなんかないってことがわからなかったんです。

――でも別れた後は、息子さんは千川町のご実家におられましたよね。

――離婚して、萎《しお》れてましたからね。金もかかったし。

――ああ、それで親元に戻られた。そういえば息子さん、駐車場を探しておられました。うちでお世話したんです。話はまとまりませんでしたが。

――車なんか、実家にいたら要らんもんね。

話しているうちに弟さんの口調も湿気を帯びてきて、写真一枚のことでご丁寧にすみません、兄貴たちが写ってるもんなら、うちでいただきましょうかという流れになってきた。

――わかりました。ですが三田さん、実は、これに写っているのは甥御さんと、理恵子さんらしい女性の二人だけなんです。

後追いの嘘《うそ》の追加である。最初に「三田さんのご家族のスナップ写真」という曖昧《あいまい》な表現をしておいたからこそできた技だと、社長の口調はまたそっくり返る。

「僕は、舌先三寸の商売で鍛えてるからね」

「よく知ってます」

――ですから、差し出がましいようですけれども、理恵子さんのご意向も伺っておいた方がいいんじゃないかと思います。理恵子さんが教会の活動に熱心ではなかったということですと、なおさらこれ、教会にはお返しできませんしね。

信教の自由だの肖像権がどうのこうのだの、社長は三田さんの弟さんを煙《けむ》にまいたらしい。

――そうなりますかなぁ。

まかれる弟さんも人が好《い》い。

「三田さん一家三人が火事で死んだのは、息子さんが理恵子って人と離婚して、何ヵ月も経《た》たないうちのことだったそうなんだ」

――だから理恵子さんは通夜《つや》にも葬式にも来とった。私は喪主を務めたから、当時の芳名帳を持ってるんで、そこに書かれた連絡先でよければ、お教えしますよ。

と、弟さんは言った。

――今もそこに住んでるかどうかは、わからんけどね。

「どうだい、収穫だろ？　これで謎は解けたも同然だ！」

上機嫌である。ほとんど浮かれている。確かにそれだけの価値はある。英一だって、こんなに早く、三田真の元妻の消息がわかるとは思っていなかった。

「でも社長」

「何ですか」

「その理恵子さんは、今の話の様子だと生きてる――いや、ご存命なわけですよね？」

一拍、間が空いた。

「そうだね。死んでたら、弟さんもそう言うだろうからなぁ」

死んでることを知らないという可能性もあるけど。

「いや、死んでない方がいいんですよ。三田家じゃもう三人も死んでるんですから、これ以上の人死には悲惨すぎます」

「だよね」

「けど、それだと、理恵子さんは心霊写真になりようがないわけです」

だから、謎を解明したも同然ではないと、英一は指摘したいのだった。

今度は二拍、間が空いた。

そして須藤社長は言った。「生霊《いきりょう》だったりして」

ンな、バカな。


教えてもらった電話番号には、合成音声が応答した。転居のため番号が変わりました。かけ直すと、そちらは留守番電話だった。どんなメッセージを残したらいいか見当もつかなかったので、英一は黙って電話を切った。

翌日、スカッシュみたいに乱反射して逸《はや》ったり落胆したりする気持ちを抑えるために、わざと部活に出た。二十キロ走って帰宅し、もう一度かけてみると、つながった。女性の声が出た。

英一はまずきちんと名乗った。三田さんのご近所に住んでいる学生です。三田真さんの奥さんだった理恵子さんでいらっしゃいますかと問うと、女性の声は戸惑ったように沈黙した。それから言った。

「三田の家は、もう失《な》いはずですが。どういうお尋ねでしょうか」

少しビブラートのかかった声だった。楽器に喩《たと》えるなら、吹いたり弾いたりするのではなく、はじく系の声だ。

「それがその、あの」

留守電メッセージ以上に、どう切り出したらいいかわからない。

「怪しまれて当然なんで、すごく申し訳ないんですけど、すみませんが切らないで話を聞いてください」

最初のうちは、今にも切られてしまいそうな気がして、つんのめるような早口になった。写真の内容を、一面識もない人に言葉で説明するのも難しい。だが、相手は電話を切らなかった。リアクションこそしないものの、じっと聞き入ってくれている。

「その写真、あなたが持っているんですね」

問い返されたときには、安堵《あんど》のあまりにちょっと膝《ひざ》が震えた。

「持ってます」

かなり長いこと、電話は黙り込んだ。やがて、こう言った。

「わたしに見せていただけないですか」

てきぱきした人だった。今度の土曜日の午後二時、日比谷《ひびや》公園の噴水の前で。はい、伺います。何か目印は要りますか。僕は都立三雲高校の一年です。制服を着て校章を付けていきます――

当日は、

「学校へ行くの？　何しに？」

両親とピカに、三連打で訊かれた。

「部活」

「制服で？」

「私服は面倒なんだよ」

ピカはさらに鋭く、「花ちゃん、デート？」

走って振り切らなければならなかった。

日比谷公園に来るのは三度目だ。過去二回は、学校の行事がらみだった。完全な私事で、待ち合わせの相手が女性であるという一点でのみ、今回は確かにデートに近い。

——大気圏外という感じの年上だけど。

二十分も早く着いて、オレの本式のデートはいつになるのかとか、ピカの方が早いんじゃないかとか、益体《やくたい》もないことを考えた。この先の展開が、まったく想像つかない。三田家のどんな事情を聞かせてもらうことになるのか、その事情には、自分の調査にとって意味があるのか、なんで理恵子さんは写真を見たがるのか等々、考えても何の足しにもならないことを考えずにいるために、ただぼうっとしていようと思ってもできなかった。

しかし。

ああ、あの人だと、近づいてきたらすぐにわかった。頭でわかったのではない。目でわかった。

都心の憩《いこ》いの場。冬の陽にきらめく噴水の飛沫《しぶき》のそばでぽつねんと待っている学生服の英一に、ゆっくりと歩み寄ってくる。キャメル色のコートに灰色のスラックス、黒いトートバッグを肩にかけている。きりりとしたショートカット。整った目鼻立ち。身長は百六十センチ前後か。

そこに存在している。実在している。生身の女性だ。

でも、心霊写真の顔の女だった。

ンな、バカな。

## 7

職場がこの近くなのだと、山埜《やまの》理恵子は言った。もらった名刺には、出版社の名前と「編集員」の肩書きがあった。

「教科書の副読本や参考書を作ってる会社なんですよ」

そういえば、うっすら見覚えのある社名だ。

「小学校の先生をしておられたと聞いたんですが」

理恵子はまばたきをして、英一を見た。

「よく知ってるのね」

調べたんですものねと言われて、反射的に、すみませんと謝ってしまった。

公園の近くのティールームである。ますますデートっぽい——ことはない。面接を受けているような雰囲気である。

ウエイトレスがコーヒーを置いて去ると、英一は鞄《かばん》を開いた。山埜理恵子は背筋を伸ばして座っている。化粧は薄く、アクセサリーは付けていない。ほのかに香水だけが匂う。

「これです」と、テーブルの真ん中に、そっと写真を置いた。

軽く身を乗り出し、理恵子は写真を見た。ちょっと目を瞠《みは》る。

テーブルの下から手を出して、写真に触れる。キャビネ判一枚の紙切れよりも、もっと重く、取り扱いの難しいものを捧《ささ》げ持つような手つきで、それを顔の前に持っていった。

英一は無言で待った。

理恵子は写真から目を上げた。

「わたしです」

英一の身体《からだ》のどこかに、栓が抜けたような感覚が走った。

「おかしな写真」と、理恵子は呟いた。「変な写真だわね」

言葉には微苦笑のトーンがあった。顔に笑みはない。切れ長の目はまばたきもしない。

「この写真を撮った時のことは覚えておられますか」と、英一は尋ねた。

理恵子は写真をテーブルに置くと、くるりと回して英一の方に向けた。

「4.20って表示が出てるけど、いつの四月二十日かわかりますか」

「五年前です。二〇〇三年です」

「じゃ、わたしたちが新婚のころね。結婚したの、その年の一月だから」

他人事《ひとごと》のような言い方だった。

「でもわたし、真さんの実家にはほとんど出入りしてなかったんです。特にこんな」

と、爪の先で写真をさすと、

「教会の人が来て行事をするような時はね。嫌だから、行かなかったんですよ」

英一は、ひとつうなずいた。

「わたしはこの場にはいませんでした」と、理恵子は言った。「わたしがいないから、みんな笑顔で写ってるのよ」

英一は黙ったままお冷やを飲んだ。

沈黙が流れる。土曜日の日比谷のティールームで年上の美人と向き合いながら、英一は、三雲高校を受けたいという希望を述べた進路相談の時のことを思い出していた。気まずくて気詰まりで、うっかり発言すると、流れがどんどん望まない方向に行ってしまいそうな、危うい沈黙。

理恵子が、初めて頬を緩ませて英一の目をとらえた。「高校一年生でしたよね」

「はい」

「十六歳だ」

「はい」

「行動力があるんだね」

褒められた。やっぱり先生と向き合っているような感じだ。

「ありがとうございます」

理恵子は白い前歯をのぞかせて笑った。「神光真の道教会で、びっくりさせられなかった？　一人であんなところに乗り込むなんて、勇気がありますね」

「あんまり深く考えてなかったから」

そっか——と軽くうなずき、また写真に目を落とす。

「真って名前、ね」

教会でつけてもらったんですって。

「それぐらい、三田の両親は、若いときから信仰に熱心だったんです。真さんは子供のころから付き合わされてて、でも感化されちゃうことはなくってね。大学に入るとすぐ家を出たの。親の信心が理解できないって言ってた。ずうっと不可解で、自分はあんなふうにはなれないし、なりたくもないって言ってた。少なくとも、わたしにはそう言ってた」

言って——いたのだけれど。

「でも親子だものね」

カメラに向いて笑う父と母と息子を見つめ、問いかけるように、確認するように、もう一度「親子だもの」と呟いた。

「この写真、わたしがもらっていいですか」

「はい」

あなたの写真ですから。口には出さずとも、通じたはずだ。

「本当の持ち主は、教会の野口さんでしょ。いいのかしら」

「あの人には返す必要がないと思います」

「そう決めつけるのは、調査した人の権利？」

ほんの少しだけれど、挑発的な匂《にお》いのする質《ただ》し方だった。

あの気まずかった進路相談より、さらに難しいやりとりだ。でも、ここには力関係の上下はない。不作法はいけないが、言いたいことを言っても叱《しか》られたりはしない。

「そうです」

英一はきっぱり答えた。山埜理恵子の瞳《ひとみ》が、一瞬嬉《うれ》しそうに輝いたと思ったのは、手前勝手な錯覚だろうか。

「僕はずっと、どうしてこんな写真が存在するのか理由を知りたいと思って、調べてきました」

打ち返すように素早く、理恵子は言った。「理由はわたしにもわかりません」

「トリック——とかじゃなく？」

まっこうから目が合った。

ほとんど同時に、二人で笑い出した。もうひとつ、さっきよりはかなり小さいが固い栓が、英一の身体のどこかで静かに抜けた。

「君が調べた限りじゃ、この写真のなかのわたしの顔、最初から写ってたんじゃないんでしょう?」

「そう聞きました。プリントをもらったときにはなかったって」

「わざわざ野口さんの家に忍び込んでアルバムをあさってこんな写真を仕込むなんて、わたしもそこまで暇じゃありませんよ」

言って、自分で自分の言葉をつかみ直すように、二度もうなずいてみせた。

また沈黙がきた。会見は終わりになりそうだ。山埜理恵子が手を伸ばし、写真をトートバッグにしまう。ホントおかしな写真よねと片付けるように言って、立ち上がる——

彼女は座ったままだった。コーヒーカップを取り上げ、中身を飲み干し、ソーサーに戻すと、英一に目を向けた。

「写真のお礼に、種明かししてあげようか」

内装にガラスと鏡をふんだんに使ったティールームだが、二人は店内の真ん中へんに座っていたので、自分がどんな間抜けな顔をしたか、英一には見えなかった。

「君にはまだそういう経験はないだろうけど、大人になったら、きっとあると思うよ。

見ず知らずの他人——一度しか会わない通りすがりの他人に、まわりの親しい人たちにはけっしてしない身の上話をしてしまうってこと。それってたいてい、タクシーのなかなんだけどね」

「運転手さんですね」

「ええ。だから今もそのつもりで話します。いっぺんだけ」

「背中、向けましょうか」

理恵子は笑みくずれた。「そこまでしなくたっていいわよ」

自分でも思いがけず、英一は照れてしまった。今までいちばん明るく、優しげな山埜理恵子の笑顔は、美しかった。

「わたしと真さん、籍を入れる一年も前から一緒に住んでたんですよ。というより、三田の両親が折れて、結婚を認めてくれるまで、それだけかかったの」

大反対だったのだそうだ。

「わたしが神光真の道教会の信者じゃなかったから」

「だけど真さんも信心はしてなかったんでしょう?」

「そうよ。だからわたしと結婚するために、ずいぶん頑張って両親を説得してくれた」

その甲斐《かい》あって、二〇〇三年一月に、二人は晴れて婚姻届を出した。

「届だけ。お式も披露宴もなし。そこが妥協点でね」

神光真の道教会には、独自の結婚の儀式があるのだという。信者は皆、それに従う。

「普通の結婚式をやるんじゃ、三田の両親は、誰も呼べないっていうの。呼んだって来てくれないって、ね。二人ともあの支部じゃ古顔の信者だったから、本当にまずかったんでしょうね」

結婚式ぐらい、いいじゃない。理恵子は自分を宥《なだ》めた。実はひどく残念だったけれど、両親と妻の板挟みになる真の立場を考えて、気にしないふりをした。それでごたつかずに済むなら、いいじゃない。

「わたしも甘かったのよ」

同居はまっぴら御免だったから、生活は切り離されていたけれど、夫の両親からは頻繁に電話がかかってきた。休日、出し抜けに訪ねてくることもしばしばあった。そして必ず信仰の話をする。理恵子がそれを嫌がると、三田真は両親に何らかの働きかけをしてくれたらしい。そこでの話し合いもしくは取引の結果か、会社帰りに、真は理恵子に黙って実家に寄るようになった。明らかに呼び出されて出かけてゆくこともあった。

じわじわと、理恵子は悟り始めた。結婚してしまった以上、三田の両親と――二人の強固な信仰と、適当に距離をとり、そ知らぬ顔をして付き合ってゆくことは不可能だ。わたしは三田家の一員になったのだから。

それだけではない。今のわたしは、三田家が大っぴらにできない〝不足のある嫁〟なのだ。三田の両親は納得していないし、理恵子を許しても、受け入れてもいない。理恵子は、教会の信者たちどころか、近所の人たちにさえ、息子の嫁ですと紹介してもらえなかった。

三田夫妻が理恵子に教義を説き、入信を勧め、彼女が撥《は》ねつけるたびに溝は広がり、深まり、気がつくと、どちらか一方から手を差し伸べただけでは、越えられないほどの幅になっていた。

「それでも、真さんはわたしの味方だった。だけど――」

いい、いい、親子なのよ。さっきと同じことを呟いた。

「おかしいんだけどね。わたしという第三者が入ってきたことで、三田の両親と真さんは、かえって近づいちゃったの。信心のことではずっと折り合わなかったはずなのに、いつの間にか和解しちゃって」

解決したのではないと、理恵子は言った。

「癒着という言葉がぴったりだと思う」

双方を宥めたり諫《いさ》めたり、それぞれの顔を立てたり、あいだに挟まった三田真は、確かにしんどかったろう。疲れて、倦《う》んで、落としどころを探してゆくうちに、親の方に寄るか妻の方に寄るか、どっちかだ。ど真ん中に居続けることはできない。溝の上に浮かんでいることはできない。

テーブルの中央に、英一の方に向けて置かれたままの、あの写真。新婚だった三ヵ月の三田真は、実家で行われた教会の行事で、両親と共に笑っている。

妻は欠席しているのに。

妻が欠席しているから。

妻には、俺まで欠席するとまた角が立つから、ちょっと顔だけ出してくるよと言って。

三田真の笑顔が、その場の平穏を保つためのつくり笑いだったとしても、そこで彼がこんなふうに笑っていられたということは、ある予兆、ある凶兆だったのではないか。

「わたしには、口先だけ調子を合わせて信じたふりをしておけばいいって、よく言ってた。あの教会の教義そのものは、別に目新しいものでも過激なものでもない。ちょっといい話だぐらいに割り切って、聞き流せよってね」

妙心尼と野口さんとの短時間のやりとりを思い出しただけでも、それは難しそうだなぁと、英一は思った。

「君の友達にもいないかしら。わたしが昔、受け持っていた生徒にはいたのよ。自分は親のことをさんざんこき下ろすくせに、友達に親を批判されると怒るの。身内ってそういうものなのね」

テンコは、秀夫のことも京子のことも観察はしても批判はしないから、想像するしかない。でも、そんなもんかなと思う。

「わたしが頑《かたく》なになればなるほど、あの人は優しい一人息子に変わっていっちゃった」

入信こそしなかったが、神光真の道教会の教義にも、そこに人生すべてを抛《なげう》っている両親の生き方にも、寛大になっていったという。

「そうすると今度は、わたしの親と真さんがぎくしゃくし始めるわけ。わたしの親も、最初からこの結婚にはいい顔をしていなかったからね」

それも、三田家の信心のことがあるからだ。

「真さんとしては、わたし以上に、わたしの親に自分の親のことをとやかく言われるのは我慢できなかったんでしょう」

入籍から三年五ヵ月で、二人は離婚を決めた。結婚生活の破綻《はたん》はそれよりもずっと前から始まっていたという。話し合いが口喧嘩《くちげんか》になって、夫婦のどちらかが自分の実家に帰ってしまうという事態が、何度も発生していたからだ。

「離婚するって決めたら、うちの両親はほっとしたみたいだった。わたし以上にね」

結婚生活のあいだ、理恵子は、三田家には数えるほどしか足を踏み入れたことがないそうだ。近所で知られていなかったはずである。

「千川一丁目に、古いお菓子屋さんがあるんですけど」

理恵子は、覚えていないと言った。

「そこのお婆《ばあ》さんだけは、あなたのことを知っていました。少しですけど」

「三田の母から聞いたのかしら」

「だと思います。昔は婦人会のリーダーだった人だそうなので」

「三田の母も、他人に愚痴をこぼすことがあったのね」

口調には、苦みの利《き》いた揶揄《やゆ》が含まれていた。

「あの教会の教義では、愚痴は罪悪なのよ」

どんな不幸や試練も、有り難いと思って引き受けるのが御仏《みほとけ》のお心にかなうことだからだそうである。

「ずっと住み着いてる人たちが、他所《よそ》から来た人間にはちょっと薄気味悪いくらい、お互いのことをよく知ってる土地柄です」

そこでささやかながら単身で調査活動をした英一を、あらためて興味深く思うのだろうか。間違いなく教師のまなざしで見つめられるのを感じた。Aはもらえるだろうか。

「あそこで、近所の人たちに知られてないってことは」

「積極的に隠されていたわけよ」と、理恵子は言った。「何のことはないわね。わたし自身が、三田の両親にとっては罪悪だった」

わざときつい言い方をしていると感じた。

「いろいろあったけど、もう我慢できないってはっきりわかったのは、わたしの仕事に口出しされたときだった」

当時、理恵子が担任していたクラスで、学級崩壊に近い現象が起きていた。その対処に悩み、忙殺され、ある夜、ストレス性の胃潰瘍《いかいよう》で血を吐いて救急車で病院に運ばれた。

救急治療室に駆けつけてきた三田徳子は、心配そうにしながらも、明らかに嬉々《きき》としてこう言ったのだそうだ。

――理恵子さんは御仏の道に背を向けているから、生徒たちにも背かれるんだよ。許せないと思った。

「ひっぱたいてやろうかと思った。あんたに教師の何がわかるんだって」

三田真は、母親の傍らで、黙って目をそらしていたという。

英一も、目の前の山埜理恵子を直視することはできなかった。タクシーの運転手なら、この苦労はないのだろうけれど。ルームミラーを見ないようにしていればいいのだろうけれど。

感情的な台詞《せりふ》に、自分で恥ずかしくなったのかもしれない。理恵子は「降参」というふうに両手をあげ、瞳をくるりとさせた。

「というような、ある不幸で滑稽《こっけい》な結婚の風景だったわけなのよ」

はい――と、英一はうなずいた。

「一昨年《おととし》、あの人たちが火事で死んだとき」

理恵子の顔から笑みが消え、別の何かがとって代わった。すぐには分類不可能の、表情というものに固まる寸前の、震えのようなものが。

「わたしは泣きませんでした」

涙は出なかった。

「離婚して、百十五日目だったのよ」

口を結んで、黙った。英一も黙って待った。

「わたしは逃れたんだなって思った」

英一は何も言わなかった。

「何よ、信心なんかしてたって、災難は避けられないじゃないのって思った。こんな酷《むご》い——目に遭っちゃって」

英一は何も言わなかった。

「おまえは別れてよかったって、両親にも言われたわ」

唐突に、彼女の声が詰まった。だがすぐ立ち直った。「お通夜にもお葬式にも行きました。それはもう白い目で見られたけどね」

「誰にです？」

「教会の人たち」

「なぜですか。おかしいですよ」

「おかしいよね。でも、それがあの人たちの考え方なの。わたしが信心しなかったのがいけないって」

面白いでしょうとビブラートの利いた声で言うと、理恵子は突然、片手で目を覆《おお》った。

「わたしは泣かなかった。悲しい気持ちなんて、どこからも湧《わ》いてこなかった」

テーブルに肘《ひじ》をつき、頭を垂れて声を震わせる、教師のような年長の女性を、英一はただ見つめていた。

泣かなかったのではなく、泣けなかったのではないかと、訊かなかった。意地でも泣くまいと堪《こら》えていただけではなかったのかと、訊かなかった。

「わたしのなかには、そんなわたしはもういなかった。どこにもいないと思ってた」

でも——

「こんなところにいたのね」

こんなところで、わたし、泣いてた。

今も泣いているのだと思った。この人の涙を見てはいけない。やはり運転手は背中を向けているべきだった。英一は身を固くしてうつむいた。

磨き込まれたテーブルに、理恵子の顔が映っているのが見えた。

泣いてはいなかった。かすかだが笑っていた。笑おうとしていた。

大きく息を吸い込むと、山埜理恵子は身を起こした。くちびるの端に笑みが残り、目の縁が赤らんでいた。

「わたし、嫌いだったのよ、この人」

写真のなかの、黒いワンピースのおばさんをさす。

「野口さんですか」

「うん。大嫌い。いっちばん嫌いだった。教義にどっぷり浸《つ》かってて、何の疑いもなくて、まっしぐらに独善的で」

ちょっとわかりますと、英一は言った。

「僕が訪ねていったとき、野口さんはこの顔が山埜さんだとわかってたはずなのに、何も言いませんでした」

「わたしの顔、忘れてたんじゃない？　二度しか会ってないもの」

二度とも、理恵子が夫と三田家を訪ねた折で、野口さんが待ちかまえていたのだそうである。もちろん、説得して入信させるためだ。

「そんなことはないと思います。わかってたからこそ言えなかったんですよ」

写真の紛失にあれほどあわてていたのも、女の顔に心当たりがあったからだろう。

「その妙心尼って人は、わたしは知りません。でもあの支部には、いつも袈裟《けさ》を着た人が二、三人いるって、真さんが言ってたわ」

手強《てごわ》かったですと、英一は思わずこぼした。理恵子は笑った。

「自分がどんなに悲しくて、どんなに深い傷を負っててどんなに辛《つら》かったか、わたし、いわば敵の代表みたいな野口さんに報《しら》せたかったのね。だからこんなところに現れちゃったんだ」

まるで写真に意志があって。

教会で供養《くよう》なんてされたくない。ここにいることを知らせたい。

わたしは泣いていた。泣いていた。誰よりも誰よりも泣いていたんだ。

添い遂げようと思い決めた人と別れてしまった。一度は愛した人と背を向け合った。三田家の輪のなかに入れなかった。いつもはじき出されていた。だから頑なに離れていった。

そして彼らに死に別れた。

みんなみんな、悲しかった。どれほど悲しかったか、あんたにわかるか。

ミス垣本の眼力は正しかった。写真の女は全身で泣いていたのだった。

「今も辛いですか」

「ううん」

答えは早かった。かぶりを振るのも早かった。

「そういう思いは、全部この写真のわたしが吸い取ってくれてた。これを見たらよくわかりました。もう、きりがついてます」

「火事から二年経ったからですか」

ううん——と、今度も即答だった。

「九月の末に再婚したんです」

この写真が野口さんの手元に出現し、教会に送られ、フリマに紛れ出たタイミングだ。

なるほど、と思った。

「山埜は今の夫の姓なのよ」

「そうでしたか」

理恵子はトートバッグからハンカチを取り出した。目を拭《ぬぐ》うのかと思ったら、違った。写真を丁寧にハンカチで包み始めた。その作業をしながら言った。

「過去って、写真で写せるのね」

「写真に撮ったものは、みんな過去じゃないですか」

「ああ、そうねぇ」

写真はハンカチに包まれ、トートバッグのなかに消えた。

「人騒がせなことをしちゃって、ごめんなさいね」

「いえ、そんな」

結局、トリックじゃなかったみたいだし。つまり、わざとやったんじゃなかった。

「でも、これって何なんでしょうね。心霊写真じゃないわけだから」

そうなのだ。結局、どういう現象になるのだろう。

「念写、かな」

ピカの本で仕入れた知識だ。世の中には、頭に思い浮かべた映像をフィルムに焼き付ける力を持つ人びとがいるそうで、それを念写というのだそうで。

でも、それにもいろいろ仕掛けや技があるわけで。

「わたし、イタズラやトリックなんてしてないわよ。人騒がせなことをしたって言ったのは、そういう意味じゃない」

「わ、わかってます」

どうもしどろもどろになる。

「でも、やっぱり心霊写真なのかな」

思い直したように、理恵子が明るく言った。

「だってこれ、過去のわたしの幽霊だ」

――わたし、こんなところで泣いてた。

切り取られた過去の現実の断片。

ふと思い出して、英一は須藤社長とミス垣本の体験について話した。窓枠の上にへばりついていた髪の長い女のこと。山埜理恵子は真顔で聞いていた。

「世の中にはいろいろな人がいるから、いろいろな出来事も起こる。なかには不思議な事もある。社長はそう言ってました」

うん――と、理恵子はうなずいた。「これも、そういうことにしておきましょうか。探偵役としては消化不良でしょうけど」

「将来、タクシーの運転手さんに身の上話をするようになるかどうかはわからないけど、このことはしゃべっちゃいそうです」

「いいですよ。それも君の権利だわ」

そのころには時効だし――という。

「写真を持ち込んできた女子高生には、また会う機会がありそう？」

「近所の子なら、確率はゼロじゃないと思いますけど」

「もしも会ったら、あれには本当に幽霊が写ってたけど、もう成仏《じょうぶつ》したから心配ないって言ってあげて。僕が成仏させたから、安心しろって」

「成仏させるのは、僕じゃなくて山埜さんじゃないですか」

理恵子は真顔になった。涼しい真顔に。

「そうね。君の言うとおりだわ」

「それより、余計なことですけど、電話番号が変わったっていうあのお知らせ、切った方がいいんじゃないでしょうか」

「どうして？」

「僕と同じようにして、教会の人たちが連絡してくるかもしれないでしょう」

理恵子は目を瞠った。「わたしがどうしてるのか、確かめるために？」

「確かめたくなりませんかね」

山埜理恵子はちょっと考え込み、どうかしらねと呟《つぶや》いた。

「うん、でもお知らせは切ることにします。あの人たちには、わたしが幽霊になったって思い込ませておく方が、痛快だから」

目に力があった。勝ち気な人だなぁ。

そう思ったら、気が楽になった。確かにこの人にとって、この写真はもう終わった現実なのだ。こっちも終わりにしよう。

そんな必要などないのに、なぜかまた二人で日比谷公園まで戻って、噴水の前で別れた。

「あの」

英一は、大事なことを言い忘れていたと気がついて、声をかけた。

すらりとした背中が振り返る。

「ご結婚おめでとうございます。お幸せに」

ありがとう――と応じ、山埜理恵子は少女のように、バイバイと手を振った。


「出来すぎてるような、中途半端《はんぱ》なような」と、テンコは言った。

「やっぱり生霊だったじゃないか」と、須藤社長は言った。

社長に事情を話しているときたまたま居合わせただけで、英一としては眼中にないつもりのミス垣本は、

「バッカみたい」と、またぞろ都民皆殺しの声で言った。

ピカには、しつこくせがまれたけれど、解決編を話してやらなかった。自分で推理してみろと言ってやった。

「そういう意地悪をすると――」

「父さん母さんに言いつける気なら、いいよ、やってみな。お兄ちゃんにも考えがあ

る」

そういう脅しをかけるとき、人は何も考えていないものである。

「おねしょしてやる」と、ピカは言った。屋根の補修はまだ完全ではなく、押し入れの上段はピカに占領されているのだった。

「おねしょしたら、おまえの友達に電話しまくって、バラしてやる」

「花ちゃんの人でなしぃ」

語彙《ごい》の豊富な小学生である。


二学期が終わり、冬休みが始まるころには、英一の生活はすっかり元に戻っていた。

師走《しわす》も二十八日の、夕方のことである。年内最後の部活を終えて、師走の喧噪《けんそう》からも取り残されているハッピーな臨死商店街を抜けて我が家に帰りつき、店の方の出入口から三メートルぐらい手前で、英一は立ち止まった。

え？

今、ウインドウのガラスに人影が映ってなかったか。何かこう——誰かが取っ手を回して箱形の部分を開けて、ガラスのそばまで身を乗り出していたような。

まばたきをしてみた。ウインドウのなかには季節外れのクジラとイルカと花咲ゾウ。三十日には、いったん全部片付けて、鏡餅《かがみもち》を置くのだと京子が言っていた。気のせいか。英一はマフラーを引っ張って巻き直した。

——出た、とか？

さっき見えたような気がした人影は、父でも母でもピカでもなかった。老人のように見えたのだ。

マフラーの端をつかんだまま、歩道に立って我が家を、小暮写眞館の入口を凝視する。

建物が残っている限り、小暮さんの魂はそこに残っている。

申し訳ないんですが、小暮泰治郎さん。オレ、本年度分の幽霊の受付は締め切りました。

別の方向からの視線を感じた。

振り返ると、道の反対側にあの女子高生がいた。チェックのダッフルコートを着込んでいるが、あいかわらずミニスカにハイソックスだ。この寒さで脚が粉をふいたように白っちゃけて見える。

およそ好意的ではない視線が顔に突き刺さってきた。それを避けるために、英一は口を開いた。

「あのさ」

女子高生は半歩退き、そばの電柱の陰に隠れた。

「おまえ、近所に住んでンなら、またすれ違うかもしれないから、一応、言っとく」

女子高生は、じゃらじゃらと飾りやマスコットをぶらさげた鞄に手を突っ込むと、携帯電話を取り出した。誰に通報しようというのだろう。

「おまえが持ってきた、あの心霊写真」

女子高生はメールを打っている。

「解決したから。もう心配ない」

安心しろとまでは言わなかった。

「じゃ、そういうことで」と、踵《きびす》を返して、とっとと家に入った。

女子高生はメールを打つ手を止めて、英一を見送っていた。その顔には、英一がまったく想像だにしない表情が浮かびつつあった。

この瞬間を、もしも誰かが写真に撮ったなら。それを現像して引き伸ばし、額に入れて壁に飾るなら。

まことにふさわしいタイトルがある。が、英一はまだそれを知らない。

そのタイトルとは——
口は災いのもと。

# 第二部 世界の縁側

*1*

花菱《はなびし》家の新年はハードルが低い。イベント性に乏しいのである。

それはたぶん、まず第一に、両親どちらの実家にも帰省しないからだろう。向こうから誰かが訪ねてくるということもない。

疎遠《そえん》なのである。

花菱秀夫《ひでお》・京子《きょうこ》夫妻は、こういうことには揃《そろ》って几帳面《きちょうめん》な気質《たち》なので、毎年の年賀状を、十二月二十五日までに書き上げて投函《とうかん》する。その作業をちらりと見る限りでは、最低限の儀礼として、双方の実家にも出しているようだ。ただ、向こうからも来ているのかどうかは定かでない。秀夫にしろ京子にしろ、

「ホラ、お祖父《じい》ちゃんお祖母《ばあ》ちゃんから年賀状が来たわよ」

「こっちは伯父さんのとこからだ」

なんて、見せてくれたことがないからわからないのだ。英一《えいいち》もまた、そのあたりを気にしたことがない。

もとい。気を使って、わざと気にしないようにしているうちに、それが習い性になってしまったのだ。

家族や血族にとっての「行事」というものは、その家族や血族の土台の部分に埋まっている地雷を露《あら》わにする絶好の機会である。テキがせっかく地面に顔を出してくれているのだから、敢《あ》えて踏みに行く理由もないわけで、英一はよろず知らん顔をするクセがついた。武器よさらば、だ。ちょっと意味違うか。

これはピカも心得ている。地雷を意識するようになったのは、むしろピカの方が早かったかもしれない。回避行為をしている兄ちゃんという手本がいる分、独学の英一よりも習得がスムーズに行われたのだ。門前の小僧である。またちょっと意味違うか。

ともあれそういう次第なので、花菱家の正月は「内っきり」である。NHKの「ゆく年くる年」が始まると、家族四人連れだって初詣《はつもうで》に出かける。参拝先は目黒不動尊《めぐろふどうそん》だった。今年からは戸田八幡《とだはちまん》に替わった。永らく、お不動様と八幡様では神様仏様の種類が違うのだろうから、安直に引き比べてはいけないが、神社の構えだけで比較するならば、本社勤務だったのが子会社に出向させられたような気分である。いや、こんな罰当たりなことは英一の感想ではない。父・秀夫が言ったのだ。但《ただ》しその後で、「でも、真っ先に新年のご挨拶《あいさつ》に行くべきは土地神様のところだからね」と、殊勝にもフォローしたことを付け加えておく。秀夫も京子も、ハッピー通り商店街の住人は戸田八幡の氏子になるということを、どこかで聞き込んで知っていたようだ。

英一としては、戸田八幡にはなるべく近づきたくなかった。宮司《ぐうじ》の奥さんとばったり顔を合わせて、

「あら、このあいだはどうもね」

なんて言われたらまずい。両親が聞き逃すはずがない。花ちゃん独りでここに来たことがあるの？　何しに来たの？　何で口ごもるの？　親にも言えないこと？

追及されるのは目に見えている。だから「ゆく年くる年」の時間が刻々と迫ってくるのを横目に、急に腹痛になったとか歯茎《はぐき》が腫れたとか、たった今目黒不動様のお告げがあったのでオレはやっぱあっちへお参りに行くとか、いろいろ言い訳を考えていたのだけれど、結局はどれも口に出せず、しおしおと出かける羽目になった。

いざ行ってみると、戸田八幡は目を剝《む》くほど混み合っていた。本殿前の階段のそば

には警備員が出ている。宮司の奥さんなんか、どこにいるかわからない。大いにホッとした。

「これ、みんな地元の人たちなのかしら」

京子が不思議がるのも無理はない。参拝客たちの年齢層は幅広く、けっこう若いカップルなんかも混じっているのだ。氏子つまり、あの臨死商店街の住人たちだけとは思えない。

「実は知る人ぞ知る八幡様なのかもしれないよ。有り難いご利益《りやく》があるのかも」

基本的に楽観主義者の秀夫はそんなことを言い、参拝の列に並んでいるあいだに、居合わせたおっさんやおばさんに会釈《えしゃく》を返したりしている。近所の人たちなんだろう。いつの間にやら馴染《なじ》んだらしい。

警備員の誘導に従って、本殿前の急な階段をのぼってお参りを済ませた。一人だけ長々と拝んでいたピカが京子とはぐれてしまい、賽銭箱《さいせんばこ》の前の人混みのなかから出られない。英一が大人たちのあいだに腕を突っ込んで、何とか引っ張り出した。

ピカは小柄である。身長も体重も九歳児の標準よりかなり下で、パッと見には小学校三年生ではなく幼稚園児に見える。本人もそれを（口には出さないが）気に病んでいることを、英一は知っていた。兄ちゃんにはお見通しなのだ。

「圧《お》し潰《つぶ》されちゃうかと思った」

揉《も》みくちゃにされて、髪が逆立っている。

「足、ひねっちゃった」

参道の脇《わき》の植え込みのところでピカをおろし、近くの灯りを頼りに見てみると、ピカの右足の靴下の縁にべっとりと土がついていた。どうやら誰かの靴で、横合いから踏みつけられたらしい。

「痛いか？」

「うん」

地面に足をつくとズキリとくるらしく、ケンケンしているような格好になる。しょうがないの二乗だ。おぶってやることにした。

「のろのろ拝んでるからだぞ」

「だって、いっぱいお願いすることがあったんだもん」

両親はどうしているかと見れば、社務所の前に設けられたテントの前で、揃ってきょろきょろしている。既にして京子の目が泳いでいる。ピカちゃんはどこかしら？

「あ、いたいた」と、秀夫が声をあげた。京子の目が、今度は尖《とが》る。

「ピカちゃん、どうしたの？」

ピカは英一の背中で、ねんざしたのと嬉《うれ》しそうに答えた。

「あら怖い。帰ったらすぐ湿布しなくちゃ」

お札を買うから、先に安全なところへ出て待っててと、大げさなことを言う。

狭い境内なので、夜店の類《たぐい》は出ていない。鳥居の先に、甘酒販売のヴァンが一台停まっているだけだ。そのそばを通り過ぎようとすると、

「花菱君！」

元気な声がした。振り返ると、ヴァンの横に立っている売り子が見知った顔である。驚いた。

「コゲパンじゃねえか」

言ってしまったら、一杯百円の甘酒を買っているお客さんたちが、一斉に売り子の顔を見た。

まずかった。いくらあだ名であるとはいえ、相手は女の子だ。しかも、この女子の〝コゲパン〟というあだ名には、本人の顔を見たら誰でも十分の一秒で納得してしまうというくらいの説得力があるのである。

丸顔で色黒なのだ。日焼けして黒いのではなく、地黒であるらしい。命名者は小学校時代の友達だと本人が話していたことがある。

「あけましておめでとう」

コゲパン——本名・寺内千春《てらうちちはる》はきわめてまっとうな挨拶をした。お客さんたちのなかには、明らかに（この娘《こ》＝コゲパン）を笑っている向きもあるのに、気にするふうがない。

寺内も三雲《みくも》高校の一年生で、クラスメイトではないが、軽音楽同好会のメンバーである。つまりテンコの友達なので、英一も知り合った。テンコが言うには、

「あいつを下駄箱《げたばこ》に入れとくと、靴がカビねえよ」

というくらい、万事にさらさらサッパリしているという。念のために申し添えると、テンコは寺内と仲がいい。だから、言いようは何だけど、これは褒め言葉なのだ。

寺内はダウンジャケットで着ぶくれていて、ジーンズの上から藍染《あいぞ》めの丈の長いエプロンをかけている。

「バイトか？」

「ううん、家業の手伝い」

言われてよく見れば、ヴァンの横っ腹には「甘味処《かんみどころ》てらうち　移動販売車」のペイントがある。

「千春、お友達？」

ヴァンのなかから丸顔のおばさんがひょいと覗《のぞ》いた。やっぱり色黒だ。移動販売用に改造された車内には、業務用の電気コンロと銀色の大きなずんどう鍋《なべ》があって、そのなかで甘酒がとろとろ沸いている。

「うん、花菱君。店子《たなこ》君の幼《おさな》ダチ」

あらまあ、どうもとおばさんは愛想がいい。英一は冷や汗ものだ。

「おまえン家《ち》、甘味屋だったのか」

「そうだよ。言ってなかったっけ。ねえ、弟さん？」

背中のピカが、英一の頭の脇から顔を突き出しているのだ。寺内は笑っている。

「花菱君の弟って、ちっちゃいんだね」

初めましてヒカルですと、ピカが言った。中身まで幼稚園児に戻ったみたいな声だ。

これがこいつの戦略である。

「ちっちゃいけどさ、三年生なんだ」

「感じ悪いなあ、花ちゃん」

ピカがむくれて、脚をばたばたさせる。

「へえ～、光君も、お兄ちゃんのこと花ちゃんて呼んでるんだ」

そういう寺内は、なぜか律儀《りちぎ》にずっと「花菱君」である。

「いいね、お兄ちゃんにおぶってもらって」

「違うの。さっきあっちで足を踏まれちゃったの」

「あら可哀相《かわいそう》に。じゃ、甘酒サービスしたげる。こっちおいでよ」

お客が集まっているヴァンの後ろから、運転席の方へと回っていく。運転席には丸顔で色黒のおっさんが一人乗っていた。こちらは目鼻立ちまでよく似ているから、寺内の親父《おやじ》さんに違いない。親父さんは携帯電話で通話中なので、さっきの英一の「コゲパンじゃねえか」発言は聞こえてない——と思いたい。

紙コップ入りの甘酒を襟首にこぼされてはたまらないので、英一はピカをおろした。ピカも現金なもので、文句も言わない。

「熱いから気をつけてね」

「うん！　いただきます」

か〜わいいねと、寺内はまた笑み崩れる。だからそれはおまえ、ピカの戦略にハマッてるんだってば。

「毎年、ここで商売してンの？」

寺内の家は、確か二駅ほど先だったはずである。

「移動販売車はずうっと出してるけど、場所は毎年違うんだ」

お父さんが占ってもらって吉方を決めるんだよ、という。

「占うって、誰が」

「占いの先生」

英一の頭に、年末に遭遇した神光真《しんこうまこと》の道教会のことが、ちらっとよぎった。寺内家も何か信仰を持ってるのか。とりあえずここでは深追いしないことにしよう。

「この神社は初めて来たけど、狭い割にはすごい人出だね」

「オレも初めてだから、ビックリした」

「あ、そうか。花菱君はこっちへ引っ越してきたばっかりなんだよね。光君と二人で来たの？」

「いや、親もいる。どっかそのへんに」

「家族で初詣か。いいねえ」

そういうちゃんとした家、今時珍しいよねと言われて、意外だった。

「別にちゃんとしてもねえけど」

「そんなことないよ。あたしの知ってる限りじゃ、みんなバラバラだもん。親と初詣に行く高校生なんて、絶滅種だよ」

寺内は毎年こうして家業を手伝うので、やっぱり女子達からは珍しがられているそうだ。バイトするんだったら、他所《よそ》でやればいいのにって言われるよ。

「ちゃんと時給くれるとこでって」

でも、これは我が家のしきたりだからと言った。

「あたしは跡継ぎだしね」

「寺内、一人ッ子だっけ」

「うん。お父さんで五代目のお店だから、あたしは六代目になるんだ」

楽しそうで、誇らしそうだった。

「三が日は営業してるから、うちの初詣は毎年四日なんだ」

「商売のついでに初詣もしちゃえばいいのに」

「そんなのダメ。ついでに神様を拝むなんて、バチがあたるよ」

そうですか。

「そっか、わかった」明るい目をして、寺内は英一に笑いかける。「花菱君、テンコを基準にして考えるから、うちはちゃんとしてないなんて思うんだよ。テンコの家《うち》なんか、特例中の特例なのに」

店子家は祖父ちゃんも父ちゃんも名士なので、半端《はんぱ》なしに年賀の客が来るのだ。親《しん》戚《せき》連中も一堂に会する。正月はその応対に追われる。テンコは総領息子なので、べったり付き合うことになる。だから英一もこれまで、三が日が明けるまではテンコの顔を見たことがない。

「三日は、あたしがテンコの分も走るからさ、よろしくね」

英一の所属するジョギング同好会では、毎年一月三日に初走り会を行なって、一年の活動始めとする。これには、部員以外でも希望者は参加できることになっている。テンコも出たがっていたのだが、それこそ家のしきたりには逆らえず、諦《あきら》めた。

「エントリーしたのか」

「うん。ハーフは無理だけど、十キロで」

行儀よく両手で紙コップを持って甘酒を飲んでいたピカが、寺内の藍染めのエプロンの端を軽く引っ張った。

「おねえさん、テンコちゃんのガールフレンド？」

相手にしなくていいのに、寺内は優しいことに軽く腰をかがめて、

「光君、気になるぅ？」

「なるなる」

「ただのフレンドだよ、フレンド」

テンコは友達が多いだけでなく、あれで女子にモテモテなのである。ピカもそれを

知っているものだから、興味津々《しんしん》なのだ。

「じゃあ、テンコちゃん家《ち》に遊びに行って、おじさんと野宿したことある？」

寺内はテンコの父ちゃんの趣味までは知らされていないらしく、え？　と言った。

「野宿して、豪華なバーベキュー食べるんだって。花ちゃん、ボクは連れてってくれないんだ」

「おまえはテンコのフレンドじゃねえからな」

おまめだ、おまめ。

「テンコの家《うち》、謎《なぞ》だねえ」

腰を上げて、寺内はさすがに目をぱちぱちさせている。おじさんと野宿と言われたら、普通は当惑するに決まっている。それはわかる。が、不思議なことに、寺内はその当惑気な眼差《まなざ》しをキープして、英一を見た。

「そういえば花菱君も、さ」

物問いたげという表現は、こういうときに使うべきものだろう。何だよ——と言いかけたとき、

「英一、光！」

ヴァンの向こうから京子が覗き込んでいる。

寺内のおばさんがニコニコする。「ご家族で来てたんですってね」

「光ったらちゃっかりご馳走《ちそう》になって。すみません、ありがとうございます」

寺内のおばさんが挨拶してくれたのだろう。お友達なんですってねと、京子は寺内にも笑いかけた。英一の母です。運転席にいた寺内の親父さんも降りてきて、秀夫と何やらにこやかに話している。

「皆さんお忙しいんだから、お邪魔しちゃダメよ。さ、行きましょう」

よくお礼を言ってね、という京子の命に従い、ピカは愛らしく寺内夫妻にぺこりとした。まあ、いい子ねえと夫妻は満面の笑みだ。不敗の戦略である。

「今度、うちに遊びに来てね」

ピカはぬかりなく寺内にもアピールする。寺内は、後から思えば籠絡《ろうらく》されて口が滑ったのだろう、うん行くね、と言ってから、こそっとこんなことを呟《つぶや》いた。

「花菱君の家《うち》にも謎があるから」

ん？　どういう意味だ。それにその上目遣いは何だ。

「じゃ、明後日《あさって》よろしくね」

はぐらかされた感じだ。

「花ちゃん、おんぶ」

ピカに気をとられた隙《すき》に、寺内は売り子に戻ってしまった。ヴァンのまわりはお客でいっぱいで、大繁盛《だいはんじょう》である。

家族四人で連れ立って帰る道々、ピカの捻挫《ねんざ》の話――誰がかよわい子供の足を踏んづけたりしたのか――の次に京子が気にしたのは、

「寺内さんて、いい子ね。でもご両親て」

もしかして東南アジアの人かしら、と尋ねる。

「生粋の日本人だよ。甘味屋なんだし。日本語しゃべってたろ」

しゃべってたしゃべってたと、秀夫が請け合う。「あれはネイティブだ」

その表現でいいのかなあ。

あらそう――と、京子は大真面目《おおまじめ》だ。

「ずいぶん、こんがり焼けてるご一家ねえ」

*2*

一月三日の初走り会には、三雲高の運動部員たちが多数参加する。どの部も長距離走に強い（というふれこみの）代表を送り込んできて、面子《メンツ》をかけて一位の座を争う

のだ。そんな熱意は持ち合わせていない運動部でも、一人も出さないのはカッコがつかないと思うらしく、正月休みの一日をつぶさなければならないこのレースは、たいていの場合、一年坊主《ぼうず》部員のくじ運試しの機会となる。

主催者であるジョギング同好会は呑気《のんき》なもので、競走からは蚊帳《かや》の外だ。むしろ、会員のいちばん大切な役目は、レースの開始前にある。目の色を変えているにわか長距離走者たちを抑えて、きっちりと準備運動をさせなくてはならない。参加者は総勢八十名を超えるから、けっこうな大仕事である。

毎年、三～四名は救護車（といっても顧問の先生の自家用車だけど）に乗せられる事態が発生するらしいが、足が痙《つ》ったとか腹が痛くなったとかの軽微なアクシデントで、大きな事故は起こっていない。だからこそ続いているわけだ。

どんなことでも継続していると重みが生まれてくるらしく、十年前に始まったときはジョギング同好会の新年会だったこのレースも、今ではすっかり三雲高校の定例行事のひとつとなった。故《ゆえ》に、校長が来る。参加者を前に新年のスピーチをして、スタートのピストルを撃つために。

幸い、好天に恵まれた。まさに抜けるような青空だ。気温は七度。都心にしては低いが、走るにはこれぐらいでちょうどいい。

校長の長い挨拶で待たされているあいだ、一位を狙《ねら》う猛者《もさ》達の闘争心は否応《いやおう》なしに高まり、靄《もや》が立ちそうだった。

やっとこさ、ピストルが鳴った。

ホスト役のジョギング同好会員たちには、初手《はな》から競おうという腹がない。三々五々という感じで走り出す。極端な話、先頭集団から五分も十分も遅れて走り出したってかまわない。

というわけで英一は、「swing girls and boys」と大書したお手製のゼッケンをつけて張り切っている寺内と、ちょっとばかりしゃべくっていた。このレースでは、ゼッケンもゼッケンナンバーも好きなように作っていいことになっている。寺内のナンバーは66だ。

「これ、目立つでしょ」

「ていうか、甘味処てらうちの方がよかったんじゃないの」

そこへ橋口保《はしぐちたもつ》が寄ってきた。彼も同好会員である。

「文化系から出てくるなんて、珍しいな」

寺内はわざわざくるりと百八十度回って、橋口にゼッケンを見せた。

「スイングするには、体力も要るんだよ。鍛えてンだから、あたしたち」

ゼッケンだから、前にも後ろにも同じ文字が並んでいるのだが、胸を突き出してアピールするのは、乙女心が恥じらうのだろう。橋口は〝物干し竿《ざお》〟と呼ばれるくらいの長身なので、寺内は上を向いて胸を張らねばならないことになるから、なおさらだ。

「ナンバーの66って、何だ？」

「〝ルート66〟だよ。決まってるじゃん」

「橋口は音楽に興味ナシだから、通じないよ」

という英一も実はあやふやだ。ルート66って、古いテレビドラマのタイトルだったと思うんだけど、音楽に関係あったかな。

「へえ～」

橋口は両手をぶらぶらさせたり、足首をぐるぐる回したりしながら、妙に感嘆している。寺内も英一も同じことをしながら会話しているので、落ち着きがない景色だ。

「軽音楽同好会って、ジャズやってんのか」

「あたしらの代から始めたの」

「ジャズなら、俺も聴くよ」

ちょっとうるさいぜ、と言いたそうな口ぶりだった。ホントかね。

おまえら居残りかと、顧問の先生がひやかすように声をかけてきた。しゃあない、行くかと、橋口が走り出す。英一と二人で寺内をはさむような感じで出走した。

「おまえさぁ、ひょっとして」

初詣のときのピカみたいに、橋口も寺内の顔をしげしげと見る。

「テンコが言ってた――」

「うん、〝コゲパン〟だよ。よろしく」

やっぱりそうかと、橋口はおみくじで大吉を引いたみたいな顔をする。

「俺さぁ、夏でも生《なま》っ白《ちろ》くて日焼けしなくてイヤなんだ。何かいい方法ないか？」

橋口は親父さんが弁護士で、本人も法律家を目指している。優秀な頭脳の持ち主だ。科目によってはテンコよりいい点をとる。そんなヤツが、自分の生っ白さを気に病んでいたとは。それにしたって、初対面の女子にいきなり相談するのはどうかと思う。まだ走り出したばっかりなので、寺内も余裕がある。リズミカルに足を運びながら、あははと笑った。「そんなのわかんないよ。あたしの色黒は自前だから」

「お父さんもお母さんも黒いのか？」

「そ。花菱君は知ってるよね」

すると橋口が、探るように英一を睨《にら》んだ。何だコイツ。

「初詣のときにばったり会ったんだよ」

「一、緒、に、初、詣、に、行、っ、た、ぁ、？」

「橋口、そんなに国語ダメだったか？　ばったりだよ、ば、っ、た、り、」

英一は、初詣のときに中断した気がかりな話題を続けたかった。しゃべっていたのもその目的のためだ。走りながら聞き出すことは無理だけど、きっかけを作っておきたい。寺内とは帰り道が一緒だから、今のうちに予約しておけば確実だ。

なのに橋口が離れない。誰とでもすぐフレンドリーになるタイプの奴《やつ》ではないので、寺内のことは、前から気にしていたのかもしれない。

ま、いいけど。ペースを速めて前に出ることにした。

レースのコースは決められている。ジョギング同好会員の二番目に大事な役割は、出走選手たちがそのルートから逸《そ》れないよう誘導することだ。早くもスタート時の群が崩れ、長い列となったランナーたちのあいだに、適宜に散って走らなければならない。もっとも、コースはほとんど一本道で、ぐるっと回ってスタート地点の校庭に戻るだけだ。間違える可能性はごくごく少ないし、走るのは歩道ばかりだから安全でもある。一位を争う猛者たちは、誘導しなくてもコースを予習してきているから、これまた放っておいても無問題《ノープロブレム》である。

英一は二、三年生の先輩会員たちと入れ替わりつつ、適当なポジションをとって誘導役を務め、淡々と走り続けた。八キロを過ぎたところで徐々にスピードを落とし、寺内を探した。まだ橋口と並んでいた。最後尾の六人のグループのなかで、先頭につけている。寺内は息があがっており、ピッチが乱れている。橋口はそれに合わせているようだった。長身がゆうらゆうらと揺れている。

「十キロまで、あとどれくらい？」と、寺内が訊《き》いた。しゃべると肩が上下する。首に巻いたタオルが、汗を吸い込んでだらりと垂れている。

「二キロ」

「キッツいや～」

橋口は実はけっこう走る奴だから、いくら合わせてもらっていても、寺内は自分のペースがわからなくなってしまったのではないか。よほど気の合う相手じゃないと、一緒に走るのは意外と難しいのだ。橋口は親切のつもりなのだろうが、こういうのを贔屓《ひいき》の引き倒しっていうんじゃなかったか。意味違うか。

それでも寺内は頑張って、十キロのゴールまでたどり着いた。へたへたと歩道の端に座り込むと、

「やったぁ～！　サンキュー」

英一と橋口に手を振ってみせる。

「戻って待ってるからさ、頑張ってねぇ」

英一としては、待っててくれと頼まずに済んだ。

どうやら橋口は一緒に離脱しようかと思っていたらしく、怪しくスピードを落としかけたので、英一は釘《くぎ》を刺した。

「オレらは完走」

「へいへい」

未練たらしく足踏みしてからついてきた。

「寺内、タイプなんだ?」

「花ちゃん、デリカシー皆無だな」

「だってバレバレだから」

「俺は日焼けのコツを知りたいんだよ」

「コゲパンのあれは一家の個性だって。この目で見たから間違いない」

甘酒と、グッドなコントラストだった。

「でも、気にしてないのは偉いと思った」と、橋口は言う。「フツーは悩むだろ? 女子が〝コゲパン〟なんて呼ばれたらさ」

「小学校のときからだっていうから、慣れたんじゃねえの」

橋口も、色白は自分の個性だと割り切ればいい。習うべきコツは、そっちの方だ。〝物干し竿〟と違って、言われなきゃ誰も気づかないようなことなんだし。

あ、言われたことがあるのか。

さすがに、それは訊けなかった。

後半では、ひとつトピックがあった。十五キロを超えた地点で、前方からずるずると後退してきた小柄な女子選手が、こりゃ危ないなあと見ているそばからよろけ始め、頽《くずお》れるように膝《ひざ》を折って倒れ込んでしまったのだ。

英一の方が近くにいたので、すぐ走り寄って助け起こし、救護車が来るまでそばについていた。ゼッケンナンバーは8だけど、ナンバーワンを目指すという意味なのか、人差し指をピンと立てた、空豆を擬人化したキャラのイラストがついている。

それでわかった。女子バレーボール部員だ。代々、どういうわけか小柄な生徒ばかりが集まってしまうので、「三雲高の豆バレー」と呼ばれている。近ごろではそれを逆手にとってこんなキャラを売りにしており、長身の生徒を入部させないという、陰の掟《おきて》があると聞いたこともある。意外にも都大会に出るほど強いチームなので、まるっきりデマではなさそうだ。

救護車に乗りながら、豆バレーの代表選手は手放しで泣いていた。膝には派手な擦り傷ができているし、両足のふくらはぎが死にかけた魚の腹みたいにピクピクしているのに、まだ走りたいと言って先生に叱《しか》られた。

先生に頼んでも無駄とわかると、女子は英一に掛け合ってきた。ジョギング同好会員であることは、ゼッケンでわかる。

「ね、まだ走れるよね？　脚の痙攣《けいれん》が止まれば大丈夫でしょ？　こんなの、長距離走じゃよくあることじゃないの？」

うちの同好会では、ない。そこまで命かけてない。先生とのやりとりを聞いていると、どうやら二年生の女子のようなので、英一は丁寧に応じた。

「やめといた方がいいっスよ。膝、怪我《けが》してるし」

さっきはアスファルトの路面にまともに膝をぶつけていた。擦り傷だけではないかもしれない。

「無理すると、長引いちゃいますよ。バレー部は春のトーナメントがあるっしょ？」

これが効いたらしい。逮捕――それも誤認逮捕されたみたいな顔をして、やっと諦めてくれた。思わず、完走しないと拷問《ごうもん》にでもかけられるンすか、と訊きたくなったけど、やめた。冗談が通じそうな雰囲気じゃない。

そうこうしているうちに英一は大きく遅れてしまい、結局ドンケツでゴールした。

頭からバスタオルをかぶった橋口と、初詣のときと同じダウンジャケットで着ぶくれた寺内が迎えてくれた。

帰り道、橋口とは駅の改札で別れた。家が逆方向なので、これぱっかりは仕方がない。

「橋口君て、面白いんだね」

寺内の方も、初対面の印象は悪くなかったようである。

「ガリ勉だってウワサ、聞いてたんだけど」

「あいつにはそんな必要ないよ」

それでも橋口はよく学ぶ。根っから真面目なんだろうし、勉強が好きなんじゃないかと、英一は思う。同じ優等生でも、そこはテンコと違うところだ。

「何か、エッフェル塔と並んで走ってるみたいだった」

「パリ行ったことあんのか」

「ないよ」と、寺内は笑う。「絵はがきで見ただけ。でも、エッフェル塔って感じだったんだ」

橋口はときどきえらく辛気くさい顔をすることがあるので、そんな折は京都タワーの方がふさわしいかもしれない。あれは蠟燭《ろうそく》に似てるから。

ホームにあがったら、乗るべき方向の電車が出ていったばかりだった。いいタイミングである。

切り出してみた。「寺内、一昨日《おととい》さあ、何かヘンなこと言ったろ」

「ん？」

寺内が振り返った。陽は暮れている。ホームの売店の電灯が映り、浅黒い顔に瞳《ひとみ》がくっきりと明るい。コゲパンという属性ばかりに気をとられがちだが、こいつ、目がでっかい。

「なあに？」

「いや、だから――」

ちょうどそのとき、階段をあがってきた女子の一団が、口々に甘ったるい声をあげて寺内に手を振った。

「コゲパン、完走したんだってね」

「すごいじゃん、おめでとー」

寺内は素直に嬌声《きょうせい》に応《こた》えている。英一は知らん顔をして、心持ち脇に寄った。

テンコが言ってたことがある。女子の目ってのは、あれはみんな手持ちカメラだね。

ただ見てるだけじゃないんだ。記録してるんだ。そんでもっていつでも再生・編集できるんだ。映画のカメラみたいに。

その伝でいくと、今の女子たちの目カメラの動きは、コゲパンなめで英一のアップ、それから二人で並んで立ってる姿のフルショットだ。今後、この映像をどう解釈・編集するかは彼女たちの胸ひとつなのだろうけれど、

「じゃまたね〜」

さっくり通過してゆく様子からして、重要なシーンではないのだろう。一応、撮っとこ。後日の参考に。その程度だ。これがオレでなくてテンコだと、話が違うんだろうけどな。

「あたし、同好会の後はよくテンコと一緒に帰るから、みんな慣れてるよ」

胸の内を読まれたようである。

寺内は続けた。「男子の友達、多いしね」

とっさに問い返してしまった。「何で？」

「女子だと思われてないからじゃない？」

言ってから、寺内は声をひそめて笑った。「あたしって、一部の女子に評判悪いし」

今のコたちだってそうだよ、という。愛想がいいのは、表面《うわべ》だけ。

「おまえテンコと仲いいから、やっかまれてンじゃねえの」

女子の一団のなかにいた顔に、英一は見覚えがあった。ときどきテンコにまつわりついてる奴だ。あいつ化粧臭いんだと、テンコが言ってたことがある。

「うん、それもちょっとあるけど」寺内は小首をかしげる。「基本的には、あたしがいくら〝コゲパン〟って呼ばれても傷つかないからじゃないかな」

おっと。けっこう深い。

「で、何の話だっけ」

英一は唐突に開示されたコゲパンの心の深みを覗き込んでいたので、現実に戻るまでひと手間かかった。

「だから初詣のときに――」

寺内はさらりと応じた。「あたしがコクると思った？」

ほかにどうしようもなかったので、英一は黙った。

寺内はまともに吹き出した。「ごめんごめん！　そんな顔しないでよ。ホント花菱君て、テンコが言ってたとおりだね」

「あいつ、どんなこと言ってる？」

「花ちゃんは一刻者《いっこくもの》だから、からかっちゃダメだって」

頑固一徹で融通がきかないって意味だよと、丁寧に解説をつけてくれた。

「テンコみたいに気の利《き》いた切り返しができないから、冗談言ってもつまんねえよってだけのことだよ」

「そんなんじゃないってば」

次の電車のアナウンスが流れる。

「それに、小さい弟をおんぶしてる花菱君は、なかなかよかった。ああいうのにキュンときちゃう女子っているからね」

「それこそ古い古いタイプじゃねえの」

古代魚なみに。今でも棲息《せいそく》しているとしても、深海にいるから遭遇しないのだ。

「光君――ピカちゃん、足の痛いの治った？」

「大したことなかったから」

「そう、よかった。可愛《かわい》いよねえ～」

ケーキを見て「美味《おい》しそうだね～」というのと同じ口調だ。ああ、だから言うのか。食べちゃいたいくらい可愛い、と。

「光のことピカって呼ぶのも、テンコに聞いたのか」

「うん。テンコもピカちゃんのことすごく可愛がってるんだってね。ああいう弟ならほしいなあって、よく言ってるよ」

　包み紙をとかないうちは、どんなプレゼントも豪勢に見える。

「ピカちゃんは、弱点らしいもののない花ちゃんの唯一《ゆいいつ》の弱点だって、言ってたこともあるよ」

　意味不明のコメントだ。オレには弱点がいっぱいある。でも、ピカは弱点ではない。まあ――弱味を握られてるということはある、かもしれない。それに、弱点がないというなら、ピカの方だろう。

　ともあれ、「オレ、テンコにいいように肴《さかな》にされてるらしいな」

　少し付き合い方を考えよう。

「違うよ。テンコは花菱君が好きなんだ。だから花菱君の話をしたがるんだけど――」

　電車がホームに入ってくる。轟音《ごうおん》とアナウンスがやかましい。二人で車両に乗り込み、窓際《まどぎわ》に落ち着くまで、会話が途切れた。そのあいだに、寺内はモードを切り替えたらしい。大真面目な顔になった。

「この噂《うわさ》のことは、テンコも花ちゃんの許可がないとしゃべれないっていうんだ。だから、まず本人に直《じか》に訊いてみろって」

噂？　噂なのか。ならば、例の件か。

「で、一昨日それを思い出したと」

「うん。でもピカちゃんがいたしね。初詣の話題にはふさわしくないような感じもしたから」

「オレん家《ち》にも謎があるって言ってたよな」

「思わせぶりだったでしょ。ごめんね」

「その謎、幽霊のことじゃねえ？」

寺内の大きな目のなかで、瞳の輪郭がさらにくっきりとした。

「じゃ、思い当たる節があるんだね」

やっぱり。ため息が出た。

「オレん家《ち》に幽霊が出るって話だろ？　古い写真屋を買って、そのまんま住んでるからさ。前の持ち主のじいさんの幽霊が、ときどき店番してるとかいうんじゃねえの？」

言っとくけどオレは見たことないよ——と話すうちに、寺内の瞳がさらに濃くなった。据わったような目つきになる。

「出るの、幽霊」

「出ない。出ません。でもその話なんだろ」

違いますと、寺内は言った。

また、ほかにどうしようもないので、英一は黙った。

「あたしが聞いた噂は」車内の耳を憚《はばか》るように、寺内は声を殺して囁《ささや》いた。「花菱君は強力な霊能力者で、心霊写真の浄化をしたことがあるって話だよ」

ちょっと待て。

「な、ビックリだろ？」

「なんでその場で否定しないんだよ！」

電話の向こうのテンコのBGMに、宴席の喧噪《けんそう》がさざめいている。正月三日の夜、店子家はまだ千客万来であるらしい。

「だってさあ、俺が否定したって信憑性《しんぴょうせい》が薄いじゃん。花ちゃんに無断で込み入ったことをしゃべるわけにもいかないし」

「しゃべんなくても、否定はできるだろ！」

テンコは声をひそめ、それはまずいと思うよう――と、妙な抑揚をつけて言った。

「下手な隠蔽《いんぺい》工作をすると、かえって噂に尾ひれがついちゃうよ」

「今だって充分ついてるよ！」

尾ひれが多すぎて、胴体が足りないくらいである。隠蔽工作という表現も正しくない。

「何なんだよ、いったい。いつの間にかオレが小暮《こぐれ》さんの孫になってて、写眞館《しゃしんかん》の後を継ぐことになってて、おまけに祖父《じい》さんゆずりの霊能力の持ち主で、小暮写眞館に持ち込まれる呪《のろ》われた心霊写真を浄化するのがオレの役目で、そもそも小暮一族ってのはそういう異能者の血筋で、オレはその十三代目の継承者だって」

テンコは笑った。「どっかで聞いたことある話だよね」

コミックだか映画だか小説だか。

「だからさ、最初に誰かがブログに花ちゃんと小暮写眞館のことを書いて、それが広がっていくうちに、短いあいだにふくらんじゃったんだよ。きっとみんなでふくらましたんだね」

ブログというのは、ネット上で簡単に作ることのできるホームページで、個人の情報発信基地である。日記をつけてもいいし、創作物を発表してもいいし、論文を書いてもいい。友達を増やして楽しむだけでもいいし、サークル活動やボランティア活動の基盤とすることもできる。個人や企業に対する直接的な誹謗《ひぼう》中傷でさえなければ、ほとんど何をしても自由だ。

だからこういうことも起こるので、意外とコワい。

「あわてなくても、本気で信じてるヒトは少ないと思うよ」

「寺内はマジで信じてるっぽかったぞ」

「あいつはそういう体質だから」

テンコの口調はいたって気楽だ。

「噂じゃなくて、花ちゃんが体験したホントの話の方でも同じだったと思うよ」

去年の暮れに持ち込まれた、小暮写眞館現像の〝心霊写真〟の一件だ。確かに、英一はあの写真に興味を惹《ひ》かれて、ちょっと調べた。したのは調査であって、浄化ではない。

そもそも浄化なんて必要なかった。あれは存在自体が「鎮魂」のためのもので、だからこそ、その実在がどんなに非科学的なものであってもかまわなかった。

強いて、どうしても科学を持ち出して解こうと思うのなら、ある限定された期間、英一を含めたある限定された人びとが、こぞって一枚の写真の上に幻像を見ていたという「解」が、いちばんしっくりくるんだろう。

では、心情的にはどうなのか。科学者ではない英一にとっては、間違いなくこっちの方こそが切実な問題なのだけれど、これまた悩む必要はなかった。

ＳＴ不動産の須藤《すどう》社長の言葉を借りるなら、

——世の中にはいろいろな人がいるから、いろいろな出来事も起こる。なかには不思議な事もある。

そういう「解」を、英一は選んだ。自分のなかではケリがついている。

「コゲパンには黙ってたの？」

「言えるかよ！」

「何で」

「何でって、失礼じゃんか」

山埜《やまの》さんに——と、思わず小声になって言うと、テンコはまた笑った。

「花ちゃんらしいなあ」

二度と会わない人のことなのに、という。

「会う会わないの問題じゃねえの。礼儀というか礼節というか守秘義務というか」

「はいはい。だけど、それじゃコゲパンの誤解はとけなかったんじゃないの？」

仕方がないから固有名詞は伏せて、ごくごくかいつまんだ話をした。預かったのがどんな写真だったのかなんて具体的なことは、一切言わなかった。ちょっと調べて、事情がわかったから持ち主に返した。そンだけ。

「ふウん」と、テンコは鼻声で歌う。「それなら、かえってよかったな。コゲパン、口の軽い奴は信用しないから」

ならば信用してもらえたのだろう。

「とりあえずあいつの友達には、ブログで流布《るふ》してるのはダイナミックな作り話だって報《しら》せてくれるって」

寺内には、熱心にブログを更新してネットでの交友関係拡大と熟成に打ち込んでいる仲良しの女子がいて、こと寺内に関しては、噂の火元はその一点のみだった。この女子は寺内とは中学時代からの親友で、今でもメル友なのだそうだ。

「ついでに、その友達がどこのブログでこの噂を見聞きしたのか教えてもらってくれって頼んだ」

「突き止めてどうすンの？」

「訂正させるんだ。決まってるだろ」

「やめれ。そんなことすると、藪蛇《やぶへび》になるよ。放っときなよ。そのうち静まるって」

英一は、ネット活動にはさほど興味がない。たまに新作映画やスポーツ情報のサイトを覗いたり、調べものに使うぐらいだ。それ以上の深入りはしないし、もちろんブログで日記なんかつけない。だから知識にも乏しい。

考えてみれば、件《くだん》の〝心霊写真〟調査のときも、ネットで一発「心霊写真」検索なんて、ちらりとも思いつかなかった。逆に言えば、オレみたいなライトユーザーがそんな検索をかけようものなら、ピンキリの情報の洪水を呼び寄せてしまって、呑み込まれてわけがわからなくなるだけだという自覚があったのだ。

実際問題として、地元のことを調べるのに、ネットは必要なかった。足で歩き、じいちゃんばあちゃんたちの話に付き合う根気さえあればよかった。

「それって、テンコの実体験からくる忠告か？」

「ンな大げさなもんじゃないけど」

テンコもいっとき、ブログをやっていた。今はやめている。何となれば、テンコはテンコの父ちゃんのブログで主要登場人物となっているので、自分のブログで何か書くと、話がかぶってしまうのだそうだ。

「コゲパンの友達が入ってるのは、〝テンパラ〟だよ。あすこはＳＮＳの最後発で、会員が少ないから心配ないって」

ＳＮＳ《ソーシャル・ネットワーキング・サービス》とは、要するにネット上の交流サークルである。一部のＳＮＳに参加するには会員にならないといけないし、誰でも会員になれるわけではなく、サークルによって違いはあるが、いろいろと規則があるらしい。寺内の友達が入っているSNS〝テンパラ〟では、三人以上の既会員の紹介がないと駄目なのだそうだ。「知ってるよ」と、英一は言った。我ながら苦り切ったような声である。「うちの母親が入ってんだよ、その〝テンパラ〟に」

ピカの通う私立朋友《ほうゆう》学園小学部の保護者の会が、〝テンパラ〟を基盤に交流活動をしているからである。

「会員が少ないからこそ、何かの拍子で誰かの目に入るかもしれないだろ？」

テンコは持ち前の壊れたような声で唸《うな》った。「難しいところだねぇ〜」

「難しかねえよ。発信元を探してひと言お願いすりゃいいんだから」

テンコはまたひと唸りして、「おばさん、熱心なの？」

熱心ではない。たまに何か書けと勧められて困っている。『美しい手紙の例文集』なんて本を買ってきて、これじゃ参考にならないとコボしていたこともある。

「じゃ、心配ないよ」

「心配だよ。小暮写眞館っていう固有名詞が出てるんだぞ」

「だけどさ、それは、小暮写眞館に住んでる小暮家っていう、間違った情報じゃないか。俺はコゲパンからそう聞いたよ」

英一もそう聞いた。

「それだと、小暮写眞館がピカちゃん家《ち》だってことまでは、ブログを見てるだけの朋友学園のお母様たちにはわかんないだろ？　花菱って名字は出てないんだ。だからおばさんに、これ花菱さんのお宅のことよね、なんて言うこともできないよ」

確かにそうだ。寺内はテンコを通して英一の少々変わった自宅のことを知っているから、小暮写眞館と花菱家を結びつけることができたけれど、普通はそこまで知らない。現に寺内も、「小暮」は花菱君のお母さんの旧姓だと思った、なんて言っていたっけ。

オレ、あわててたか。英一はちょっと胸を撫《な》で下ろし――

気がついた。

そういう誤解をしているならば、最初の情報提供者は、物理的に花菱家の近くにいるはずだ。

「あ、そうだね」テンコも気づいた。「正しい事実を把握してない。花ちゃんたち一家を、小暮さんの子供や孫だと思ってる。外から見てるだけなんだ」

花菱家が、看板も下ろさず住み着いているからだ。悔しいけど、そちらの判断が常識にはかなっている。うちの親が非常識なのだ。

「だから俺じゃないよ」と、テンコは言った。「うちの父ちゃんでもない」

「ンなのわかってる」

「意外とピカちゃんの創作だったりして？」思いつきを口に出してから、テンコは自ら進んで訂正した。「いんや、そりゃないな。そんな面白いことするんだったら、ピカちゃん、俺には絶対ナイショにしないもん」

英一も同感だ。それに、ピカよりもっとずっと強力な「容疑者」に、むらむらと心当たりがある。

「――幽霊だ」と、言った。

「小暮泰治郎《やすじろう》さん？」

テンコも外すときはハズす。「死人がブログで日記書くか？」

「花ちゃんみたいなココロの清らかなヒトは知らないと思うけど、書くという噂もあるんだよ」

英一は大声を出そうと息を吸い込み、ピカが近くにいるかもしれないことを思い出して、寸前で声を殺した。

「テンコが見間違いした幽霊だよ」

あの女子高生だ。年末、山埜さんに写真を返してすっきりして、やれやれという気分のとき、思いがけず見かけた。通りがかりに、道の反対側でこっちを見てた。だからオレ、言っちゃったんだ。

――あの心霊写真の件、解決した。

もう心配ない、とまで言っちゃった。そのときあの女子高生は何をしていたか。

携帯メールを打っていた。

誰かに報せていたということだ。情報の出発点を、オレは見ていたのだ。

「花ちゃん」テンコが調子っぱずれの声で言った。「進んで火元になってりゃ世話ないじゃん」

英一はケータイを手に固まる。「じっとしてりゃ沈静化するんだよな?」

「たぶんね」

テンコは言って、耳障《みみざわ》りな雑音を発した。ため息か鼻息か。

「お星様にお願いしときなよ」

英一はそうした。心を込めて。

冬休みは短い。

それでも英一は期待した。このいい加減な噂が、その短い休みのあいだに、きちんと然《しか》るべき終焉《しゅうえん》を迎えることを。

よく思い出してみると、年末にあの女子高生を見かけたのは、たぶん二十八日のことだったと思う。そこから転がりだした雪だるまは、ふくれあがりながら、三十一日の深夜というか元日の朝には、寺内のところにまで届いていたわけだ。相当なスピードである。休み中で、〝テンパラ〟に集う学生ブロガーたちはネタがなかったのではないか。

ならば、訂正情報が行き渡るのも同じくらい速いかもしれない。速いはずだ。速くなくては困る。不公平じゃないか。

一月四日と五日、英一は店子家に連泊して、テンコのパソコンから〝テンパラ〟の様子を観察した。六日の午後には寺内も店子家に来て、三人でパソコンの前に並んだ。

「ヒヨコはちゃんと書いてくれたよ」

寺内の親友は須野《すの》雛子《ひなこ》という名前で、あだ名はヒヨコ。彼女のブログは「Hiyoko at Home」というタイトルだ。寺内の言葉どおり、そこにはこう書いてあった。

〈たまたま私の友達がこの写眞館の近くに住んでいて、よく知ってるんですけど、写眞館の経営者だった小暮さんと、今そこに住んでる家族とは、ぜんぜん関係がないそうです。霊能力者とかでもないそうですから、このまま話が広がると、きっと困ると

思います〉

　そのコメントに素直に賛同する書き込みもあれば、こんなの最初から冗談だってわかってるから、そんな真剣に受け取らないでというコメントもある。

「ま、大丈夫かな」

「ね？　噂の発信源を調べたりしなくてもいいんじゃないかな」

　テンコはなぜか無言だった。例によってめちゃくちゃな原色の組み合わせファッションで、おまけに冬休み期間限定で短く刈り上げた頭髪を金色に染めている。なんでそんなことやったんだと尋ねると、

「父ちゃんのブログに書いてある」

　年賀の挨拶《あいさつ》に集まるお客たちに、話題を提供するためだったそうである。

「何かトピックがあった方が、座が盛り上がるからね」

「おまえも大変だな」

　寺内が訪問した六日は、地元の医師会の新年会で、当の父ちゃんは留守だった。寺内はテンコの父ちゃんのブログを読み、ようやく野宿の趣味について知った。

「面白そう。あたしも混ざりたいなあ」

「きっとそう言うだろうと思ったから、黙ってたんだ」と、テンコは珍しく困る。

「どして？」

「コゲパンのお父さんとお母さんが怒るに決まってンじゃんか。男子ン家《ち》に泊まるだけでも問題なのに、庭で野宿なんて」

「庭だからいいじゃない。テンコの部屋に泊まるわけじゃないもん」

夕暮れ時までうだうだと過ごして、今度はバーベキューのときにいらっしゃいとテンコの母ちゃんに送り出され、英一と寺内は店子家を出た。広い庭の一角で、テンコの祖父ちゃんが気合いを入れて素振りをしていた。バットではない。竹刀《しない》だ。テンコの祖父ちゃんは剣道の有段者なのである。

「ちょっとホッとした？」

「野宿は駄目だよ。あれは男の世界」

「違うよ、ブログの件」

「うん。巣にいるヒナちゃんによろしく」

「今度、紹介してあげる」

きっと気が合うよと言った。巣のヒナは、ブログの書きっぷりを見る限り、いい感じの女の子だなあと思っていたところだった。悪い気はしない。というか、かなり前のめりに嬉《うれ》しい。それにしてもコゲパン寺内は鋭い。女子は、こういうことにはみんな鋭いのか。

少々ふわふわして、三学期を迎えることになった。初春なんだから、いいじゃないか。災いを転じて福と為す。意味、違わないはずだ。

しかしお星様は、英一の気がそれたことを許さなかった。

始業式が終わり、とっとと帰ろうと鞄《かばん》を担《かつ》いだときである。後ろから背中を突《つつ》かれた。

「何か、お客みたいだよ」

促されて目をやれば、教室の入口に女子が二人いて、クラスの男子としゃべっている。しゃべりながら英一の方をちらちら見ている。相手をしている男子はニヤけている。

「花菱、おまえに用だって」

年上のお姉様だよん、と言われた。言われなくてもわかった。女子のうちの一人は、初走りの時に助けた豆バレー部員だったからだ。

「ちょっと来てくれない？」

豆バレー部員が言った。語尾こそ上げているけれど、はっきり命令口調である。取り次ぎ役のクラスメイトたちはまだニヤついているが、英一にはわかった。魂《ソウル》にピンときた。ロクな用件じゃない。

「オレ……これから」

「今日は同好会、休みでしょ？」

こういう時に限って、テンコも橋口も見あたらない。

「いいから、ちょっと来てよ」

豆バレー部員の厳しい声が空《くう》を裂く。

今度は英一の方が誤認逮捕されたような気分だった。引かれゆく先は、二年A組の教室だ。もう空っぽで、誰もいない。

「座って」

手近な椅子《いす》を引かれた。本当に取調室のようだ。女子——上級生だから「女史」というべきか——二人は机を挟んで向かいに陣取る。

「あたしはバレー部の田部《たべ》」

座って足を組み、豆バレー部員が言った。右膝にサポーターをつけている。

「このあいだは世話になったね」

どすが利いている。あのとき先生に取りなして、走らせてあげなかったのがまずかったのか。

「膝、大丈夫でしたか」

おそるおそる訊いてみたけれど、返事なし。田部女史の吊《つ》り気味の目尻《めじり》が、さらに二ミリばかり吊り上がっただけだった。

やっぱり怒ってる。

「こっちはうちの部のマネージャーの小森《こもり》」

紹介された女史は、無言でこくりとした。マネージャーの方が背が高い。小柄でないと選手になれないという噂は、真実《ほんとう》だったか。

「花菱君、だよね」

「はい」

いえ違います。誤認逮捕です。揃《そろ》って制服姿の女史たちが、婦警に見える。

「君の家、古い写真館なんだって？」

顧問の先生がレースを続けてはいけないと決めたら、オレらにはそれをひるがえすことはできないんです。田部さん、マジで脚、痙攣してたでしょ？　オリンピック代表級のマラソン選手だって、あれじゃ走れませんよ、コーチが棄権させますよ——というようなことをぐるぐる考えていた英一は、

「へ？」

間抜けな声を出した。

「だから、小暮写眞館って、君の家なんでしょ。違うの？　ブログにいろいろ書かれてるの、承知してンでしょ？」

そっちの問題でしたか。

なぁんだ、よかった——と、一瞬でも思ってしまった自分が情けない。

固まってまばたきするばかりで、田部女史の鋭いクイック攻撃についていけない英一を見かねたのか、

「本人は知らないんだよ、田部ちゃん」

小森女史がおっとりとタイムをかけてくれた。見れば、このマネージャーさんは眉《まゆ》毛《げ》も目尻もやんわりと下がり気味で、口元の線も優しい。だから口調も緩やかなのだろう。

助け船だ。英一は小森女史の目をとらえて問い返した。「ど、どこのブログでしょう。〝テンパラ〟ですか」

「ううん、あたしたちがみんなで入ってるのは〝ピクシー〟の方」

SNSでは最大手だ。会員数六百万人とか、このあいだテンコが言っていた。

「オレ、自分ではブログやってないんです。だから直接的には何も知らなくて。〝テンパラ〟のブログでうちのことが書かれてるってのも、年明けに友達から聞いたばっかりなんです」

小森女史が穏やかに問い返す。「友達って、テンコ君？」

テンコは二年生の女子にも親しまれているのか。「はい」

「じゃあテンコ君も〝ピクシー〟の方の情報はつかんでないのかな。すごく詳しく書かれてるよ。写真付きで」

そうして小森女史は、〝テンパラ〟で流布していたものとほとんど同じ内容の噂を語った。心霊写真の浄化。異能者。但《ただ》しこちらでは、なぜかしら一代減って、英一は十二代目の継承者ということになっていた。

まばたきもできなくなった。

「し、写真？」

「君の写真と、小暮写眞館の全景」

そんなもんがネット上に流出しているのか。この場合「流出」でいいのか。意味違うか。

どんな顔で写ってるんだろう。まっ先にそれを心配するオレは、またぞろ情けないか。

「いったい誰が――」

「さあ。最初に書いたのが誰だったにしろ、それは既にして問題じゃないようだね」

「小森」と、田部女史が苛立《いらだ》たしげに遮る。トスがあがるのを待ちかねていたらしい。

「あたしたちにとっても、そんなのは最初から問題じゃないよ。事の真偽さえわかればいいんだから」

コトのシンギ。ウソかホントか。英一は飛び上がるようにして叫んだ。

「全部ウソです。作り話です！」

途端にクイックが飛んできた。「わかってるわよ。あたしたちバカじゃないんだよ」

何が十二代目だと、叱られた。

「そんなヨタ話を信じるわけないだろが！」

すみません。だけど、だったらオレ、何で呼び出しくらってるんだろう。

「でも、まるっきり根拠がない話なの？」

また小森女史の助け船だ。

「この噂には、一片の真実もないのかなあ。それはそれであり得ない気がするんだよ。

無から有は生じない。噂は噂として、君、実際に何かしたんじゃないの？　わたしたちはそっちの方にこそ興味があるんだ」

優しい下がり目には説得力があった。隣に並ぶ田部女史の吊り目には、強制力があった。この二つのシンクロには、逆らえそうにない。

英一は簡潔に吐いた。ハイ、不思議な写真を預かったことがあります。ちょっと調べたら事情がわかったので、本来の持ち主に返しました。それだけのことです、以上。

短い語りのあいだに、田部女史の目尻はまた一・五ミリほど吊り上がった。小森女史はずっと微笑《ほほえ》んでいた。

英一が口を閉じると、小森女史は田部女史に大きく笑いかけた。

「いいねえ」

田部女史は険しい目つきで英一を見据えたまま、うんとひとつうなずいた。二人のあいだでは、何かが合意に達したらしい。

「何？　がいいんでしょうか」

「君は使えそうな人材だってこと」

英一の背中を悪寒《おかん》が駆け上がる。

「したんでしょ、調査」

田部女史が、身を乗り出し顔を突き出してきた。目が燃えている。

「キミ、おかしなものが写っている写真を預かって、調査したんでしょ。で、それなりに謎《なぞ》を解明したんでしょ」

「いえ、あの」

「したのしなかったの？　どっち？」

英一は間違っていた。女史とネットを挟んで向き合って、攻撃を受けているのではない。英一はボールだった。直に叩《たた》かれている。

「し、しました」

「よろしい」

田部女史の頬が、初めてほころんだ。ゆったりと椅子の背もたれに寄りかかる。

「じゃあ、もう一度やれるわね」

「は？」

「調査だよ。君に頼みたい」

小森女史が微笑む。助け船なんかじゃなかった。これ、奴隷《どれい》の漕《こ》ぐガレー船だ。

「実は、あたしたちの手元にも、不可思議な写真が一枚あるんだよ」

3

またキャビネ判、かなり小さいA5ぐらいの大きさの写真である。

今度もまた、プリントの右下に撮影日が印字されている。2005.10.09とある。

「日曜日だ」手にした携帯電話をいじっていたかと思ったら、寺内が言った。

「何でわかンの」

ケータイの画面をこちらに見せる。カレンダーが表示されている。

「今、調べたんだよ」

天文部に問い合わせるまでもないんだな。

「これ、また食事時のスナップだね」

テンコが言う。カウンターに置いた問題の写真を挟むように両肘《りょうひじ》をついている。

三人は小暮写眞館の店舗部分にいた。小暮泰治郎氏の幽霊がときどき店番しているという、まさに話題のスポットである。テンコが（よせばいいのに）そのことをバラすと、寺内は最初のうちこそ気味悪がっていたけれど、テンコがけろけろと、

「ねえ、何で怖いのさ。幽霊だからって、無条件で怖いわけないよ。いいヒトかもし

ンないし、ただこの店が懐《なつ》かしいから居残ってるだけなのかもしれないのに」

言い放つものだから、みるみる改心した。確かにこのお店の雰囲気は懐かしいよね、なんてことまで言い出した。寺内は信じやすいというより、説得されやすい気質《たち》なのだ。

英一は言いかけた。オレは小暮さんを見たことないというのは、正確には嘘《うそ》だ、と。実は、じいさんのシルエットを見たような気がしたことがある。思い起こせばそれは、あの女子高生と二度目に遭遇したときだった――

やめとこう。今はそんなことより、どうやってこの窮状を打開するかだ。

誤認逮捕の翌日だ。テンコと寺内は、軽音楽同好会でスイングするのを一回パスして、花菱家に来ている。作戦会議をしようというのである。少なくとも英一はそのつもりだ。

「そんな、ひと目見りゃわかるような感想じゃなくて、建設的な意見はないのかよ」

だってさあ――と、テンコは右肘から左肘に頭重を移すと、とろんと英一を見た。

「俺は部外者だもん」

「いいや、おまえは立派な関係者」

昨日、二年A組の教室から解放されて帰るとき、田部女史からこの写真を手渡された。折れないよう、小さなファイルに挟んであった。手回しがいい。英一は訊《き》いてしまった。もしもオレが使えそうにない奴《やつ》だったら、また持って帰るつもりだったんですか、と。

答えたのは小森女史だった。「そんな羽目にはならないとわかってた」

「どうしてですか」

「キミ、テンコ君の親友だろ？　彼が信頼してる人間なら、間違いないから」

だからテンコにも責任があると、英一は思うわけである。

寺内は、英一が自分の教室に帰ると、そこで待ち受けていた。花菱が二年の女子に拉致《らち》されたという速報を聞きつけて、心配していたのだという。

が、英一が事情を話すと、あっという間に心配をとりやめにして、目を輝かせた。

「その調査、あたしも手伝っていい？」

断る理由はない。英一には何をどうしていいのか見当もつかないので、援軍が欲しいところだ。テンコも入れて三人、寄れば文殊の知恵も出ようものではないか。

なのにテンコは気乗り薄である。話し合いにも身が入らなくて、写眞館の名残である例のウインドウの飾り付けのことばかり話題にする。

正月のあいだは、母・京子がここに鏡餅《かがみもち》を据え、松と菊と千両を活《い》けていた。七草で鏡餅を取り払った後は、またピカの花咲ゾウを置き、カレンダーをかけている。テンコはそれでは飽き足らないらしく、あれこれと妙ちくりんな展示物のアイデアばかりひねり出す。

「いい加減にして、真面目《まじめ》に考えてくれよ」

とうとう英一が痺《しび》れを切らすと、テンコはつまんなそうに息を吐いた。

「こんなの、調べるまでもないじゃん」

顎《あご》の先で写真をさして、「今度のは前のと違って、写真の来歴がわかってるんだからさ。直に話を聞けばさっくり解決するって」

それができれば苦労はない。「テンコ、オレの話を聞いてねえな」

「聞いたよ。聞いたけど花ちゃん、弱腰すぎるよ。何で言いなりになっちゃうの」

「うん。あたしも同感」と、寺内も口を尖《とが》らせる。「田部さんの気持ちもわからないじゃないけど、そんな制約をかけられちゃ、調べようがないじゃない」

問題の写真には、集まって食卓を囲む四人の人物が写っている。テンコの感想を待つまでもなく、これがある種の宴会というか、歓待の席であることは既にわかっている。被写体の身元も全員知れているし、撮影状況についても情報を得た。撮影者がどこの誰であるかも判明している。すべて正確な情報だ。なぜなら、調査の依頼主である田部女史が、四人の被写体のうちの一人だからである。

しかし女史は、英一にこう厳命した。

——河合《かわい》先輩と先輩のご両親には、絶対にこの調査のことを知られてはいけない。河合先輩とその両親というのは、残り三人の被写体である。その人たちには一切接触せず、何故《なにゆえ》にこんな写真が出来上がったのか、その原因を秘密裏に調べろというのである。

——先輩には、謎が解けたとき、結果を報告するかどうか、あたしが判断する。

思えば、手前勝手な命令だ。これでは、英一は調査役というより使い走りである。道具である。

でも、そんなおかしな調査方法をとらねばならぬ理由というか、この写真にまつわる事情を聞かされたときには、英一は納得してしまったのだった。女史が河合先輩に気を使うのもわかるなあ、と。

「お人好《よ》しだね」と、寺内には呆《あき》れられた。

「花ちゃんはフェミニストなんだよ」

「その表現、違うと思うな」

「何とでも言え」

いくら肴《さかな》にしてもいいから、知恵を貸してくれよ。マジでホント、どうしたらいいのか、さっぱりわからない。

寺内がテンコの肘のあいだに指を伸ばし、カウンターの上の写真を裏返した。そこにはきれいな字で、被写体の名前が記されている。

「河合公恵《きみえ》さん、か」

黒髪、ボブカット、切れ長の目。とことん和風の女性だ。

「まさか知らないよな」

「知ってるはずないよ。このときもう二十二歳だったんでしょ？　うんと先輩じゃない」

河合公恵は、三雲高のバレー部員だった人だ。卒業後は都内の大学に進み、OGとして熱心に指導に通っていた。

田部女史は河合先輩と家が近所で、子供のころから可愛がってもらっていたという。そもそも、女史がバレーボールに興味を持ったのも、河合先輩が中学、高校とバレーボールに打ち込んでいたからだった。ただ、年代がズレているので、同じ時期に部員として在籍したことはない。

そしてこの写真は、三年前の十月九日、当時地元の公立中学の二年生だった田部女史が河合先輩を訪ね、わたしも三雲高校（のバレーボール部）を目指して受験することにしましたと報告し、それを受けた河合家が激励の一席を設けた折に撮影されたものなのである。

被写体の四人は、中学の制服を着た田部女史、その右隣に河合公恵、左隣に公恵の両親である河合富士郎《ふじお》と康子《やすこ》、という配置だ。河合公恵は田部女史の肩に手を置いて、親しげに顔を並べている。こういう写真だから、みんな笑顔だ。

撮影場所は河合家のいわゆる「茶の間」で、八畳ぐらいあったという。

――一九六四年の東京オリンピックの年に建てたっていうから、古い家だった。

そのせいか、この茶の間は、昨今では貴重な造りになっていた。

座敷の庭に面した側に、縁側があるのだ。

庭の方は大したことがない。植木鉢がいくつか並べてあるだけで、スペースとしても狭いようだ。が、縁側は見事に長い。写真のなかでは仕切りの障子とガラス戸が開け放ってあるので、ほとんど端から端まで見ることができた。

――子供のころは、先輩の家《うち》に遊びに行くと、この縁側で西瓜《すいか》をご馳走《ちそう》になったり、夜になると花火をしたりしたんだ。よく昼寝もさせてもらった。風通しがよくて涼しかったそうだ。

楽しい思い出話、麗《うるわ》しいご近所付き合いの記憶と記録である。実に好ましい。が、英一がこんな事態に巻き込まれているくらいだから、もちろん、件の写真はそれだけではないのだ。異なものが写っている。

繰り返すが、被写体は四人だ。が、写真には七人の人物が写っている——ように見える。

河合夫妻、公恵、田部女史の四人は茶の間でテーブルを囲んでいる。

そのやや左後方に、河合夫妻と公恵の親子三人が、もういっぺん写っているのであった。ほかでもない件の縁側に、横一列に並んで座っている。

そこには田部女史はいない。一人だけ抜けている。加えて、河合親子の順番も変わっている。公恵を中心に、右に富士郎、左に康子。両親が娘を挟んで座っているのだ。

現像のときのミスなんじゃない？　という解釈は、これで吹っ飛ぶ。フィルムを巻くのを忘れて、ひとつのコマに二度撮っちゃったんじゃない？　という仮説も然りだ。ままよ、百歩譲ってそういう器用なミスがあったとしよう。それでもこの写真はやっぱりおかしいのだ。

しつこく繰り返すが、テーブルを囲んでいる四人はみんな笑顔である。

だが、左後方の縁側に並ぶ河合親子三人は、揃って泣いている。明らかに泣いている。生身の彼らに会ったことのない英一にもテンコにも、寺内にもすぐわかるほど、はっきりと泣いている。

母親の康子は右手で鼻と口元を押さえ、何かを耐え忍ぶようにうなだれている。富士郎は正面を向き、やっぱり何かを我慢するかのようにぐいと腕組みしているが、目が真っ赤だ。口元が歪《ゆが》み、目元が濡《ぬ》れて光っている。

そして公恵は、正座した膝《ひざ》の上に両腕を突っ張り、強いてしっかりと顎を持ち上げ、両目を閉じて涙を流していた。

加えて、縁側の三人の姿は、うっすらと透けていた。三人の身体《からだ》越しに、庭に停めてある自転車が透けて見えている。

なぜこんな面妖《めんよう》な写真ができあがったのか。これは被写体にとって何らかの意味を持つものなのか。田部女史は、それを知りたがっているのだった。

「――後ろの三人、さ」

写真をつまみあげ、じっと目を凝らしていた寺内が呟《つぶや》いた。

「あれに似てるよね。奈良の法隆寺《ほうりゅうじ》にある、〝釈迦涅槃《しゃかねはん》の像〟」

亡《な》くなったお釈迦様を囲んで、多くの弟子たちが嘆き悲しんでいる様子を再現した一群の像だという。弟子たちの泣き顔、泣きっぷりが一体ごとに異なっていて、実に生々しく真に迫っているのだという。

「よくそんなこと知ってるな」

寺内って物知りだ。

「この前の写真の女のヒトも、泣いてたんだよねえ」

テンコの言葉に、寺内はぴくりと反応した。「その話はナシ」と、英一は素早く言った。

「わかった。詮索《せんさく》しないよ」

でもどうするの、これ——寺内は、カウンターの上にそうっと写真を戻す。

「どうしたらいいと思う？」

「撮影者はわかってるんだよね」

「名前と、当時の立場はな」

「じゃ、まずそのヒトに会ってみたら」

「現在は消息不明なんだって」

撮影者の名は足立文彦《あだちふみひこ》、当時二十六歳。河合公恵の婚約者だった。河合先輩の大学卒業を待って結婚する予定になっていた。

だが、この撮影から約四ヵ月後、二〇〇六年の二月末に、二人は婚約を解消した。

つまりこの写真は、やがて破談となるカップルの片割れが、婚約者とその両親を撮った写真に、未来を暗示したような泣き顔の幻像が写ったものだ、ということになる。

「別れた理由は？」

「不明」

「訊いてみなかったの？」

「訊いたらシメられそうになった」

田部女史は言下に、知らないと答えた。そんなこと、先輩に訊けるわけないだろが！

「ただ、河合先輩の側に非はないって断言してた」

破談の理由を知らないのにそう断言できるのは、先輩はそんな女性ではないからだ、と。

英一の説明に、寺内は不審そうに眉をひそめ、ふううううん、と長く引っ張る相槌《あいづち》を寄越した。

「この写真はいつ現像されたんだろ。当時からこうだったのかな」

前回の例を頭に置いているのか、テンコがいい質問をした。

「田部女史は、撮ってから一週間もしないうちに、河合先輩からプリントをもらったって」

現像ミスみたいで、変な写真になっちゃってるのよね――と、河合先輩は言ってたそうだ。写真は当初からこの状態だったのである。

「プリント、くれたんだ」

あたしだったら隠しちゃうと、寺内は言う。知らん顔して、写真撮ったことなんか忘れたふりをして。

「だって不吉だもん。こんな、家族みんなで泣いてて」

「それは俺らが、その後の二人の別離を知っているからそう思うわけで」と、テンコが割り込む。「河合先輩が幸せいっぱいだった当時は、そこまで考えなくても無理ないよ」

現像ミスで変な写真になったというだけで済んでしまう、か。

「そうじゃないんだよテンコ。不吉の向きが違うの」

田部女史の側から考えて不吉なのだと、寺内は言う。

「子供のころから可愛《かわい》がってもらってる近所の家族と一緒に写真を撮ったら、自分一人だけが抜けていて、その家族がおいおい泣いてる幻が写りましたって、どう？　まるで、近い将来に自分がいなくなって、そのせいでみんなが泣きますよっていうふうに受け取れるんじゃないかな」

英一は目を瞠《みは》った。それは、確かに。

「あたしが河合先輩だったら、真っ先にそれを考えるな。だから田部女史にはプリントを見せないよ。ごめんね、失敗しちゃって写ってなかったのって言えば済むことだもん」

が、テンコはあいかわらずとろんとして笑う。「コゲパン、考え過ぎ」

「そうかなあ」

「いや、いいとこ突いてるとオレは思う」と、英一は言った。「不吉とまではいかなくても、こんな写真を見せたら相手に悪い、というくらいは感じるはずだと思う」

いくら年下の女の子が相手でも。いや、だからこそ。

「さっきも思ったんだけど、田部女史、まず間違いなく、この写真にまつわる事情をもう少しよく知ってるんだよ」と、寺内は言う。「でも花菱君には言わなかった。言えなかった――のかもしれないけど」

英一は大きくうなずいた。「初めてこの写真を見たとき、田部さんはどう思いましたかって訊いたらさ、またシメられそうになったんだ」

――あたしの感想など、君の調査には関係ない。あたしは関係ないんだから。

「言いたくなかったんだ」寺内もうなずき、意味ありげに口調を変えて復唱した。「あたしは関係ない、い、い、い、か」

「じゃ、関係あるのは誰だ」

「そりゃあ……」寺内はつと躊躇《ちゅうちょ》した。「やっぱり、四ヵ月後に別れることになる二人の方しかいないでしょう」

英一もそう思う。田部女史、語るに落ちるとはこのことだ。

「わかった！」

出し抜けに、テンコがパンとズボンの腿《もも》を打った。ひどく大きな音がした。

「もうわかった。花ちゃん、この件は解決」

「どう解決したんだよ」

「だから、写真撮ったとき既に、河合先輩の婚約者の方には後ろめたいことがあったんだよ。別離の予感があったんだ」

演歌のタイトルみたいだ。

「やがて公恵と彼女の両親を泣かせるようなことを、俺はしでかしてしまうぞ――という内心の想《おも》いがあったんだ。だからそいつが写真に写った」

撮影者の思念が写り込んだ、と。

「念写だね、今度も。田部女史にはそう言えばいいじゃん」

ネンシャ？　と、寺内が呟いて写真を手に取る。ね、ね、ねんしゃ？

英一はちょっとあわてた。「そんな非科学的なことが起こるもんかって叱《しか》られたら？」

「現に起こってるじゃんか」

ここでと、テンコは写真の縁を指で叩く。

「科学的に説明できないよ」

「そんな説明、要らないよ。ほかにも実例がありますって、この前の件を教えてあげれば納得してもらえるって」

事実は理屈より説得力があるんだと、テンコは力説した。「百聞は一見に如《し》かずさ」

意味、違わないか。

「ま、前回の写真は〝撮影者の思念〟じゃないし、出現するまでタイムラグがあったけど、人間の思念や感情が写真に写ったって点では、いい見本になるはずだよ」

寺内の瞳《ひとみ》が限界まででっかくなっている。英一と目が合うと、急いで、

「だからあたしは詮索しないってば」

もう、面倒くさい。英一は鼻から音をたてて息をはいた。カウンターの上の写真が

ふわりと持ち上がり、ほんの少し斜めになって、ふわりと戻る。

それを見つめて、言った。「隠しとくとかえって手間だから、この前の写真の経緯《いきさつ》、教えてやるよ。けど、誰にも言うなよ」

「言わない」寺内は目に力を込めた。「ヒヨコにも言わないから。絶対」

英一は全部しゃべった。写真の現物はもう手元にないが、我ながら具体的でわかりやすい説明だったと思う。

話し終えたとき、寺内の瞳は元のサイズに戻っていた。それどころかおとなしやかな伏し目になっている。こいつ、睫《まつげ》も長い。ただ頬が浅黒いので、睫の落とす影が目立たないから気づかれにくいんだ。

「花菱君」

妙に乙女らしい声で呼びかけられたので、思わず座り直してしまった。

「はい？」

「君は偉い」

寺内は両手で英一の右手を取ると、ぎゅっと握りしめた。

「寺内千春、感動しました」

ほかにどうしようもなかったので、英一はテンコの顔を見た。テンコはニヤけている。

「ホントに立派に調査したんだね！　凄《すご》いじゃん！」

そこまで褒められるほどのことではない。犬が歩いて棒にあたったようなものだ。

「自分の手柄話を言いふらさないところも偉い！　あたし、二重に感動した」

それはどうもと、英一はもごもご言った。

「テンコは正しいね。その話を添えて〝念写〟の説明すれば、田部女史も納得してくれるよ！」

「前回の写真が残ってりゃ、もっとよかったんだけどなあ」と、テンコは残念がる。

「コピーとっとくべきだったね」

そんな必要が生じるとは夢にも思わなかったし、思ったとしてもとらなかったろう。あれは、山埜理恵子《りえこ》と、彼女が喪《うしな》った人たちの記念写真なのだ。他人が手垢《てあか》をつけていいものではなかった。

「でもさ、ちょっと補強は必要かもね」

寺内が言い出した。彼女の思考がそれたのを潮に、英一はそっと彼女の手を離した。掌《てのひら》が汗ばんでいた。

「その説で行くなら、やっぱり破局の理由が足立さんの側にあったってことをはっきりさせた方が、より説得力が強まると思う」

「となると、調査するべきはそのポイントに絞られるな」

テンコと二人で勝手に先走る。

「ちょい待て。彼氏は消息不明なんだぞ。どうやって調査するんだよ」

「探せばいいじゃん。手がかりぐらいはあるんじゃないの？」

河合家は大田区大森の町工場の多い一帯にあった。富士郎も「㈲河合精鋼」という小さな町工場の経営者だった。何でも、ＮＡＳＡと取引があるほど有名な精密機械メーカーの下請けの下請けで、

「スペースシャトルの部品のそのまた部品の製造を引き受けてたとか」

足立氏は、河合精鋼の得意先の社員だったそうである。で、仕事で工場に出入りしているうちに、社長夫妻の一人娘の公恵と知り合ったのだ。

「田部女史、会社名は覚えてないの？」

「〝何とかかんとかテクニカル〟」

今度は寺内が鼻から息を吐いた。彼女の鼻息では、写真は動かない。

「現地調査しかないね。行けばいいんだよ、大森まで」

テンコの言葉に、寺内もうなずく。「バレー部は、日曜日以外は毎日練習してるか

ら、田部女史に見つからないように訪ねるのは、そんなに難しいことじゃないよ」

あたしも付き合うよ、という。

英一はかぶりを振った。「河合精鋼は、もうないんだ」

公恵の破談のあと、半月もしないうちに、河合富士郎は脳梗塞《のうこうそく》で倒れた。五十一歳だった。命は取り留めたが、寝たきりになった。

社長と熟練工の社員二人で支えてきた会社はたちまち立ちゆかなくなり、河合精鋼は倒産した。工場と家と土地を売り、河合家は他所《よそ》へ転居した。

さすがに雰囲気が重くなった。が、テンコも寺内も立ち直りが早い。だから気が合うのだろう。

「近所を聞き込んでみたら？　前回と同じよ。大森の町工場の多いあたりって、昔から住んでる人たちがいっぱいいるはずよ。誰かしら何か知ってるか、覚えてるよ」

「てゆうか、やっぱこの際、直《じか》あたりするべきだよ」と、テンコは言う。「バレー部には、ＯＧ会の名簿があるだろ。公恵さんの連絡先をつかんで、本人に会ってみるのがいちばんだよ」

そもそもこの依頼は迂遠《うえん》に過ぎるのだと、厳《いか》めしいことを言う。

「こんなナイーブな問題を、本人に伏せたまま、第三者がさらに第四者に調査させようってのがおかしい」

だいたい、公恵サンは調査を望んでいるのか？　と、空《くう》に向かって問いかける。

「どっち向いて発言してンだよ」

「俺は〝常識〟というものに諮《はか》ってるんだ」

そのへんにぷかぷか浮いてるのか、常識は。幽霊みたいに。喩《たと》えがヘンか。

「うん……一理あるね」寺内は考え込む。「結婚話が壊れたなんて問題だから、当事者に気を使うのはわかるよ。河合先輩の心の傷に触れることだもんね。けど、それだけじゃない。田部女史、何か隠してる。もう少し事実関係を確認してから動いた方がいいね」

いったん動き出すと、花菱君はとことんやるタイプみたいだから、と言い足した。

「だったらオレはどうすりゃいいんだ」

「だからバレー部のOG名簿をだな」

英一は白目を剝《む》いてテンコを見た。「そんなことをして、バレたら？」

田部・小森両女史は、当事者にはけっして近づくなと言った。動詞としては「言った」のだが、英一の体感は違う。もっと剣呑《けんのん》な潜在的アクションを感じ取った。それを顕在化させることだけはご免こうむりたい。

「オレ、バスケットのゴールポストから吊るされる」

テンコはにんまりした。「大丈夫だよ。豆バレーのヒトたちは、あのゴールポストには背が届かないから」

「でも、バレーボールのネットの支柱は？」と、寺内が返す。「あれでも花菱君を吊るすには充分な高さだよ。テンコだと脚が余るけど」

「そういう問題じゃないだろが！」

「わかった」今度は寺内がパンと手を打った。「ＯＧ名簿のことは、あたしが何とかする」

漢《おとこ》らしい！

そのでっかい目が責めるように英一を見た。

「だけど花ちゃん、ビビり過ぎ」

花菱君から〝花ちゃん、ビビりちゃん〟へ、降格したのか昇格したのか、微妙なところだった。

その夜、十時過ぎのことだ。英一の携帯電話が、机の上でぷるぷる鳴った。

「花ちゃん、電話」

押し入れからピカが声をかけてきた。屋根の雨漏りはとっくに修理が済んだというのに、こいつは押し入れベッドが気に入ってしまって、すっかり居着いているのだ。追い出そうとしても両親はピカの味方で（ピカちゃんは花ちゃんのそばにいたいのよ）、多数決ではかなわない。

「聞こえてる。寝ろ、小学生」

画面を見たら、コゲパンからの電話だ。もしもしと応じつつ、ピカに聞こえないところで話そうと立ち上がると、ピカは押し入れから手を出して、英一のセーターの裾《すそ》をむんずとつかんだ。

「隠れて電話するなんていけないんだ」

あらピカちゃんの声だと、電話の向こうで（よせばいいのに）コゲパンが言う。

「あ、コゲパンちゃんだ。こんばんは」

「おまえがコゲパン言うな！」

「全然かまわないよ。でもピカちゃん、もう寝る時間だよ」

「ハ〜イ、おやすみなさ〜い」

英一は何とか廊下に出た。セーターの裾が伸びている。

「花ちゃん、ピカちゃんと同じ部屋にいるの？」

「不法に占拠された上、執行妨害を受けてるんだ」

「何それ？」

「実はオレにもよくわかんない。ピカの自己申告なんだ。あいつ、難しい本を読むから」

寺内は笑った。「可愛いのに、偉いねえ」

だからそれは思考停止だっての。

何だよ、と問うと、うんと言う。

「あのね、今日の話」

英一はすぐ言った。「ＯＧ会の名簿、やっぱ難しいからパスなんて言わないでくれよな。な？　な？」

「花ちゃん」と、寺内の声が強まる。ピカが耳をそばだてている気配がする。

「――だから、それビビり過ぎ」

また呆れられたらしい。

「たった一学年違うだけの女子だよ。そんなに怖い？」

「女子はみんな怖い」

「だったらあたしも怖いの？」

「おまえ、自分は女子のうちに入らないって自己申告してなかったか？」

「あら、そ。じゃあヒヨコも怖いんだね。紹介しないことにする」

「他校の生徒は別だ」

調子いいんだと、ちょっぴり怒った。

「だから何だよ」

「あれから考えたんだ。ていうか、家に帰ってお父さんとお母さんの顔を見たら、思いついたことがあって」

英一は廊下にしゃがんだ。「何を思いついた?」

「あの写真の、縁側で泣いてる三人」

やっぱりおかしいよ、という。

「おかしいのは最初からだ」

「そうじゃないのよ。テンコの言ってた仮説――念写っていうの? それに合わないって言いたいの」

撮影者である足立文彦の後ろめたさが、河合親子の泣き顔の幻像となって写った――

「足立さんが、胸の内で、遠からず自分は自分の都合でこの結婚話を壊してしまう、この家族を傷つけることになるんだって、密《ひそ》かに思っていたとしたらね」

彼の念によって写る幻像は、違う表情になったはずだと、コゲパンは言う。

「公恵さんは泣くと思う。お母さんも泣く。だから二人は泣き顔でいいんだ。でも」

お父さんの富士郎さんは、違うよ。

「怒るよ。絶対に怒る。涙を流しながらだって、怒り狂うよ。俺の大事な娘に何てことしやがるんだこのスカタン野郎！　ってさ」

おまえみたいな奴に公恵をやれるか。こっちから願い下げだ、とっとと失《う》せろ！

「父親って、そういうものだもん」

だから河合富士郎は、腕組みをして堪《こら》えたりなんかせずに、たとえば拳《こぶし》を振り上げている方がふさわしい。足立文彦につかみかかろうとしている方がふさわしいというのだ。

リフォームでは、廊下は張り替えなかった。小暮写眞館の廊下の板は、積もり積もった年月に曇っている。ここを行き来した住人の足の脂《あぶら》が染《し》みついているのだ。しゃがみ込んで顔を近づけても、影は落ちるが顔は映らない。自分がどんな表情をしているのか、英一にはわからない。

とりあえず、コゲパンはずいぶん入れ込んでるなあ、と感じる。

「そんなのケースバイケースだろ。足立文彦はそう思わなかったのかも」

「男同士だもん、わかるよ。そう思うよ。親父《おやじ》さんに一発殴られても仕方ないって」

「だけど現実には、破談のあと間をおかずに親父さんは倒れて寝たきりになって、会社も倒産したんだぜ」

泣き顔になって当然だ。おつりがくるくらいじゃないか。

「そうだけど、あの時点で足立さんがそこまで見越せるわけないじゃない。それじゃ予言者だよ、花ちゃん」

そういう——ことになるか。いやでも、この手の写真は未来の不幸な出来事の予兆であるという考え方もあるんだが。予兆と予言は違うのか。ややこしいな。

「わかった。わかったけど、その新たな見解は、この件の解決について前向きな推進力を持つだろうか？」

「持たない。ごめんね」

コゲパンの声が小さくなった。

「ただ、思い出したんだ」

もっと小さくなった。英一はケータイに耳を押しつけた。

「昔、あたしがクラスでいじめられたとき、お母さんは一緒に泣いてくれた。でもお父さんは怒った。そンで学校に怒鳴り込んだ」

そのこと、思い出した。

「そしたら、ちょっと聞いてもらいたくなった。それだけ。ごめんね」

二度も謝るな。

「テンコは？」

「もう知ってる。ずっと前から」

オレは今、おそろしく気の利《き》かない問い返しをしたような気がする。もっと違う台詞《せりふ》を吐くべきだったような気がする。

昔おまえがいじめられたのは、おまえが〝コゲパン〟だからなのか、とか。

それも見当違いかな。

「じゃあね。また明日」

明るく言って、寺内は電話を切った。英一はしばらくのあいだ、未練たらしくケータイを見つめていた。

「花ちゃん」

押し入れの小学生はまだ起きている。

「一生、カノジョできないね」

い、い、い、
ムカつく。

「ピカ、押し入れの天井裏に何かいるぞ！　白い顔が見えたぞ！」

叫んで押し入れの唐紙を閉め、手足を突っ張って全力で押さえつけた。ピカの悲鳴が響き渡る。

「花ちゃんのイジワル！」

どたばた音がしたかと思うと、唐紙を突き破って小さな拳が飛び出し、英一の顔に、まともにあたった。

## 4

「ところで、どしたの、その顔」

「唐紙が薄いんだ」

翌日の放課後、ＪＲ京浜東北線大森駅改札口を通り抜けながらの会話である。英一の右目のまわりには見事な青たんができている。教室では伊達《だて》眼鏡をかけていたのだけれど、この距離で相対すれば隠しきれない。

ピカを押し入れに閉じこめて脅かしたら逆襲されたと説明すると、コゲパンは笑い転げた。

「なぁんだ、兄弟喧嘩《げんか》か」

「喧嘩じゃない。兄弟間ＤＶだ」

ピカは力こそ弱いが、なにしろ必死で繰り出したパンチだったから、効いた。小さな拳だからこそ、的確に急所を打ったということもある。

「ちっちゃい弟に、大人げないイタズラをするからよ。だけどその顔じゃ、今日は延期した方がよかったかもしれないね」

どっちにしろ聞き込みはできないんだからと言う。寺内情報に拠《よ》ると、田部女史の家も大森で古くから町工場を営んでいるので、近所で河合精鋼のことを聞き込んだりしたら、瞬《またた》く間に女史にバレるという。ご近所ネットワークの威力は英一も体感理解しているので、異を唱えようとは思わない。

「早いとこ現場を見たいから、いいよ」

「家が残ってれば、もっとよかったのにね」

「そりゃ無理な注文だ」

売却した時だって、既に家の方の資産価値はゼロだったはずだ。「古家アリ」で、土地だけが売られたのだ。小暮写眞館と同じだ。

女子には女子のネットワークがあるそうで、コゲパンはたった半日で、田部女史の

住所と出身中学校を調べあげてきてくれた。豆バレー部のOG会名簿もそのネットワークで調べるつもりだけれど、

「そっちは工作員を使うから、ちょっと時間かかるよ」

おまえらCIAか。NSAか。

「手荒なことはしないから」

モサドではないらしい。

「同好会の方はいいのかよ」

「土日には行く」

今日になってやっと、コゲパンはテナーサックス奏者だということを知った。テンコは（暫定《ざんてい》で）パーカッション担当だそうだ。

コゲパンの楽器は自前だという。小学生のころから習っているのだそうだ。

「まめに練習しないと、腕が鈍るんじゃねえの？」

「夕飯のあと、お父さんがカラオケボックスに連れてってくれるから大丈夫」

寺内家では、しばしば駅前のカラオケボックスを利用しているのだそうだ。ボックスのなかで娘が自由にサックスを吹けるように。

「そばで親が聴いてるのに、練習できンの」

「お父さんとお母さんは別に部屋を取って歌ってるんだ。ときどき様子を見にくるだけ」

コゲパンは店子家を特例中の特例と評したが、自分の家もそうだということに気づいていないと見える。それとも、家族の解体なんて言説はマスコミが振りまいているだけの幻想で、個別にあたってみれば、まだまだこういう家庭はけっこう存在しているのか。

駅前の案内板と、キヨスクで買った地図を頼りに歩き出した。路線バスも通っているようだが、不案内な土地では徒歩が無難だ。繁華街を抜けて歩いてゆく。駅前の景色はどの街も似たようなものだった。

「でも、ごめんね」

歩道を行き交う自転車が多い。コゲパンは英一の後ろについた。

「二人で同好会をサボるわけいかないから、テンコには来てもらえなくって」

「おまえが気にすることないよ。あいつの不参加は、同好会のせいじゃないから」

「そうなの？」

驚いたのか、コゲパンはわざわざ前に回って英一の顔を見た。そこへまた自転車が来たので、あわてて逃げる。

「今朝、早々に言われた。俺はかかわらないからねって」

妙な理屈がついていた。

――その方が、花ちゃんにとって正しい。

うしろからコゲパンの呟きが聞こえてきた。「じゃ、あたしもかかわらない方がいい？」

「それだと困る。女子の情報網が要るから」

「要するに、あたしなら花ちゃんの助手で済むけど、テンコが乗り出すと、テンコが主体になっちゃうってことかな」

「あいつの方が頭いいからな」

「花ちゃん、意外とテンコにコンプレックス抱いてるんだね」

笑いながらの台詞だったので、英一はあえて反応しなかった。

バス通りからそれて、横道に入った。まわりはマンションとビルばっかりだ。歩道がなくなって、ガードレールにかわった。自転車がその外側を走るようになったので、コゲパンが横に並ぶ。

「寺内、幽霊とか信じてンのか」

英一は訊いた。会話の流れからいくと出し抜けな質問だが、そもそもこの問いかけは、いつ繰り出しても唐突になる種類のものだ。

ほんの二秒ほど、コゲパンは考えた。それから答えた。「信じてるよ」

霊魂の実在も生まれ変わりも、という。

「興味があるってンじゃなくて、真剣にそう思うのかよ」

「こういうことと真剣に向き合うって、どうすることなのかな。椅子《いす》に座って頭を抱えて考えるの？　それとも何か機械で計測して、記録すればいいのかな」

鋭い切り返しだった。

「結局、感じなんだと思うよ。心に感じるってこと」

だからそれは科学じゃないよね、と続けた。「科学じゃないから、誰の身にも同じ感じが宿るとは限らない。でもあたしは、自分の心の感じを信じてる」

「もしかして幽霊を見たことあるとか？」

歩きながら、目が回りそうに激しく、コゲパンは首を振った。「ないない、いっぺんもないの。本で読んだりテレビで観《み》たり、友達の話を聞いたことがあるだけ」

「なのに信じられるような感じって、何だ」

「だって凄いリアリティのある話がいっぱいあるんだもの」

「作り話ほどリアリティがあるんだよ。テレビ局も物書きも、そうでなきゃ商売にならないんだから」

また二秒ほど考えてから、コゲパンは笑い出した。「これじゃ立場が逆だね。普通は、こんな調査を引き受ける花ちゃんの方が幽霊を信じる人でなくちゃならないのに」

「とは限らない。否定するために調査するってこともある」

わあ、つまんないのと、コゲパンはブーイングした。

「――そもそも前回も今回も、どっちの写真にも幽霊は写ってない」と、英一は続けた。「だからこれ、厳密に言えば〝心霊写真〟ではないのかもしれない」

実際、そうなのだ。問題の写真を撮った後に亡くなったという人物は複数いる。だが、撮影の時点ではみんな生身の人間だった。

コゲパンも考え考えうなずいた。「だから〝念写〟だって、テンコは言うんだね」

人が心に思うことや、感情が写真に写り込んでしまったものだ、と。

「まあ、特に前回のケースはな。カメラ通ってないから」

「へ？」

前回、英一が参考のために読んだ（ピカ所有の）書籍には、明治時代から二十世紀末ぐらいまでのあいだに世間を騒がせた、「心霊写真」や「念写」の実例がいくつか紹介されていた。英一としては、この案件の意外な歴史の古さにまず驚かされたものだったのだけれど、それに拠ると、「いわゆる〝念写〟ってのは、カメラを必要としないんだ。乾板やフィルムに直に写すんだから」

「カメラ要らないの？」

「過去の例では」

「そんな例がいっぱいあるの？」

「実験してるから」

その種の実験では、写し出されるのは文字や図形である。人間の想念や感情などという漠としたものでは、当たり外れの鑑定ができないからだ。

「誰が実験したの？」

「科学者や文化人」

コゲパンのでっかい目が拡《ひろ》がる。「で、結論は？」

英一は首を振った。「限りなく黒に近い灰色ってとこかな」

そうした著名な実例が、多くの場合疑わしくうさんくさかったからこそ、この案件は今でも宙ぶらりんのまま据え置かれていて、ときどき思い出したようにブームになるのだ。

「トリックらしいってこと？」

「そ」

コゲパンはおあずけをくった犬のような顔をした。つまんないと、またボヤく。ただつまらないだけでなく、こんがらがってきたらしい。

「ねえ、もういっぺん教えてよ。心霊写真と念写はまったく違うの？」

「違う。ただ、念写も霊魂の力が引き起こす現象だという考え方は、ある」

そういえば前回の件を、須藤社長は「生霊《いきりょう》」と言っていた。

「だけど全部にその解釈があてはまるわけじゃない。だから、幽霊みたいな不気味なものが写ってる写真は、〝幽霊写真〟って呼んだ方が的確なんだよ」

なるほどと、コゲパンはうなずく。

「幽霊は写ってなくても不思議な写真ていうのもあるもんね。今回のもそのクチだもん」

「だろ。十把一絡《じっぱひとから》げにして〝心霊写真〟って言っちゃうと、混乱するんだよ」

コゲパンは右の掌を顔の前に持ち上げて、

「幽霊写真と、幽霊は写ってないけど不思議な写真と、念写」

指を三本折り、迷っている。

「二番目と三番目は一緒じゃない？」

「一緒くたにはできない。不思議な写真のなかには、変なものが写ってるんじゃなくて、写るべきものが写ってないってケースもあるから」

大勢で記念写真を撮ったら、ある一人の顔だけが写らなかったとか、被写体の脚だけが写らなかったとか。

「あと、被写体の人数より余計な手足が写り込んでるとかいう場合もある」

そうなの——と呟き、少し考えてから、コゲパンは指を全部握ってしまって、それからぱっぱと手をはたいた。こいつ、パズルを作ってて行き詰まると、やおら全部かきまわしてぐちゃぐちゃにするタイプと見た。

「で、その分類で行くと、今回は念写だというわけね。あたしもテンコの説に賛成する」

「まだわかんないぞ」

足立文彦のトリックかもしれない。

「それにしてもテンコ、自信たっぷりだったね。即断してたもん」

テンコはピカほど読書家ではないし、嗜好《しこう》に偏《かたよ》りもあるが、基本的には本好きだ。雑学にも強い。だから、

「あいつ、知ってたんじゃないかな」

「何を?」

「〝観念は生物なり〟」

コゲパンは立ち止まってしまった。ぐるりを見回している。

「誰か注意してくれないかな。そこを行く赤い靴の女の子、異人さんについてっちゃダメですよって」

言われてみれば、今日のコゲパンのスニーカーは赤い。

英一は笑ってしまった。「だからさ、観念——人間が心に想うことは、思考であれ感情であれ、それ自体が生き物のようなエネルギーなので、乾板やフィルムに写ったりするって意味だよ」

「それがテンコの見解?」

「福来《ふくらい》博士っていう明治時代の学者の提唱した理論というか仮説というか学説というか」

我が国で心霊科学の研究者というと、真っ先に名前のあがる旧東京帝国大学の心理学の先生である。

何だ受け売りかいと、コゲパンは憎まれ口をきいた。「花ちゃんもそれに賛同?」

「ま、参考意見かな」

「じゃ、そもそもどうして」

今度は英一が足を止めた。コゲパンの問いかけも中断された。

「番地、このへんだ」

話に夢中で通り過ぎてしまうところだった。

一方通行の細い道に面して、中規模のマンションと住宅が建ち並んでいる。コインパーキングもある。ちょっと先には板金塗装会社の看板が見えるが、工場らしいものといったらその程度である。

それでも手元の地図とメモを照らし合わせて、場所に間違いはない。

㈲河合精鋼の跡地には、雑居ビルが建っていた。洒落《しゃれ》たアールを描いた白い外壁が目立つ三階建て。一階には歯科クリニック、二階には学習塾、三階には横文字の会社名の看板が出ていた。

建物の脇《わき》に、付属の駐車場兼駐輪場がある。敷地はけっこう広い。河合精鋼は、倒産時、この土地の代価で負債を清算することができたんだろうか。失意の河合一家は、借金だけは背負わずに移転することができただろうか。

「町工場がずらっと並んでる景色を想像してたんだけど、違うんだね」

「昔はそうだったんだろうな。だんだん歯抜けになって、住宅やマンションに変わってるんじゃねえか」

この不景気だからさと、英一は言った。倒産したり、廃業したりするのは河合精鋼だけに限らない。

一階の歯科クリニックは休診日だった。二階の学習塾もまだ授業時間には早いらしく、駐輪場にはママチャリが一台あるだけだ。

東京オリンピックの年に建てられた、長い縁側のある木造家屋の面影はどこにもない。ああ場所はここですねと確認するだけだった。

それでも英一は来てみたかったのだ。歩けば、また棒にあたるかもしれない。あたらなくても、あたらないということを確認するためだけにでも来たかった。

コゲパンが、両手を口元に持っていって、はあっと息を吹きかけた。その息が白い。

「寒いね」

じっと立っていると凍えそうだ。

「この区画をぐるっと回って帰ろう」

幸せいっぱいだったころの公恵と文彦が、寄り添って歩いたことがあるはずの道だ。そこをコゲパンと黙って歩きながら、ああオレが来たかったのはこのためだなと気がついた。何でもいい、写真に写っているものだけじゃなく、手で触ったり足で踏んだりすることのできるものが欲しかった。コゲパン流に言うなら、感じをつかむために。

「この前の写真のときも、焼けて失《な》くなった家の跡地を見に行ったんだ」

そして須藤社長を頼ろうと思いついたのだけれど、成果はそれだけではなかった。三田《みた》家のあった場所に立ったとき、感じたからだ。あの写真は絵空事じゃない。過去のある一瞬を切り取った、確かに実在した現実の記録なのだ、と。

たとえ、そこに異な現象が写り込んでいたとしても、それもまた過去の一部なのだと。

区画の角を曲がったところにコンビニがあった。古びた小さなコンビニだけれど、酒類を多く扱っていたので、もともと地元の酒屋が転業したのかもしれないと思い、つと心が動いた。三年前まで、この近所に河合精鋼という町工場があったんですが、ご存じですかと訊《き》いてみようか。でも、ドアを押して店内に入るとレジにいたのは英一と同年代の茶髪の若者で、いかにもケダるそうな顔をしていたので、缶コーヒーを買っただけで外に出た。

「熱っつ〜ぃ」

コゲパンは缶コーヒーを手のなかで転がしながら歩いている。

「前回は、問題の写真が小暮さんの現像したものだったから、調べた。あの家の現在の住人として、若干の責任があるかなって思ったから」

さっき中断された問いかけへの返答だ。英一が言い出すと、コゲパンは缶コーヒーを落っことしそうになった。

「今回は、田部女史がおっかないから依頼を引き受けたというか、命令に従った。オレの立ち位置は、そうゆうこと」

「花ちゃん個人の感慨や目的はない、と」

「うん」

嘘《うそ》ではないが、完全な真実《ほんとう》でもない「うん」だった。でも、どこが嘘でどこが真実なのか、自分でも見分けがつかない。

英一個人の感慨と目的のなかには、風子《ふうこ》がいる。だけど、何でいるのか、説明――弁解でもいいけど――する言葉がない。それはつまり、整理がついてないということだ。

整理がついてないからこそ、英一は今度みたいな依頼を断りきれないのかもしれない。

英一の「うん」の半端《はんぱ》さを見抜いているのか、コゲパンは意味ありげな横目になっている。それを無視するのは、なかなか難しかった。心で腕相撲しているみたいだった。

が、急にコゲパンは心の腕の力を抜いた。

「わかった」と言った。「あたしは、自分自身で不思議な出来事を体験できるかもしれないチャンスに巡り合ったんで、押しかけ助手をすることにした。そうゆうこと」

「あんまり怖い写真じゃないけどな」

「実はあたし怖がりだから、ちょうどいい」

へえ、怖がりなのか。英一はコゲパンの浅黒い顔を斜に見やった。

「ST不動産の須藤社長の体験談なんだけどさ」

マンションの窓枠の上にへばりついていた髪の長い女の話をしてやると、コゲパンは歩きながら器用に震え上がった。焼けたトタン屋根の上の猫みたいに、足取りまでぴょこぴょこする。

「信じらンない！　なんでそんなこと経験して、平気でいられるの？」

「不動産屋はそれが商売だから」

「無理！　あたしには無理。甘味屋の跡継ぎでよかった」

「支店を出そうなんて話が持ち上がったら、空き店舗巡りをしなくちゃなんないぞ」

「しないもん。そんなことゼッタイしない。うちは本店だけで充分！」

帰りの電車のなかでは、〈甘味処《かんみどころ》てらうち〉の話になった。もともとは和菓子屋で、今も昔からの得意先には生菓子や干菓子を作って卸しているのだそうだ。で、そういうお得意とは、お寺さんなのだそうだ。

「和菓子屋はね、いいお寺さんを得意先にしてるといいんだ」

いいお寺とは、檀家《だんか》をいっぱい持っていて、法事の切れない寺のことである。

「じゃ、葬儀屋も？」

「うん。だけど今時の葬儀社は、セレモニーホールっていうの？　ああいう形になってるから、昔ほど和菓子を必要としないんだよね。祭壇には作り物を飾る場合もあるし、小さい子供さんや若い人のお葬式のときは、お供えも洋菓子になったりして」

故人の好物が選ばれるのだそうだ。

風子のときはどうだったかなと、英一は考えた。四歳の女の子の祭壇には、何が供えられていたろうか。

思い出せない。頭に浮かぶのは遺影ばかりだ。死の直前に、動物園で、英一がシャッターを押して撮ってやった写真。お兄ちゃんとってとってと、せがまれたのだった。

——ふうこをとって。

風子はくすぐったそうに笑いながら、英一が二度シャッターを切るあいだ、ずっともじもじ恥ずかしがっていた。そのくせ、一丁前にポーズなんかつけようとしていた。お気に入りのワンピースを着せてもらって、嬉《うれ》しかったのだ。

「――しちゃってさ」

コゲパンのおしゃべりに我に返ると、電車はスピードを落として、英一の降りる駅が近づいていた。

突然、急ブレーキがかかった。

車両全体が軋《きし》んで悲鳴を上げ、つり革につかまっている乗客たちがつんのめる。ドアのそばの手すりに寄りかかっていた英一はとっさに踏ん張れたが、脇の手すりに手をかけていただけのコゲパンは、ほとんどダイビングするように通路に放り出された。

電車は急停車した。がくんと反動がきて、それで転んだ乗客もいた。網棚から荷物が滑り落ち、誰かが手すりに頭をぶつける鈍い音がした。

「だ、大丈夫？」

転んだコゲパンのすぐそばに座っていたおばさんが、コゲパンを助け起こしてくれた。おばさんが膝の上に載せていた大きなバッグは、一メートル先まで吹っ飛んでいた。

る。

「大丈夫です。すみません」

起き上がったコゲパンは、青ざめていた。駆け寄った英一にしがみついてきた。

「この音、何？」

二人は先頭車両に乗っていた。窓の向こうにホームが見える。駅員が駆け抜ける。ホームの人たちは車両の前の方を見やっている。けたたましい非常ベルの音で耳が割れそうだ。電車のなかで鳴っているのではない。ホームで鳴っているのだ。

幸い、車内の方は大過なく、乗り合せた人たちはもう体勢を立て直していた。みんな窓にへばりつく。

飛び込みだぞと、誰かが声をあげた。その声に引かれて車両の前の窓に近づく人たち。尻込《しりご》みする人たち。窓際《まどぎわ》に人の壁ができて、座席がずらりと空く。

親切なおばさんのバッグを拾って渡すと、英一はコゲパンに言った。「様子見てくる」

コゲパンは英一の腕をひっつかんだ。

「ヤダ、やめなよ！」

「お嬢さん、ここに座りなさい」おばさんがコゲパンの袖《そで》を引っ張る。「膝《ひざ》小僧から血が出てるわよ」

先頭車両の前部の窓だから、運転席が見える。運転手は既にホームに出ている。小さな窓にたかっているサラリーマンや大学生風の乗客たちの隙間《すきま》に潜り込んで、ようやく前方に目をやったとき、英一は息を呑《の》んだ。

線路上に、知った顔がいた。横顔だし、髪が乱れているけれど、間違いない。

幸い、倒れているのではなかった。二人の駅員に両脇を抱えられて立ちあがり——すぐへたへたと腰砕けになる。駅員たちがあわてて支える。担架出せ、担架という大声がガラス越しに響く。

あの横顔。ST不動産のたった一人の女性事務員、ミス垣本《かきもと》だ。名前の方は知らない。毒舌で邪眼《じゃがん》で、社会人としての資格をすべてミスしているからミス垣本だ。

見かねたのか扱いかねたのか、駅員の一人が彼女をおぶった。線路沿いに慎重な足取りで前方へと歩き出す。ミス垣本は駅員の首につかまってはいるものの、両脚はだらりと垂れている。靴が脱げている。

非常ベルが止《や》んだ。

「あれ、ホームの非常停止ボタンだよ」

隣のサラリーマンが連れと話している。英一は、ホームの柱に取り付けられている鳥の巣箱みたいな黄色い箱と、赤い大きなボタンを思い出した。

「俺、これで二度目だ。前にもあったんだよ。おっさんが風で線路に帽子を飛ばされて」

「あの女、自分で線路に降りたのかねえ」

駅員の背中のミス垣本に、好奇の眼差《まなざ》しが突き刺さる。あいつ、コートを着てない。白っぽいワンピース一枚で、よく見れば靴下さえ穿《は》いてない。裸足《はだし》じゃないか。

「飛び込みじゃあないね。だったらこのタイミングじゃ間に合わなかったろうから」

ああ、よかったよかった。ところで僕ら、しばらく降ろしてもらえないのかな？　参ったなあと、コートの前を開いて携帯電話を取り出した。気がつけば、まわりのみんながケータイを手にしている。英一の後ろの革ジャンの若者は、窓にケータイをかざして、じれったいほどゆっくりと遠ざかる駅員とミス垣本の姿を写真に撮っている。

瞬間、カッとなった。撮るんじゃねえよ！

ケータイを払い落としてやろうと拳を振り上げかけた。そのとき、コゲパンに呼ばれた。

「花ちゃん！」

コゲパンにはわかったらしい。英一は革ジャン野郎を睨《ね》めつけ、肘《ひじ》をパンタグラフみたいにしてそいつを押しのけて、コゲパンのそばに戻った。

コゲパンの顔色はまだ戻らない。これくらい色黒だと、血の気が引いたときは青黒くなるんだと、失礼なことを考えた。それで怒りがすうっと抜けた。

「飛び込み自殺？」と、親切なおばさんが訊いた。バッグのなかを引っかき回している。

「いえ、ホームから人が落ちたみたいです」

事故かなあと呟《つぶや》いて、座ってみて気がついた。オレ、心臓がバクバクしてる。コゲパンと同じくらい青ざめているのかもしれない。

「でも、無事でしたよ。駅員さんに背負われていきましたから」

「よかったねえ。あった！」

おばさんはバッグからぱんぱんにふくらんだポーチを取り出すと、救急絆創膏《ばんそうこう》を何枚か抜き取って、コゲパンにくれた。

「ありがとうございます」

「いいからいいから」おばさんは今度は携帯電話を取り出すと、せかせかとかけ始めた。

受け取った絆創膏を手に、コゲパンは呆然《ぼうぜん》と座っている。手が震えていた。

「ダメだよ、こんなときに知らない人に殴りかかったりしちゃ」と、叱《しか》る声もわななていていた。「気持ちはわかるけどさ」

車両の先頭で、さっきの革ジャン野郎は、撮った写真を送っているのだろう。ケータイを操作するのに夢中だ。

「何でわかったんだよ」

「めちゃくちゃ凶暴な顔したから」

花ちゃんのダークサイドを見ちゃった、という。大げさだ。

「貼《は》ってやろうか」

コゲパンの手があんまり震えているので、絆創膏の位置が定まらない。

「ヤダ、平気よ。自分で貼る」

おばさんは家族と話しているらしい。状況を目で見て説明しようというのか、席を立って窓の方へ寄っていった。

英一は声を落としたというか、下を向いたら声が口からこぼれ落ちてしまった。

「――オレの知り合いだった」

「ああ、だから親切なんだ、あのおばさん」

コゲパン、しっかりしろ。

「線路にいた女だよ。さっき話したST不動産の社員。垣本っていう事務員なんだ」

コゲパンの震えが止まった。凍ったらしい。ひたと英一を見つめ、それから首を巡らせて革ジャン野郎を見た。ケータイを手にしたまま、まだ窓にはっついている。着信があった。嬉しそうに出る。笑いながらしゃべり始める。

「寺内、前言を撤回します」

「え？」

「あのクソ野郎、殴ってよし」

コゲパンは拳を固める。おまえの方がダークサイド全開じゃやねえか。

「やめとけ。考えてみたら、そこまでする義理のある相手じゃなかった」

「だってお世話になった事務員さんなんでしょ？」

「世話にはなってない。バカにされたり嫌味を言われたりしただけだ」

コゲパンは訝《いぶか》しそうに眉《まゆ》を寄せた。当然だろう。ミス垣本に遭遇していない人間に、ミス垣本を説明するのは至難の業だ。ＵＦＯみたいなもんだ。どう表現してもウソくさく聞こえてしまう。

「社長さんはいい人なんでしょ？」

「垣本に弱味を握られてる節がある」

ひょっとすると社長がミス垣本を突き落としたんじゃねえかと、一瞬だけ考えた。

「垣本さんてそんな人なの？」

「少なくとも飛び込み自殺をするようなタマじゃない。どっちかっていったら、ただ自分の虫の居所が悪くてむしゃくしゃするってだけで、前に立ってる人間をホームから蹴《け》り落とすようなタイプだよ」

花ちゃん――と、コゲパンは目を細めた。「言い過ぎだよ」

「事実だからさ」

言い訳しつつも、脳裏からはさっきの映像が離れない。駅員の背中に負われ、だらんと垂れた白い脚。あれはやっぱり、ただ事ではなかった。

窓の向こうから、救急車のサイレンが聞こえてきた。


車両がホームにきちんと停車し、ドアが開くまで、それから十五分ほど待たされた。英一は降りなかった。コゲパンを送っていくことにしたのだ。一人で大丈夫だと言われたけれど、大丈夫そうには見えねえと押し切った。

本音を言えば、英一の方が一人になりたくなかったのだった。

5

女子の工作員が情報を得てくるのを待つあいだ、英一は毎日、ジョギング同好会で走って、放課後の時間をつぶした。これまでは月水金しか走っていなかったので、心境に変化でもあったのかと、みんなに訊かれた。特に橋口はしつこかった。

「俺はひとつ推測するのだけれど」

「初走りでドンケツだったから奮起したわけじゃねえよ。あれは救助活動にいそしんだ結果だから」

「そうじゃなくて、花菱君は他の同好会の活動が終わるのを待つことにしたのではないかと思うのだよ」

頭のいい奴《やつ》に限って、遠回しにものを言おうとするのは何故《なぜ》だろう。

「何でオレがそんなことしなくちゃなンないの？」

「誰かと一緒に帰るためだな、おそらく」

「テンコは逆方向だよ」

言ってからわかった。橋口の顔を見てわかった。

「それはオレじゃなくて、おまえの日論見《もくろみ》だろうが」

毎日、校庭でウオーミングアップをしていると、軽音楽同好会が音合わせしているのが聞こえてくる。そういうタイミングなのだ。

「言いにくいなら、代わりに言ってやるよ。寺内、生《なま》っ白《ちろ》いのが悩みの橋口君が一緒に帰りたがってるって」

「お断りする」

物干し竿《ざお》のようにゆうらゆうら揺れながらも、橋口の口調は毅然《きぜん》としていた。

「そういう大切なことは自分で言わないと、人間力が養えない」

「じゃ、気張ってください」

英一が帰宅時間を遅くしたのは、帰り道にうっかり気迷いして、ST不動産に立ち寄ってしまうのを防ぐためだった。同好会でたっぷり走り、部室でみんなとダラダラしゃべり、コンビニに寄ったりしてから帰れば、家では夕食の時間だ。余計なことを考えずに済む。

花菱家には、特段の事情がない限り、未成年者は毎日家で夕食をとるべしという法律がある。たとえ帰りが遅くなったとしても、必ず親の顔を見て夕飯をいただくべし。念のために申し添えれば、今時、こういう家庭も少数派だ。それどころか、夕食を勝手に外食で済ませるなんて珍しくもない、それで親に叱られもしないという同級生たちが、まわりにはゴロゴロいる。

英一の両親はいくぶん変わったところがあるが、この手の躾《しつけ》には厳しい。英一単体に対して厳しいだけでなく、

「ピカちゃんの悪いお手本になっちゃいけないからね」

という理由のしからしむるところでもある。

英一自身も、毎夕ファミレスやコンビニやファストフードの飯なんて味気ない、カンベンしてくださいと思うから、問題はない。が、今回あらためて、コゲパンが言うとおり、うちは意外とちゃんとしているのかもしれないなと思うようになった。

寺内家もちゃんとしていた。

コゲパンを家まで送り届けると、ちょうど寺内母が買い物から帰ってきたところで、玄関先でばったり会った。寺内母は大いに驚き、必要以上に感激した様子で——いえ、オレそれほどのことはしてませんから——そのうちに寺内父まで店を空けて飛んできてしまい、あがってお茶でも飲んでいきなさい、いや夕飯を一緒にどうかな、千春、おまえもぼけっとしてるんじゃないよ、おやそうなの、帰るかね、じゃあせめてこれを持ってって、気持ちだから——と、和菓子の包みを持たされた。

帰宅して京子に渡すときには、あの寺内さんから、新製品を試食してみてと頼まれたと説明した。もちろん口から出任せだったのだが、その菓子は黄粉《きなこ》ではなくほろ苦いココアをまぶしたわらび餅《もち》で、目新しいものだった。

「美味《おい》しいわねえ。寺内さんによろしく言っておいてね」

うちも何かお礼しなくちゃ。別にいいんじゃないの――で、済んだと思っていたら甘かった。翌日早々に寺内母から花菱家に電話があり、そのあまりに丁重な礼の言葉に、出勤前のあわただしい折に電話を受けた花菱母はコンランをきたし、おかげで英一は、昼休みにケータイのメールをチェックした際、

〈花ちゃん、昨日、怪我《けが》した寺内さんをおんぶして送って帰ったんだって？〉

という文面を見て仰天する羽目になった。

情報とは、常に誤って伝わるものと心せよ。孫子の兵法に書いてあるような気がする。

少しは照れくさいし、河合先輩の情報が来ないうちは用もないし、その週のあいだは、英一は特にコゲパンと接触しなかった。

学校内では、もちろん見かける。一度は廊下で橋口と立ち話をして笑っていた（で、英一に気づくとハ～イの意味で手を振った。橋口はコゲパンの頭越しに、しっしの意

味で手を振りやがった。人間力の養い方を誤っていると思う）。初走り会の日に駅で遭遇した女子グループと一緒に歩いていたこともある。そのときは近い距離ですれ違ったのに、わざとのように無視された。むしろ、女子グループの方の視線が、新体操の選手が使うあのひらひらしたリボンみたいに巻きついてくるのを感じた。被害妄想でなければ、何かしらネタにされていたんだろう。

　どんな話題かわからないが、あの電車での事故について気にしていないわけはないコゲパンが、英一の方から口を開かない限り、ねえねえ、ＳＴ不動産の事務員の人、その後どうなった？　なんて訊いたりしない気質《たち》なのだということはわかった。

　土曜日も午後から同好会に出て、みっちり走ることにした。ピカは美術部の活動と、英会話教室がダブルである曜日である。いつもなら京子が送り迎えするのだが、

「ついでだから、帰りはオレがピカを迎えに行くよ」

　朋友学園小学部校舎から徒歩十分の英会話教室でピカをピックアップしたのが午後六時過ぎ。電車に乗り、降車駅まであとひとつというところで、同じ車両に見覚えのある広い額の持ち主が乗り込んできた。

　ＳＴ不動産の須藤社長である。背広を着てネクタイを締め、アタッシェケースを提げている。不動産屋は土日も休みじゃないのだ。

せっかく避けてきたのに。何でまた、よりによってここで会うかな。会っちゃったら、訊きたくなっちゃうじゃないか。この電車、悪魔が憑《つ》いてるんじゃないのか。

「おや、花菱君」

一拍遅れてピカにも気づき、にっこりした。齢《よわい》四十二の立派なおっさんだが、笑うと赤ん坊みたいな顔になる人だ。

ピカは英会話教室でもらった英文クロスワードパズルに夢中になっている。英一は社長の脇に寄り、並んでつり革につかまると、声をひそめた。

「先週金曜日のことですけど」

須藤社長は長身だ。猫背になって耳を寄せてくる。「うん？」

「うちの駅で電車が急停車する騒ぎがあったこと、知ってますよね」

社長の目がくるりと動き、英一を見た。この人の顔が邪気なく見えるのは、歳《とし》のわりに白目がきれいだからだ。黄色っぽく濁っていない。玉子の白身みたいなのだ。そういえば、広い額もゆで卵みたいにつるんとしている。

「その電車に乗ってたんです、オレ」

社長はゆっくりとひとつまばたきをした。

「ばっちり目撃しちゃいました」

ああそうと、社長は小声で言った。「怪我、しなかった？」

「友達が転んで膝を擦り剝《む》きました」

「そうか。迷惑かけちゃってごめんね」

ということは、あれはやっぱりミス垣本だったのだ。

社長はピカの耳を気にしている。「明日、こっそりうちに来てくれない？　あ、ご両親は知ってるのかな、この件」

「話してません」

「じゃ、英一君だけ」言ってから、ほとんど呼気と同じくらいまで声を落として、

「彼女は今、休んでるから」

このまま辞めるようなことにはさせたくないんだけどね、と言った。


不動産屋が土日を営業して水曜日に休みをとるのは、土日には客が来るからだ。なのに、なんでST不動産はこんなに暇なんだろう。しょぼい胡蝶蘭《こちょうらん》が空調に揺れるのを眺めながら、英一はまた考えている。

須藤社長には、ミス垣本のほかにも部下が二人いる。一人は社長より年上のおっさんで、営業と経理担当らしい。もう一人はバイトの青年で、いつもいるというわけで

はない。いるときはたいてい掃除をしているから、丁稚《でっち》なんだろう。

今日は二人とも不在だった。社長が自分でぬるいお茶をいれてくれた。

「まったく、お騒がせしちゃって」と、切り出した。

「別に迷惑したわけじゃないですよ。社長こそ大変だったんじゃないんですか」

使用者責任とかでＪＲに金を請求されるとか――ということを考えた発言だったのだが、社長の反応は違った。

「うん、まあね。垣本さんには身寄りがないから、僕たちで面倒みるしかないからね」

さすがに病院通いは家内に頼んだけど、という。

「僕じゃ、役に立たないだけじゃなくて、ヘタするとセクハラになっちゃうもんな」

そんな心配よりも、

「やっぱ入院しなくちゃならなかったんですか。ひどい怪我だったんですか」

「いやいや」社長は急いでかぶりを振る。「幸い、怪我らしい怪我はなかったんだ。ただ栄養失調になってたね」

意味がよくつかめない。それと察したのか、社長はうっすら笑った。

「ごめん、わけわかんないよねえ。要するに彼女、会社が休みのあいだ、ずっと食事してなかったらしいんだ」

　年末年始はＳＴ不動産も休みである。十二月二十八日から一月五日まで。

「明けて六日に垣本さんから電話があって、風邪をひいたからもう何日か休ませてくれっていうんでね。いいよ、お大事にって言っちゃってさ」

　その時点で既に、ミス垣本は絶食続きで動けなくなっていたらしいのである。

　軽率だったなあと、社長は広々と後退している額を撫《な》で上げる。

「あのとき、すぐ様子を見に行くべきだった。遠くにいるわけじゃないんだから」

　ミス垣本は新田《しんでん》三丁目に住んでいると言っていた。隣駅の町である。

「正月気分で、僕も家内も緩んじゃっててさ。いろいろ忙《せわ》しなかったし……」

　まあ、後から何を言ってもしょうがないんだけどと、額をぽんと叩《たた》く。

　まだ話の筋が見えない。「それってつまり、垣本さんって、ちょっと目を離すとそういう危ない状態に陥りがちなヒトだってことですか」

　須藤社長夫妻もそれを承知している、と。

　社長はうなずいた。「以前にも、似たようなことがあったからね」

「何で飯、食わないんです？」

「面倒なんだって」

本人に質《ただ》すと、

――水さえ飲んでれば人間は死なないから。

と言うそうである。

「それで栄養失調ですか」

だらりと脱力していたわけである。

「でも、もうすっかり元気になったよ。退院して、アパートで静養中だ」

根源的な疑問が湧《わ》いてくる。あの毒舌と邪眼が、何でそんなことになるんだ？

「垣本さんて――」

「ジュンコ。垣本順子《じゅんこ》さん」

「どういう人なんですか。あれ、自殺未遂だったんですか」

う～んと唸《うな》り、社長は腕組みをする。その角度になると、広い額に天井の蛍光灯が照り返す。

「何だろうねえ。そもそも本人に自覚があったかどうかも怪しい」

「自覚なしにあんなことを？」

「だいぶ薬を飲んでたから。胃洗浄をかけなくちゃならなかったくらい」

どんどんややっこしくなる。

「鬱病《うつびょう》の薬とかですか」

あんな攻撃的な鬱病があるのかどうかはともかく、真っ先に頭に浮かんだのはそれなので、英一は訊いた。

「いや、睡眠薬とか精神安定剤とかだね」

医者から処方してもらっているという。ついでに言うなら、薬の飲み過ぎ《オーバードース》は、以前にもあった事故だという。

「本人はね、あの日のこと、ちゃんと説明してる」

アパートで寝ていたら、電車の夢を見た。すると突然、正面から電車が近づいてくるのを見たくて見たくて見たくて、どうにもたまらなくなってきた。だから駅へ行き、ホームの先頭まで歩き、柵《さく》を越えて点検用の階段から線路に下りた。

「駅員に見つかると叱られるだろ？　だからホームの下にしゃがんで隠れてたんだって。そしたら、ホームの下のところって、油だの泥だので汚れてるんだよ」

だからコートを脱ぎ、靴も脱ぎ、靴下も脱いで、畳んでホームの端に置いたのだそうだ。

「で、電車が遠くに見えてきたんで、線路の真ん中に出ていったんだって」

ホームにいた人たちが彼女に気づき、あわてて非常停止ボタンを押したということだったのだ。

「一応、筋道は通ってるよねえ」

無邪気に納得してる場合か。

「ぜんぜん通ってませんよ。ぜんぜんちゃんとしてません。走ってくる電車の正面に立ったらどうなるかなんて、小学生だってわかることだ」

「あのときは平気だと思ったんだってさ。電車にぶつかる直前に、さっと脇に避《よ》けるつもりだったんだって」

ＣＩＡやＮＳＡの手練《てだ》れの工作員でもそれは無理だろう。スーパーマンでないと。それも絶好調のときでないと。

「それにしたって、一週間以上も絶食してて、よく駅までたどり着けたもんですね」

「それはね、駅へ行こうって決めたときに、少し食べたんだって。菓子パンとか、あとドリンク剤も飲んだらしい。だから歩けたんだよね」

社長の目が明るい。また、間違った方向で納得していると思う。

「オレはひとつ推測するのですけど」

橋口の表現を借りてみた。

「フツー、そのヨタ話を聞かされたら、そんなのは後付の言い訳で、要するに垣本さんは飛び込み自殺をしようと思って駅へ行ったんだと思いませんか？」

社長はものすごく素直に、邪気のない目でうなずいた。「うん」

拍子抜けする以前に、力が入らない。

「うんじゃないでしょう！」

「だけど、さあ」

須藤社長は真顔になった。赤ん坊の真顔だ。ピカで経験したことなのだけれど、赤ん坊というのは、ときどき、何かとてつもなく深遠な哲学を考察しているみたいに深い目をして、真面目《まじめ》な表情を浮かべることがある。今の社長の顔も、それだった。

「まずは本人の言うことを尊重してあげるのが筋でしょう。それとも、いいえあなたは嘘をついてる、本当は自殺しようとしたんでしょうって問い詰めて、何か良いことがあるのかなあ？」

と、言われるとこっちも困る。

「だって、叱る必要があるでしょうよ」

「それはあるよ。彼女は僕の雇っている従業員だしね。走ってくる電車を正面から眺めようなんて、大人げないことをしちゃいけないよって叱ったさ。食事しないのも身体《からだ》に悪いって」

英一はようやく気づいた。このヒトも、うちの両親といい勝負の変わり者なんじゃないのかな？

が、社長の次の言葉でその考えは翻《ひるがえ》った。

「こっちがうっかり〝自殺〟とか〝死ぬ〟なんて言葉を使って泡を食ったらさ、垣本さん、そう認められたと思っちゃうだろうと思うんだよね。あ、これは自殺未遂に見えるんだ、これでいいんだって」

巧《うま》く言えないけどもと、社長はおでこを光らせる。

「だから家内と相談してさ、何があっても、彼女が何をやっても、そういう解釈はしないでおこうって決めたんだ。垣本さんが言い訳したら、その言い訳を額面通りに受け取って、そんな危ないことはしちゃいけませんよって、対処しようってね」

僕たち夫婦は気づいていませんよ。あなたが死にたがってるなんて思ってもいませんよ。あなたはそそっかしくて危ないヒトだけれど、それだけだよね。

英一は考えた。思わず頭を抱えてしまったので、コゲパン流に言うなら、真剣に考えた。そうして、確かに上手な表現ではないけれど、社長の言わんとするところは解《わか》るし、しかも正しいような気がしてきた。

そのうちに顔が歪《ゆが》んできた。重たい。これは重たい。

「あの人、いくつです？」

「もうすぐ二十三歳だ。今月の三十一日が誕生日だから」

彼女の経歴が、履歴書に書いてあるとおりなら、という。

「何かその、社長と奥さんがあの人を引き受けなくちゃならない理由《わけ》があるんですか？」

弱味を握られてるんじゃないかというのは冗談にしろ、たとえば血縁関係があるなどのことを考えたのだ。

が、社長はあっさり答えた。「雇っちゃったからねえ」

そっちもそれだけですか。

一年ほど前、窓の「事務員募集」の張り紙を見て、垣本順子はＳＴ不動産にやってきた。

「履歴書の字がきれいだったし、受け答えもてきぱきしてて感じよかったから、すぐ決めちゃったんだ」

軽率だったかなあと、未成年者に訊くな。

「うちの親父《おやじ》には、女性を雇うときは字を見ろ、字がきれいならその人物に間違いはないって教わってたもんだから」

孫子やマキャベリだって間違うことがあるんだから、先代須藤社長の教えだって無《む》謬《びゅう》ではないのだ。

「じゃ、あの人のこと、どの程度知ってるんです？　身寄りがないって言いましたよね」

「それも本人がそう言ってるんだ」

両親は彼女が高校生のとき交通事故で死んだ。成人するまでは親戚《しんせき》の家に厄介になっていた、と。

「実家はどこです？」

「本籍地は埼玉県だよ」

「そンだけ？」

「身寄りがないって本人が言う以上、探る必要もないから」

思わず、英一は机をパンと叩いた。「今はあるでしょう！　垣本さんがこんな状態になってるのを、誰かに報《しら》せないとまずいんじゃないんですか？」

須藤社長の表情が変わった。怒ったのではない。英一の方が身を引くほどに、何か愛《いと》おしいきれいなものを見るような目をした。

「誰かって、誰に」

「たとえ親はいなくても、親戚とか、誰かしらいるでしょう」

「いるとは限らないよ」

「だって――」

「世間には、そこまで幸せじゃないヒトもいるんだよ、英一君」

なぜかしら、英一はコゲパンの声を思い出した。あたしがいじめられたとき、お母さんは一緒に泣いてくれた。お父さんは怒った。

その考えまで見抜かれているような感じがして、急いでまばたきした。

「それで社長と奥さんの二人で、あの人を背負い込んでるわけですか」

社長はあやしてもらった赤ん坊のように笑った。「いつもいつもってわけじゃないよ。垣本さんだって、概《おおむ》ねはフツーに働く若い女性なんだから。ときどき脱線するけどさ」

それに、他人というものはダメだと、急に反省口調になった。

「いくら心配してるつもりでも、ちょっと自分が忙しかったり、楽しかったり、酔っぱらってたりすると、忘れちゃうんだよね。今度もそうだった。僕も家内も、垣本さんのこと忘れてたよ。長い正月休みに、彼女ひとりでどうしてるかなって、考えてあげなくて」

そんなの――と、英一は声を尖《とが》らせた。「そんなの、他人なんだから当然ですよ」

「そ、当然。だから他人はダメなんだ」

身内はあてにならず、他人はダメ。だったらどうするべきなのか。

社長はくるりと口調を変えた。「怪我した友達って、テンコ君？」

「いえ、女子だから」

すると、赤ん坊顔が輝いた。額が眩《まぶ》しい。

「へえ～！　花菱君のカノジョかあ」

違います！　と速攻で否定したのに、

「それはなおさら済まないことをしちゃったねえ。ガールフレンドが怪我をしたんじゃ、君が怒るのも無理ないや」

「ガールフレンドなんかじゃないですって」

「だけどわざわざ女子ですって言ったでしょ。それは意味があるからだよねえ」

そうかそうかと、一人で喜んでいる。その笑顔のまま、続けた。「実はね、この前の心霊写真の騒動のとき、垣本さんが自分から君らに話しかけてかかわろうとしてたんで、ビックリしたし、喜んでたんだ。お、これはいい傾向だって」

結局、自分で何とかするしかないってことか。社長はそれを望んでいるのか。

「いつもながら口も悪いし目つきも悪いし態度も悪かったけど、彼女が進んで他人にかかわろうとするなんて、ホントに珍しいことでね。普段は、お客さんにもニコリともしないいんだから」

確かに、英一も客としてここへ来たときには、垣本順子と話をした記憶はない。

「この一年ばかり垣本さんを見てきて思うんだけど」

社長は腕組みをして小さく息をついた。

「彼女があういうふうに攻撃的になるのは、実は怖がりだからなんだ。人とかかわるときにはとにかく強く出ないと、すぐやっつけられちゃうと思い込んでるんだよ。傷つけられるより先に、先制で傷つけようとする。そういう人間関係しか知らないのかもしれないな、今まで」

しみじみとした述懐に共感するのは難しい気がしたけれど、英一はまた、コゲパンが自分を「怖がりだ」と言っていたことを思った。窓枠の上の女の話を、垣本順子は顔色ひとつ変えずにしゃべっていたけれど、コゲパンは芯《しん》から震え上がっていた。

ミス垣本は生身の人間が怖い。コゲパンは幽霊が怖い。だけどコゲパンだって、生身の人間のせいで怖い思いをしたことがあるはずだった。

昔、学校でいじめられたんだから。

「君やテンコ君みたいな若い子たちと友達になれば、彼女も元気が出るだろうと思ったんだよね。垣本さん自身、そういう前向きな気持ちがあったからこそ、君たちに声をかけたんだろうし」

なのに、バッカみたいとか言う。突き刺すような憎々しげな目つきをして。

嫌われるより先に、嫌われようとして？

「垣本さんがここへ戻ってきたら、何事もなかったように接してやってもらえないかな」

「それでいいんでしょうかね」

「いいんだよ。騒がないことが肝心なんだと、僕も家内も思ってる」

だから、くだらない言い訳も、そのとおりに受け取ってやるのだ。

「要はフツーにしてること。フツーにね」

もしかするとこの須藤社長と奥さんは、とても立派な人なのかもしれないと、英一は思い始めていた。大人《たいじん》というんですか。

普通はこんなふうにしてられない。オレには無理だ。

そんな事情を知ってしまったら――という以前に、あのだらんとした白い脚を見てしまった以上、今後はいくらミス垣本に癪《しゃく》に障《さわ》ることを言われても、びしっと言い返すのは難しい。喉《のど》に詰まっちゃうものがある。

無理ですと答えようとしたとき、内ポケットで携帯電話がぶるぶるした。コゲパンからのメールだった。

〈名簿、ゲットだぜ！〉

寺内、『ポケモン』好きか。

こっちも忙しい。ま、いいかと思った。要はこの場だけのことだ。これから先は逃げドリだ。ST不動産には、もう来るまい。

「わかりました」と、英一は答えた。

*6*

どっちが電話をかけるか、コゲパンとちょっと揉《も》めた。

「あたしは助手だよ。ワトソン君だよ。出しゃばるわけにはいかないよ」

「いつオレがシャーロック・ホームズになったんだよ」

「いいじゃない、電話ぐらい」

「だったらおまえがかけろよ」

「何だ、照れてんの？　年上の女の人と話すのハズカシイ？」

この前の写真のときは、一人で山埜理恵子さんて人に会いに行ったくせに、という。

「あれは大詰めだったし、大気圏外の年上だったし」

「あら、今度は大気圏外じゃないんだ？　十歳上なら、花ちゃんとしてはＯＫなんだ？」

論点がズレている。

「自分の身に置き換えて考えてみろよ。あなたの写っている写真のことでお話があるんですって、見ず知らずの男からいきなり電話がかかってきたらどう思う？」

盗撮とか思われるかもしれないじゃないか。

「花ちゃんはまだオトコじゃないよ。男の子だよ」

コゲパンは鼻で笑って、

「ジャンケンしよ」

拳《こぶし》を出すので、三回勝負をした。

三連敗した。すごく理不尽な気がした。

三雲高の近くには、奇跡的に生き残っている電話ボックスがある。通学路からは外れた児童公園のなかだ。そこからかけることにした。

日曜日の午後四時。現在の河合公恵が勤め人でも、在宅している可能性が高い曜日と時間帯だ。つまり電話は一発でつながる確率が高い。英一は、素潜りの世界記録達成に挑むダイバーのように身体全体で何度も深呼吸してから受話器を持ち上げた。

横浜市内の局番である。住所の末尾には部屋番号がついているので、アパートかマンションだろう。今も家族三人で住んでいるのか、それとも河合先輩は一人暮らしだろうか。父親の状態が状態なのだから、両親のそばを離れたりしないか。

呼び出し音が二回鳴った。

「はい、河合でございます」

自分がどんな声を予想していたのか定かでない。が、どんな想像よりもずうっと可愛《か》愛《わい》らしい女性の声が聞こえてきた。

英一はコゲパンに受話器を押っつけた。そしてひらりとボックスの外に飛び出した。

コゲパンが仰向《あおむ》けによろけて、受話器から伸びたコードが、ぴんと張った。

でっかい目で、

(いくじなし)

異端審問官のように責めてから、コゲパンは電話に向き直り、嘘《うそ》みたいに大人びた声を出した。

「突然お電話して申し訳ありません。わたしは都立三雲高校の生徒で、寺内千春と申します。河合公恵さんはいらっしゃいますでしょうか」

公恵はわたしですが——と応じる可愛らしい声音が漏れて聞こえる。コゲパンは礼儀正しく話を始めた。英一は、近くのゲーセンで両替してきた百円玉や十円玉を電話機に投じることに専念した。

河合先輩は、三雲高校生時代、豆バレー部員であると同時に図書委員でもあったそうだ。当時、図書委員たちがたまり場にしていた喫茶店が、駅のそばにあるという。英一もコゲパンも、〈ルパン〉という店名に覚えはなかったが、場所には心当たりがあった。

月曜日の放課後、そこで落ち合うことになった。約束の時間より三十分早く着いてみると、〈ルパン〉はちゃんと営業しており、古びた店の内装から推して、河合先輩の現役時代から変わっていないようだった。

半端《はんぱ》な時間帯だからだろう、他に客はいない。ＢＧＭもなくて、静かだった。赤いシートのボックス席に腰をおろす。座っても、胸の奥では心臓が座らない。

「学校、近いな」

「豆バレー部は活動時間中だから大丈夫だよ」

「田部女史には内緒だって、おまえ、念を押したよな？」

「花ちゃん、くどい」

「河合さん、来るかな」

「あれだけ長いこと話したんだよ。すっかり説明したんだよ。ちゃんと聞いてくれたんだよ。何ですっぽかすんだよ、今さら」

オトコらしく断言されて、英一も少し我が身が情けなくなったそのとき、店のドアが開いた。

考えてみれば当然なのだが、豆バレー部OGの河合公恵は、実に小さくて華奢《きゃしゃ》な女性だった。赤いダッフルコートを脱ぐと、さらに小さくなった。英一どころか、コゲパンより背が低い。肩幅なんか三十センチぐらいしかないんじゃないか。ウエストだって、両手でつかんでしまえそうな細さだ――というのは、少々無礼な感想でしたスミマセン。

河合先輩は、制服姿の英一たちを認めて微笑《ほほえ》んだ。その目で店内をぐるりと見回した。

「全然変わってない。懐《なつ》かしいなあ」

件《くだん》の写真のときより、髪が伸びている。明るい栗色《くりいろ》に染めている。それは写真でもわかっていた。が、実物には写真に写らない魅力があった。

美人、ではない。人目を惹《ひ》くカワイコちゃんというタイプでもない。

バランスよく小さなものは、可愛い。

三人ともブレンドコーヒーを注文した。やる気なさそうなおばさんが、あっという間に運んできたのに、香り高いコーヒーだった。

「アコちゃんが強引なことをして、ごめんなさいね」

そう切り出すと、河合先輩は英一とコゲパンに頭を下げた。栗色の髪が肩先からするりと流れ落ちた。

アコちゃんというのは、田部女史のことである。フルネームは田部亜子なのだ。

「花菱君と寺内さん」と、確認するように二人の顔を見て、「あなたたちは、バレー部員ではないのよね？」

「はい」

「なのに、アコちゃんたら」

苦笑する。顔が小さいと、笑いも小さい。温かみのある笑顔だった。

「あなたは水泳部？」

問われて、コゲパンの笑みが一瞬止まった。お冷やを噴きそうになって、英一はぱっと下を向いた。

「いえ……軽音楽同好会です」

軽やかに答え、コゲパンはテーブルの下でイヤというほど英一の足を踏んづけた。

「そう。軽音楽同好会も、歴史が古いんだよね。わたしたちが都大会に出たとき、バンドを組んで応援に来てくれたのよ」

少しのあいだ、先生たちや部活や学校行事についておしゃべりをした。といっても、しゃべっていたのはもっぱらコゲパンである。英一はおとなしく控えていた。

「それで、と」

頃合いと思ったのか、河合先輩が手元にバッグを引き寄せた。単行本を一冊取り出す。そのなかに、キャビネ判の写真が挟んであった。

「これよね」

わたしも持ってる——と、差し出す。コゲパンがテーブルの水滴をおしぼりで拭《ふ》いた。

英一も写真を取り出した。二枚の写真がテーブルに並んだ。

「気味の悪い写真だよねえ」

言葉とは裏腹に、河合先輩のまなざしは、当の写真を嫌ってはいなかった。

英一は、急に目が覚めたような気がした。このまなざしは、あのまなざしにそっくりだ。日比谷《ひびや》のティールームで対面した、山埜理恵子のまなざしに。

何故《なぜ》だろう？　山埜理恵子の場合はわかる。あの泣き顔の心霊写真は、彼女の分身だったから。だけど河合先輩は違うだろう。

「アコちゃん、今でも気にしてたんだ」

声音も優しかった。

「申し訳ないことしちゃったわ」

わたしの責任ねと、呟《つぶや》いた。

口を開こうとした英一の足をまた踏んづけて、コゲパンが視線を上げる。

「わたしたちも、田部先輩のお気持ちはよくわかるんです。でも、調査する以上は、河合先輩に内緒にしておくべきではないと思いました」

すみません――と、テーブルにおでこがくっつきそうなほど深く頭《こうべ》を垂れた。

「ヤダヤダ、謝るならわたしの方だから」

河合先輩はテーブル越しに手を伸ばし、コゲパンの肩をぽんぽんと叩いた。指が細く、手のつくりも華奢だ。

「アコちゃんも気を使って、わたしには隠しておくつもりだったんでしょう。後輩にはちょっとキツいところもあると思うけど、本当は優しい子だから」

お姉さんの口調だった。

「この写真の調査を頼んだとき、アコちゃん、マネージャーと一緒じゃなかった？」

「はい、一緒でした。小森先輩」

「そうそう。凄腕《すごうで》マネージャーらしいね。アコちゃんはずいぶん信頼してるみたい」

「今も田部先輩とはお付き合いがあるんですか」

「たまにメールをやりとりするくらいだけどね。わたしはもう、バレー部には行ってないから」

行きにくいよな、と思った。

「それにしても、こんな言い方をしちゃいけないけど、あなたたちも変わってるね。こういう写真の調査を請け負ってるなんて」

今度は足を避けながら口を開こうとしたら、コゲパンに横合いから裏拳《うらけん》で胸を叩かれた。

「請け負ってるわけじゃないんですよ。たまたまです。こいつン家《ち》が写真屋だから」

〝こいつ〟に格下げだ。それにうちは写真屋じゃないのに。電話ではこっち側《サイド》のこと

は詳しく説明できなかったから、

「ああ、そうなんだ」

誤解されちゃうじゃないか。

焦《あせ》る英一を他所《よそ》に、二人の女子はしっかりと向き合って話を進めてゆく。

「わたし自身、今でもこの写真は不思議だと思ってるし、なぜこんな写真ができたのか、理由がわかるなら知りたいとは思うの」

でも、諦《あきら》めてた。

「どうしてですか」

「方法がないもの」と答えて、河合先輩は小さく首をすくめた。「そもそも、理由があるかどうかさえわからないでしょう」

コゲパンは二枚の写真に目を落とす。

「何か、河合先輩ご自身の解釈はお持ちですか。当時のお考えでも、今のお考えでも」

河合先輩はテーブルに片方の肘《ひじ》をつき、口元にひとさし指をあてた。そのつもりがあるのかどうかはわからないが、自然と、（これ、内緒よ）という仕草になった。

「この写真はうちのカメラで撮ったの。だから現像もうちから近所の写真屋さんに出して、できあがって引き取ってきて、わたしが最初に見たのよね」

あの日はほかにも何枚か撮影したし、そもそも両親が町内会の日帰り旅行に出かけたとき持っていったカメラに残っていたフィルムをそのまま使ったので、

「この一枚だけがおかしいってことは、すぐわかりました。だからカメラの故障じゃない。そして、この写真だけが、足立さんがシャッターを切ったものだったんだ」

あの日、たまたまうちに遊びに来ていたのよね、という。

「それで、アコちゃんとわたしたち一家の記念写真を撮ってあげるよって」

同じシチュエーションでもう一枚撮り、そちらの写真では河合富士郎が撮影担当で、彼に代わって足立文彦が入っているそうだ。

「そちらの写真は――」

「残ってません。婚約破棄になったとき、うちの父が足立さんの写真は全部捨てちゃったから」

無理もない。

「実はこの写真も、両親は知らないの。わたし、隠しちゃってたから」

だって不吉でしょうと、先日のコゲパンと同じ感想を口にした。

「近い将来、わたしたち家族がこんなふうに泣くような事が起こるって、予言してる

みたいじゃない？」

やっぱ当事者もそう思うんだな。

「ずっと隠してしまっておいたの。あなた方から連絡をもらったとき、すぐ探して取り出したんだけど、ちゃんとこのとおりに残ってたことに、自分でもびっくりしちゃった」

「というと？」コゲパンは何気に突っ込む。「どういう意味でしょう」

「うん……どう言えばいいかな」

河合先輩は指をしまって、今度は両手で顔の半ばを覆《おお》った。

「写真が変わってるんじゃないかって、漠然と思ってた」

縁側で泣く家族三人の幻像は、消失しているのでは、と。

「思ってたというより、期待してたのかな」

結婚話は壊れた。足立文彦とは別れた。三年が経《た》った。もうすべては過去のことだ。写真に写った不吉な予兆のような泣き顔は、その役割を果たした。もう、消えていてもいい。

消えていてほしい。

「でも残ってた。過去って消えないんだよ」

優しい口調で発せられた言葉なのに、隣でコゲパンが、ふっと身震いしたのを英一は感じた。

「ともかくそういう事情だったんだけど、足立さんには見せないわけにいかないでしょ？」

コゲパンは写真から目が離せずにいる。横顔が硬い。

英一は訊《き》いた。「見せたら、どうでした？」

河合先輩は手をおろすと、言った。「いわゆる〝顔色を変えた〟という感じ」

――ごめんよ、僕の腕がヘボだから。

せっかくの記念写真なのにと、大慌《おおあわ》てしたという。

「写真を破ろうとしたから、あわてて取り上げたくらいだった」

写真の幻像そのものよりも、婚約者のその反応の方が、公恵の不安を掻《か》き立てた。

「そうなると、ますます両親には見せにくくなっちゃって。だけど、一人で胸にしまいこんでいるのも辛《つら》いし」

「で、田部先輩に見せたわけですね」

「そうなの」恥じるように首を縮める。「妹みたいなアコちゃんに心配をかけることになるのに、わたしもだらしないよね」

ただ当時は、こうした一見して不気味でスーパーナチュラルな話なら、大人より中学生ぐらいの年頃の子供たちの方が詳しいのではないかと思ったこともある、という。

「ああ、それはわかります。オレも同じこと、考えたと思います」

見るからに河合公恵がホッとしたので、英一も気分を持ち直した。

コゲパンは無言で、口をへの字にしている。

「そしたら、アコちゃんはね」

これは不吉な写真ではないと言った。

「これは、シャッターを切ったとき、足立さんの想《おも》いが写っちゃったんですよって」

「想い、ですか」

河合先輩は、二枚の写真の端に左右の手を置いた。

「自分で言うのも照れくさいけど、わたしと両親って、すごい仲良し親子だったのよ。わたしは一人娘で、父にも母にもうんと可愛がってもらって大きくなった。いつも、どこへ行くにも一緒って感じで」

その仲良し親子から、遠からず、俺は娘を引き離してしまう。公恵を嫁にもらってしまう。彼女が俺と家庭を持てば、両親は寂しくなるだろう。公恵だって、結婚して幸せになるけれど、一方では寂しさを感じるだろう。

「結婚式では涙の嵐《あらし》が吹き荒れるだろうなあって、シャッターを切りながら足立さんが考えてた。その想いがあまりにも強かったんで、どうしてか彼の撮った写真に幻が写っちゃったんだって、アコちゃんはそう言ったの」

——だから先輩、これはむしろ幸せな写真なんですよ！

テンコの〝念写〟説の別バージョンだ。でも、こっちの方がずっとずっと、

「いい話です」

そう言うと、声がかぶった。コゲパンが同じことを口にしたのだった。

「ね？」河合先輩は二人に笑いかける。「アコちゃん、いい子でしょう。優しいのよ」

英一はまだその優しさに直接触れてはいないが、賛同するにやぶさかではない。

「その意見を聞いて、わたし、胸がすうっと晴れた気がした」

暗いものがみんな消えた気がした——と言った。

「先輩と田部先輩は、本当に姉妹みたいですね」コゲパンが言って、久しぶりに明るい瞳《ひとみ》になった。「あたしたちの電話一本で、しかも聞きようによっちゃバカみたいだし失礼な用件なのに、すぐ信用してもらえた理由がわかりました。田部先輩がかかわってるからだったんですね」

「それだけじゃないよ。あなたの話し方が感じよかったから。ちゃんとした子だと思

ったからよ」

「ありがとうございます。うち、甘味屋なんです。客商売の家の娘ですから、そのお褒めの言葉は何より嬉《うれ》しいです」

河合先輩は軽く目を瞠《みは》った。「あら、じゃああなたたちは、家がお店屋さん同士のカップルなんだね」

カッ——プルではないと言おうとして、英一は声を呑《の》み、ついでに足も避《よ》けたが、コゲパンは黙って目を伏せただけで、足も踏まず裏拳も飛ばさなかった。

河合先輩は（まあ微笑ましいわ）というお顔である。はにかんでンじゃねえよ、コゲパン。ていうか、おまえにははにかむ理由があるのか？　オレは聞いてねえぞ。

流れを戻さねばならぬ。

「く、暗い、い、い、ものというのは」

途端に、河合先輩の笑顔がしぼんだ。

「その、写真の幻像で喚起されただけのものだったんでしょうか。それともほかにも何かあったんでしょうか」

コゲパンがまともに英一の向こう臑《ずね》を蹴《け》った。身体が動いたので、河合先輩にもバレた。

痛てぇ。

「いいのよ、気にしないで」河合先輩はあわてる。「女の子が活発なのはいいことだけど、彼氏を蹴っちゃうのはやり過ぎよ」

「いいんです、これは躾《しつけ》ですから」

河合先輩もコゲパンに呑まれている。

「で、でも今のって、鋭い質問よね」

「場数踏んでて無神経だから、思いついたことをすぐ訊くだけです。すみません」

コゲパンは勝手に謝る。場数は踏んでない。これでやっと二件目だ。

「すみません」と、英一も詫《わ》びた。「失礼なのは重々承知なんですけど」

「訊かないことには先へ進まないもんね」

何とかバランスを取り戻し、河合先輩はゆっくりと言った。「ちょっと予感があったんだ。疑ってたというか」

足立文彦を。

「わたしたち、婚約したのはこの年の三月だったの。でまあ、ラブラブだったんだけど」

少し無理して照れ笑いする。

「九月の頭ぐらいからだったかな。何となく彼の様子が変だなって思うようになって」

具体的にどこがどうということではない。

「二人でいても、エアポケットに落ちたみたいにふっと暗くなるっていうか、心がお留守になってるときがあるみたいな感じでね。でも、声をかけるとすぐ我に返るの。元に戻るの。それがまた怪しいのよ」

わかりますと、コゲパンが強く同意する。宣誓してそう言えるか、寺内。経験あンのか。

「きっと仕事が忙しいんだろうと思ってた。疲れてるんだろうって」

わたしも自分をごまかしていたと、河合先輩は言った。

「もともと彼の仕事って、うちの父の工場の仕事と、どうかすると対立する要素のあるものだったからね。お互いに気を使い合ってたし、緊張感もあったから」

「緊張感……？」

コゲパンの問いが宙に浮いた。足立文彦は、河合精鋼の得意先の社員じゃなかったのか。

「彼の勤め先はね」

社名は、東邦《とうほう》テクニカル・クリエーション&アレンジメントというそうだ。

「外資系の企業の系列会社で、親会社の方は、金融コングロマリットっていうのかな。上の偉い人のことを、会長とか社長とかじゃなく、ＣＥＯと呼ぶような大企業よ」

東邦テクニカル、か。田部女史の記憶は不完全ではあったが、間違ってはいなかった。

「どんな業種だったんですか」

河合先輩は指先を眉《まゆ》の上にあてて考え込む。

「一種のエージェントと言えばいいのかな。世界的規模の製造業の会社を顧客にして、そこの製造ラインで必要としている新しい技術や特殊な技術を持っている会社を探したり、紹介したり、要するにあいだを取り持つの」

たとえば、ゼネラル・モーターズと大森の町工場を結びつけたりするわけだ。

「本社はアメリカだしアメリカ資本だけど、だからネットワークは世界中に張り巡らせてる。顧客の高い要求に応じることのできる、それも即座に応じることのできる、優れた技術を探してる。あるいは、この世界のどこかで、やがて大きな技術革新に結びつくような発明が、誰にも気づかれずになされているかもしれない。それも探し出せ、と」

はあ――と、英一は言った。「なるほどエージェントですね」

「たくさんの小さな製造業者をストックしておいて、逆に売り込みをかけることもあるからね」

この技術を使えませんか。これは次のブレイク・スルーに通じませんか。

「うちの父の工場でスペースシャトルの部品を造ってたことがあるんだけど、それも足立さんの会社から回ってきた依頼だったのよ」

一般的な「親会社→下請け→孫請け」のルートではなく、もっとストレートに、広い範囲に検索をかけて、技術の需要と供給を結びつけようという商売だ。

「……名案かもしれないけど」英一は考えてしまう。「どっかで情報漏れが起こったら、一発でアウトですよね？」

そうそうと、河合先輩も熱心にうなずく。「だから守秘義務についてはもの凄くうるさかった。契約書なんて、電話帳みたいに厚かったし」

契約書に、いわゆる〝誠意条項〟というのを盛り込んで、何か揉め事が起きたら関係者一同がよく話し合って善処いたしましょう、ということで済ましてしまうのは、我が国だけだと聞いたことがある。世界はもっとシビアで現実的なのだ。

「それに、需要側は基本的にどでかい企業でしょ？　技術を提供する側は、もっとうんと小さいところが圧倒的に多いわけですよね」

「そうね、うん。だから探さないと見つからないわけだから」

「供給側の方が、圧倒的に不利ですよね。必要な技術を提供して、需要側が、もうわかった、ソフトだけいただいたから、あんたらはもう要らないといったら、それまでだ」

河合先輩の小さな顔に、大輪の笑みが咲いた。「そうでもないんだな。技術って、ソフトだけじゃないのよ。ハードだけでもない。人間がいなきゃダメだもの」

その技術を実践することのできる熟練した作り手がいなければならないということだ。

「日本の技術工、職工さんは、世界一優秀なの。同じことをアメリカやヨーロッパの職人にやらせようったって、できないの」

思いついたので、訊いてみた。「中国は？　人件費も安いっスよ」

「かなり追いついてきてるけど、スペースシャトルクラスのものになると、まだまだ」

ひらりと手を振ってみせる河合先輩は、誇らしそうだった。お父さんが五代目だから、あたしが六代目になるんだと言ったときの、コゲパンのように。

「そっか」と、そのコゲパンが言った。「だから一定の緊張感があるわけですね。河合精鋼さんの方は、いつどんな要求を出されても応《こた》えられる状態でいなくちゃならない。試行錯誤は許されても、失敗は許されない」

そうね――と河合先輩はうなずき、少しトーンダウンした。

「うちの父と足立さんは、よく議論してた。さんざん激論した後、父が何時間も工場にこもって、腕組みして機械を睨《にら》んでることもあったなあ……」

先輩がその思い出を充分味わい終えるまで、英一もコゲパンも静かにしていた。

ホントはね――と、先輩が小さく言う。「足立さんの会社じゃ、契約先の会社の人間と恋愛関係になるなんて、タブーだったらしいのよね」

厳しい契約条件に、情が入り込む危険が生じるからだ。

「じゃ、それが原因ですか」

配慮の結果、（破談は）という主語を省いて質問したのに、コゲパンがまた裏拳を繰り出してきたので、英一は腕でガードした。「何度も同じ手をくうか」

コゲパンは目を吊《つ》り上げると、体重をかけてぐりぐりと、英一の足の甲を踏んだ。

「あなたたち、面白すぎ」

先輩は下を向いて笑う。でも今度は、目に翳《かげ》りがあった。

「婚約破棄になった原因は、別のこと」

ほかに女性がいたの、と言った。

「わたしの前にね。その人とは別れてからわたしと付き合ったんだけど――」

足立文彦は、河合公恵との婚約のことは、会社には伏せていた。タブー視されていることだから、当然だろう。だが、身近な友人たちにまで隠すことはない。

あいにく、元カノは彼のその身近な友人たちの輪のなかにいた。そして彼女は、足立氏にまだ未練を抱いていた。よりを戻す機会を窺《うかが》っていたのだ。

河合公恵との婚約の報は、彼女を突き動かした。衝動的で破壊的で、傍迷惑な方向に。

「ストーカーまがいのことを始めちゃって」

泣きつき、すがりつき、身を投げ出し、

「それでも彼が振り向かなかったら、自殺をはかったのよね」

家の風呂場《ふろば》で手首を切ったのだという。

「ご家族が見つけたんだけど、あと三十分遅かったら、助からなかったって」

「だけど発見されたんでしょう？」

コゲパンの声が錐《きり》のように尖った。でっかい目のなかの瞳も、錐の先のように縮んでいる。

「そんなの、発見されるつもりでやったんですよ。見え見えですよ」

河合先輩はやんわり微笑して、コゲパンから目をそらした。

「だけど彼は責任を感じたの。先方のご両親にも責められちゃって」

汚いと、コゲパンは毒づいた。一瞬、隣にいるのはミス垣本ではないかと思うほど、堂に入った毒づき方だった。

「すっごい汚い。サイテー」

何か言うとバイオレンスな反応を引き起こしそうなので、英一は黙っていた。

「ま、そういうことだったわけ」

河合先輩は顔を上げる。目の翳りは消えていた。努力して消したのかもしれない。

それを見たら、言いたいことがこみあげてきてしまった。

「ただ責任を感じただけじゃなかったかもしれませんよ。もしかすると、その女性に脅されたのかも」

「脅す？」

「ええ。先輩との婚約を、会社にバラすって。タブーだったんでしょう？　足立さん、会社でまずいことになるんじゃないですか」

河合先輩の目のまたたきは、驚きではなく、別のものを表していた。これ、何だろう？

「それは違うわ」

タブーってどういうことかしらと、先輩は言う。

「公《おおやけ》に禁じることができないから、暗黙のうちに控えておきましょうというのがタブーでしょ？　わたしと結婚するからって、足立さんが会社を辞めさせられることはなかった。規則で禁じられてることじゃないもの。あちらの企業は、被雇用者のそういう権利意識も強いから、彼がそんな目に遭おうものなら、まわりの社員たちが黙ってないわ」

言い終えて、さっきと同じまたたきをした。「でも、ホントにあなたは鋭いね。実はわたしも、当時は同じことを彼に訊いたの」

別れなければならない本当の理由は、そちらではないのかと。

英一は悟った。あのまたたきは、「共感」を示していたのだ。ああ、わたしと同じことを考えるヒトがいた――

「だから今のわたしの抗弁は、彼からの受け売り。会社は関係ないって説明されたわ」

英一は食い下がった。「だけど出世コースからは外されちゃうんじゃないですか」

「そんなの、実力で取り返してみせるって。それはわたしと結婚するって決めたときから宣言してたことだから」

その女――と、コゲパンがまだ毒を残した声を出す。「先輩には何にも仕掛けてこなかったんですか？　無言電話するとか、押しかけてきてわめくとか」

右、左と、先輩はかぶりを振った。

「一度もなかった。だからわたし、いよいよとなるまで何も知らなかったの」

「腹が立つけど、巧《うま》いですね。攻撃を男の方だけに絞るなんて」

オトコはいくじねえから！　またテンションが上がる。

英一は須藤社長の言葉を思い出していた。

「その女が手首を切ったときに、いけませんよって言ってやればよかったんだよ」

「そんな優しい台詞《せりふ》が効くか！」

「違うって。お風呂で無駄毛を剃《そ》るときはよく気をつけないといけませんよって言ってやればよかったんだよ」

河合先輩はぽかんとした。コゲパンのでっかい目が細くなる。こんな顔すると、こいつ何かに似てるといつも思ってたんだけど、あ、今わかった。遮光器土偶《しゃこうきどぐう》だ。

「花ちゃん、寝ぼけてる？」

英一も目を細めてコゲパンを見た。

「おまえさ、何があっても自殺未遂なんかするなよ」

コゲパンはいわゆる「どん引き」をした。

「な、何言い出すの？」

「いいから。おまえが自殺未遂なんかしても、オレもテンコも認めねえから。無駄だから。絶対にやるなよ」

どん引きしているのに、コゲパンは怒らない。英一も今の台詞を、コゲパンは怒らないと知っていて口にしたような気がする。

「仲、いいね」

気がつくと、河合先輩はテーブルに頬杖《ほおづえ》をつき、笑っている。冷やかしているのではなく、楽しそうだった。

「いいなあ」

「よくないです。すみません」コゲパンはスカートのプリーツをせかせか整える。

「わたしね、希望を持ってた」

頬杖のまま、河合先輩が言った。やわらかな、囁《ささや》くような声音で。うん、希望ね。

そうとしか言いようがない、と。

「こんな写真を撮っちゃったくらいなんだから、足立さんはいつか、わたしの元に戻ってきてくれるんじゃないかって思って」

それは、田部女史の説の部分的改変バージョンだ。この幻像は、やはり足立文彦の念を写し取ったものだった。彼は横合いから現れた元カノの攻撃に屈しつつあった。屈することで、どれほど河合公恵を悲しませることになるか、充分わかっていた。済まない、済まないと思っていた。

その想いが、ネガに焼き付いてしまうほど。

別離は彼の本意ではなかった。

ならば、いつか本意が逆転勝利をおさめるときがくるはずではないか。

「希望じゃないね」と、笑った。「夢想だね。妄想だ」

違う。希望だ。

「先輩のお父さんは」コゲパンの声がかすかに揺れている。「本当に、この写真みたいに泣きましたか？」

河合先輩は写真の幻像の父親を見た。それから、ゆっくりと首を横に振った。

「父は泣かなかったわ。怒ってた」

コゲパンの推測は正しかった。

「あんな男におまえを嫁にもらう資格はないって。こっちから断ってやるって」

細部まであたっていた。

「父が泣いたのは、むしろ、会社を畳まなくちゃならなかったときね」

聞いてみると、河合精鋼は倒産したのではなく、解散したのだという。

「子供のころから家族同様だった職工のおじさんたちと別れることになって、わたしも母もおいおい泣いたわ。だけどどうしようもなかった。おじさんたちの再就職先がすぐ見つかったことだけが救いで」

「お父さんは、お加減――どうですか」

英一の問いに、河合先輩は今まででいちばんはっきりと驚いた。「アコちゃんから聞いたの？」

「倒れられた、と」

「そう」表情が陰る。「報《しら》せてないからなあ、アコちゃんには」

去年の秋、亡《な》くなったという。

「ずっと家で介護してたんだけどね。風邪から肺炎を起こしちゃって。だからわたし、今は母と二人暮らしなの」

横浜の、食料品売り場が充実していることで有名なデパートの名前をあげて、

「そこの総菜売り場で働いてるの。ちょっと遠いけど、何かついでがあったら寄ってね。おまけしてあげる」

だから月曜日が休みなのである。英一たちが電話した昨日は、たまたま家の用事で休暇をとっていたのだそうだ。最初の電話がそんなタイミングでつながったことに、幸運というよりも、何かの念のようなものを、英一は感じてしまった。

「迷惑かけて、ごめんね」

河合先輩はまた頭を下げた。栗色の髪が天井の電灯を映す。

「アコちゃんには、わたしから話すわ。こんなことに後輩を巻き込んだらダメよって」

コゲパンが一瞬返答に迷い、その隙《すき》に英一は言った。「いえ。あと少し待ってください。少しだけ時間をください」

「でも——」

「この写真の謎《なぞ》、解きます。必ず解いてみせますから」

英一は身を乗り出した。テーブルに胸がつくと、裏拳で叩《たた》かれたところが疼《うず》く。くそ。

「これがちゃんと解けたら、先輩も」

「わたしも？」

真《ま》っ直《す》ぐに英一を見つめる瞳には、光がなかった。光は河合公恵の外側にしかなかった。

「その希望が——ホントに希望なのか、それとも妄想なのか、ケリをつけられますよね」

河合公恵は黙っている。言葉がないだけでなく、息まで止めている。コゲパンも同じだ。こちらは今にも英一に殴りかかろうとスタンバイしてるのかもしれない。

それでも、英一は言った。

「そうしないと、終わらないですよ」

さすがに怒られるかと思った。失礼ねと叱《しか》られるかと思った。

どちらでもなかった。河合先輩は自分の写真を手に取った。写真が震えた。震える写真を、先輩は見つめた。

「わたしは、これ」

消したいわ、と言った。

「——泣き顔を消したい」

それこそは他の何ものでもない、〝願い〟だった。

「じゃ、消しましょう」

英一が力強く宣言すると、グラスに半分ほど残ったお冷やに、さざ波が立った。

## 7

河合先輩は、当時の足立文彦の住所と電話番号をそらで言うことができた。そのことが、英一にさらにターボをかけた。消せない希望は、たとえ本物の希望であっても、人を蝕《むしば》む。そう思ったから。

足立文彦に会おう。三年前、この写真を見て彼が顔色を変えた理由を、直《じか》に聞き出すのだ。何としても吐かせてやる。

「これさ、賃貸マンションだったっていうんだ」

ならば、仲介した不動産屋がいる。不動産屋は移転先を知っている可能性がある。

「で、結局また社長さんを頼るんだね」

ＳＴ不動産へ向かう道である。今日のテンコは制服だが、上着の下に奇天烈なパッチワークのシャツを着ている。

「それはいいけどさ、何で俺が一緒に行かなくちゃなんないわけ？」

一人で行きたくない理由は、もちろんミス垣本だ。でも、それをテンコには言いたくなかった。

テンコに問題があるわけではない。こいつはそういうヤツじゃないとわかっている。でも英一は、テンコにミス垣本の裏事情についてしゃべっているときの自分の顔を想像するだけでいたたまれなくなるのだ。

「オレ、あの事務員が苦手なんだ」

「垣本さん？」テンコはにやけた。「花ちゃん、それはあの人を意識してるってことだよ」

大いなる誤解だが、ま、よしとする。それでテンコを丸め込めるならば。

ＳＴ不動産のドアを開けた。こんにちはと声をかけた。社長の席が空いている。

嫌な予感よりも先に、刺すような視線を感じた。

事務机に向かい、垣本順子がさもかったるそうにでれんと座っていた。

我が国では、遥《はる》か昔の土木技術が未発達のころ、大きな橋をかけたり河川を整備する工事を行う際には、人柱を立てたという。生け贄《にえ》を捧《ささ》げることで、工事の無事を祈願したのだ。そういう生け贄は、くじ引きで選ばれたものだという。

オレ、何度生まれ変わっても一発で当たりくじを引くタイプなんじゃないか。

「おや、こんにちは」

経理のおっさんだ。こうしてみると、おっさんの定位置は、ミス垣本には背中を向けるポジションになっていた。

「社長は留守だけど」

何の用——と、ミス垣本の視線が問いかけてくる。痩《や》せ細って青白く、顎《あご》が尖《とが》っているのに、視線の威力に変化はない。

英一が答えられないでいると、彼女はテンコに目を移した。こいつの視線って、釣り針みたいに返しがついていて、刺さるときも痛いが抜けるときはもっと痛い。

抑揚のない声で短く言った。「久しぶり」

「というほどご無沙汰《ぶさた》してないですよ。垣本さん、どうしたんですか窶《やつ》れちゃって」

テンコは笑顔で、いきなり地雷を踏みに行く。

「インフルエンザ」と、垣本順子は言った。「正月に」

「わわ、病院休みで、困ったでしょう」

「死ぬかと思った」

「うちに電話くれれば、薬ぐらいあげたのになあ」

「今度はそうする」

オレは手の込んだ詐欺《さぎ》にかかっているのではないのか。垣本順子は本当にインフルエンザで寝ていただけではないのか。あのだらりと垂れた脚は別人のもので、オレは社長に担《かつ》がれているのではないか。

「何の用？」と、ミス垣本は英一に訊いた。「うち、営業時間中なんだけど」

そのようには見えません。

「また雨漏り？　幽霊の話なら、この前も言ったけど、うちは責任とれないよ」

人を捜してるんですと、テンコが進み出た。「三年前の住所と電話番号がわかってるんです。社長さんなら、この人の転居先を調べることができるんじゃないかと思って」

書き留めたメモを差し出す。ミス垣本がかったるがって受け取らないので、机の上に置いた。

「あんたたち、どんな学校行ってテンの」

メモを斜に見て、おかしな課題だね、と言う。

「社会勉強です」

不本意だが、英一は喉《のど》が詰まってしまっている。テンコを連れてきて正解だった。

「そりゃ、調べられるけど」

「お願いします」

「ほかの手はないの？　この人、勤め人？」

「はい、サラリーマンです」

「だったら会社はわかんないの？　会社に問い合わせてみたら？」

テンコがにこやかに英一を見た。「問い合わせてみたんだよね、花ちゃん？」

思ってもみなかった。旧住所から現在の居所をたぐることばかり考えていた。それで直撃！　と行きたかった。

「昨今は個人情報の保護にうるさいから、外から問い合わせたって教えてくれないだろ」

へどもど言い訳すると、テンコが呆《あき》れた。

「何言ってんだか。てっきり会社の方はダメだったんだとばっかり思ってたよ」

「ダメなんだよ」

「だって、電話すりゃ、本人につないでもらえるんだよ」

「いきなり本人が出たら困るんだよ！」

「何で」

「逃げられる」

ミス垣本が、ようやく椅子《いす》のヘッドレストから頭を起こした。「逃げる人間を捜してるなんて、あんたら、闇金《やみきん》の手先でもやってんの?」

うひょひょと、テンコは喜ぶ。「だったら凄いけど、そうなの花ちゃん?」

ンなわけあるかよ。

「バッカみたい」

痩せようが窶れようが毒舌は健在だ。

「さっさと電話かけなよ。電話代はとるよ。うちは慈善事業じゃないんだから」

思わず、あんたは社長夫妻に慈善をほどこしてもらってるだろうがと言いそうになった。堪《こら》えるためにぐいと口を結んだら、くちびるの内側を噛《か》んだ。

経理のおっさんが、負傷兵を置き去りにして逃げるような目つきで、ちらりとこっちを見た。

「そんなんじゃ、会社の代表番号とか調べてないんだね。社名は?」

長ったらしい社名を教えると、テンコはその場で一〇四にかけた。オペレーターから返事がくるまで、三十秒と少々が経過。

テンコが受話器を手で覆い、「その会社、都内?」

「たぶん」

ため息をつき、オペレーターに、「首都圏ということしかわからないんです。すみません」

今度は一分ほどかかって返事があり、オペレーターに礼を述べて、テンコは受話器を置いた。

「そんな会社、ないよ」

英一があまりに大きな声を出したので、経理のおっさんが振り返った。それは三十八度線を踏み越える行為であったらしく、ミス垣本が侵入者を狙撃《そげき》するように目を光らせたので、おっさんはあわてて退避した。

「一〇四に登録されてないってさ」

「そんなバカな！」

「一〇四は嘘《うそ》つかないよ。今ンとこ、無過失無失点の準公共サービスなんだって、知ってる？」

やっぱ闇金だと、ミス垣本が吐き捨てた。「やめときなよ、花菱の息子。小遣い銭ほしさにあんな連中の手先になったら、天国へ行かれなくなるよ」

違うってば。何でそこへ結びつけるか。

「でも、こうなるとやっぱ頼りは垣本さんだなあ」

テンコ、それは違う。オレは社長に頼もうと思ってたんだ。

「リハビリがてらにやってみてあげてもいいけど」

「ありがとうございま～す」

「無料《ただ》じゃヤダ」

「花ちゃんが奢《おご》ります！」

待て待て待て。

「て、手数料はお支払いします」

単に人に視線を投げかけるというだけのことを、どうしてこんなにおっかなくできるんだろうか、この女は。

「いくら」

「ご希望は？」テンコが揉《も》み手する。

恐ろしいほどの緊張の一瞬――背中を向けている経理のおっさんのたるんだうなじの毛がそそり立つほどに――が過ぎて。

「ふん」と、ミス垣本が笑った。「あたしの言い値だよ。考えとくから」

気がついたら、英一は外に出ていた。テンコに連れ出されたらしい。

「花ちゃん、ヘンだよ。どうしたの」

またニヤついている。

「魂を抜かれちゃったみたいだ。やっぱ、垣本さんのこと意識しまくりなんだなあ」

意識はしている。せずにいられない。

あいつ、笑った。クセのある笑顔は変わってなかった。

オレは、それを喜んでいる。


いつだったかテレビドラマで、渋い脇役《わきやく》をよく演じる俳優がこんな台詞を吐いていた。

――人生でもっとも大切で、もっとも難しいのは、〝待つ〟ということだ。

えらく盛り上がっているシーンだったから、一種の決め台詞だったのだろう。でも当時は、ふうんと思っただけだった。待つなんて簡単なことなのに、そんなに大事《おおごと》か、と。

それが、ちょっと実感されてきた。

三日経ち四日経っても、ミス垣本からは何の連絡もない。三、四日じゃ早すぎるよなと思ったけれど、週をまたいだときにはどうしようかと迷った。電話してみる？

電話なら視線は刺さってこない。バッカみたいと言われても、声だけだからかわし易《やす》い。

だけど、オレに催促する権利はあるのかな。

それ以前に、あいつ本気で調べてくれてるのかな。それどころじゃない状態に、また陥ってたりしないのかな。

自殺未遂って、クセになるというよな。現に今度が初めてじゃないみたいだし。

オレ、心配してるのかな。そう思ったら、とてもじゃないが電話できなくなった。

調査の進行状況を訊くつもりで連絡しても、あんた具合はどうなんだと、言わなくてもいいことを言ってしまいそうな気がする。絶対言う。なにしろオレは人柱百パーセントだから。

なるほど、待つのは難しい。

そういえば、もうひとつ待っていることがあった。巣のヒヨコちゃんだ。コゲパンはまだ紹介してくれない。忘れてるんじゃねえのか、あいつ。

英一はあれ以来、その気になることがあった。京子のアドレスでログインして、〝テンパラ〟の「Hiyoko at Home」を見に行ってみようかと。そのためだけに自分が会員になるのはこっぱずかしいが、あるものを利用させてもらうなら、羞恥心《しゅうちしん》も体感限度内に収まる。どうせ京子はやる気がなくて、ただ会費を払ってるだけなのだ。もったいない。

でも、なあ。

ＳＮＳのシステムでは、誰がそのページを見に来たか、書き手の方にわかるようになっている。花菱京子は「花」に「京」→「京都」の連想で、「はんなりフラワー」とかいう臆面《おくめん》もないハンドルネームを使っているのだけれど、年齢や夫や子供のことは正直に書いている。巣のヒヨコちゃんは、知らないおばさんが何であたしのブログを見に来たんだろうと訝《いぶか》るだろう。訝られっぱなしでサヨナラならかまわないが、紹介してもらってうまくいってから、それが露見《バレ》たらバツが悪い。内気なのねと思ってもらえるとは限らない。

――陰湿なヤツ。

そう思われたら言い訳が苦しい。

風呂あがり、バスタオルを頭にかぶったまま、誘蛾灯《ゆうがとう》に引かれるように、一階のリビングの隣、三畳くらいの狭い板敷きの部屋へ近づいていった。洒落《しゃれ》た表現をするなら花菱家のユーティリティ・ルームで、パソコンだのちょっとした修理器具だの、アイロンなどがここにある。

パソコンデスクに、父・秀夫が向かっていた。液晶画面の灯りだけを頼りに、顔をくっつけるようにして熱心にキーを打っている。

この部屋には窓がない。それもそのはず、元は暗室だったのだ。だから、壁に蛇口が残っている。リフォームした際、オブジェみたいで面白いからと、秀夫が残したのだった。

英一は天井の蛍光灯を点《つ》けた。

「目が悪くなる」

「おお、ありがとう」

マウスのそばには蓋《ふた》を開けた缶ビールがあった。秀夫はもうパジャマ姿だ。

「メール？」

「うん、ボウリング部の連絡」

秀夫は会社のボウリング愛好会に所属しており、月に二度の練習会を楽しんでいる。今年は幹事になったと言ってたっけ。

「それって、会社の連絡用の掲示板か何かなの？」

「そうだよ」

「父さんはＳＮＳとかやってないんだっけ」

「母さんがやってるヤツか？」

文章ができたらしく、送信のキーを押して、秀夫は振り返った。

「うん。〝テンパラ〟」

「必要ないからなあ。こっちで用が足りる」

でもボウリング部の仲間にはいるよ、と言う。「秋の大会の様子を写真に撮って載っけてた」

「そういうとき、メンバーのみんなに許可をとるの？」

秀夫は首をかしげた。ついでに鼻筋から眼鏡がずれる。パソコン用のブルーライトカットグラスだ。まだ老眼鏡は必要ない。

「いちいち許可は要らないんじゃないか？　みんな知ってるし、楽しいトピックだし」

ふうんと言って、英一は母のアイロン台にひょいと腰を乗せた。このユーティリティ・ルームのおかげで、立ってアイロンをかけることができるアイロン台を、出しっぱなしにしておけるようになったと喜んでいる。

「〝テンパラ〟って何の略だっけ」

少し考えてから秀夫は言った。「天然パラダイス」

確実に違うと思う。

「テンポラリー・パラダイスだったかな」

言って、笑いながら眼鏡を上げる。

「花ちゃんも興味あるのかい？」

「オレはケータイメールで充分」

この様子では、父も母も、ＳＮＳ上の小暮写眞館誤情報については関知していないのだろう。

「使う？」と、秀夫がパソコンを指す。そうか、ネットで東邦テクニカル・クリエーション&アレンジメントを調べてみるという手があるか、と思いついた。

「会社をひとつ、検索してくれる？」

手慣れたもので、秀夫はするすると操作した。ヒットしない。

「会社名が違うんじゃないか」

「ていうかこの会社、一〇四に登録されてないんだ。三年前にはあったはずの会社なんだけど」

秀夫は目をしばしばさせた。「倒産したんだとしたら、仮にホームページを持っていたとしても、閉じちゃってるだろうね」

やっぱ、そうなるか。

「どんな会社なの」

説明すると、秀夫は缶ビールを手にして、「何か怪しい組織だねえ」

「オレも、情報漏れがあったら一発でおじゃんだと思うけど」

「いやいや、それ以前に」秀夫がビール缶を振ると、液体が揺れる音がした。「商売として成立するかな、そんなの」

「してたらしいよ。外資系で」

「独立した企業というより、実験的な部門だったんじゃないの？　ニッチだもの」

隙間狙《ねら》いということだ。

「うちも製造業だけどね、そんなエージェントなんて、話を持ちかけられたとしても、まず相手にしないよ」

花菱秀夫も精密機械部品メーカーのサラリーマンなのである。子供としてどうかと思うが、今まで思い至らなかった。

「危なすぎるね」

「黙ってたら永遠に巡り合えないような優れた技術を紹介してもらえるかもしれないのに？」

「そんなのあてにするより、自分のとこの技術開発に予算を使うよ」

現場の人間の言うことだから、英一の想像よりは現実的なはずである。

「製造業の場合はね、アウトソーシングしていい部門と、絶対にしちゃいけない部門があるんだ。技術開発部門は、その筆頭」

なんだろうな。

「じゃ、ひとつ伺うのですが」と、英一は言った。「父さんのいる総務はどうなの。真っ先にアウトソーシングされそうな感じがするんだけど、オレの取り越し苦労なのかな」

秀夫はいきなり、アハハと笑った。

「それはね花ちゃん、取り越し苦労じゃなくて、通り過ぎた苦労」

ん？

「うちでもいっぺん、あったんだ。十年前だよ」

風子の生まれた年だ、と言い足した。

「ただでさえ忘れられない我が家の危機《クライシス》だったけど、だからなおさら鮮明に覚えてる。やっと二人目に恵まれたと思ったら、父さん失業かあって」

「危なかったの？」

「クビにはならなかったけど、倉庫番やったよ。一年間」

英一にはまったく覚えがない。

「一年で元に戻れたの？」

「会長命令で、総務課が復活したからね」

よくまあ復活させてくれたものだ。

「運がよかったね」

「運じゃない。当時の会長が偉かったんだ」

花菱秀夫の勤める会社は、いわゆる同族会社である。上場してはいるが、株の過半数は経営者一族が保持している。

「アウトソーシングによる業務改革は社長の発案で、それを撤回させたのは会長。社長の親父《おやじ》さんね」

総務——会社の内政をアウトソーシングつまり外部委託した途端に、社内で不祥事が頻発したのだという。

「横領事件もあったし、情報漏れもあった。今だったらマスコミを集めて謝罪会見しなくちゃならないような規模のやつ」

「何で？　それが総務のアウトソーシングと関係あンの？」

あるんだと、缶ビールを飲み干して、花菱秀夫は重々しく言った。

「会社の総務って、家庭の主婦みたいな存在なんだ。主婦が毎日代わったら、どう？　知らない会社から契約で派遣されてくるヒトで、料理の味付けも洗濯物のたたみ方も掃除の仕方もしょっちゅう変わるんだ。そんなの、落ち着かないでしょう」

会社も同じだ、という。

「綱紀が乱れる。気風が荒れる。親がぐらついてると、子供がグレるのと一緒だよ」

それは死に至る万病の素《もと》だと、当時の会長は社長を叱り飛ばしたそうである。

「で、それ以来、総務は安泰だと」

「百パーセントではないけどね。人事には、人材育成何とかいうエージェント会社を入れてる。でも、全面的に任せてはいない」

経理も同様で、外部の監査機関が目を光らせているという。

「それじゃ父さんの会社じゃ、どんな部門もアウトソーシングできないじゃんか」

「ンなことないよ。現にしてるよ」在庫管理・流通・広告・宣伝。「ああいうのは外部のプロに頼んだ方が効率的なんだ」

秀夫は嬉《うれ》しそうだった。「花ちゃんも社会に興味を持ち始める年頃なんだね」

将来の夢とかわいてきた？　と訊《き》かれた。

「オレ、写真屋になろうかな」

皮肉のつもりだったのに、秀夫には通じなかった。

「そりゃいいなあ」と、顔を輝かせる。ついでにビールのげっぷをする。「きっと小暮さんも喜ぶよ」

「父さん」と、英一は冷ややかに言った。「冗談だから」

「この家には小暮さんの幽霊が出るって噂《うわさ》があるんだけど、知ってたかい」

あんたは知ってたのかよ。

「父さんはまだ会ったことないんだよ。母さんもピカもないって。二人とも楽しみにしてるんだよ。いつ会えるんだろうねえ」

「湯冷めするから、オレ寝るわ」

バスタオルで頭を拭《ふ》きながら階段をのぼって、考えた。この前、押し入れにピカを閉じこめたとき、あいつがあんなに怖がったのは、小暮さんの幽霊の噂を聞いていたからかな。

だったら、「楽しみにしてる」わけないよな――

8

さいたま市中央区あけぼの平町《たいら》、トモダ荘二〇五号室。最寄り駅は北浦和。用件のみ。件名も無題で、ミス垣本はテンコ宛《あて》にメールを送ってきた。

「だって花ちゃん、垣本さんにケータイの番号もメールアドレスも教えてないじゃんか」

英一はコゲパンと相談して、奇襲攻撃実行を一月三十一日と定めた。土曜日だ。東邦テクニカルが本当に倒産していたとしても、足立文彦がそれ以来ずっと失業しているということは考えにくい。どっかで働いているだろう。それでも、土日なら在宅しているだろう。

ちょうど月末で、キリもいい。年明け早々に降ってきたこの依頼（災難）、月が変わる前に片付けよう。

「曜日なんかより、大きい問題があるのを忘れてない？」

相手は二人だよと、コゲパンは言う。

「足立さんのドアをピンポンしたら、は〜いって出てくるのは足立さんの元カノの今ツマだよ。どう言い訳するの？」

「出たとこ勝負で何とでもなる」

「あたしは、足立さんの元カノの今ツマって、かなりの粘着質だと思うけどなあ。そう簡単に席を外してくれっこないよ」

言葉だけ聞くと不安そうだが、コゲパンは不敵にほくそえんでいる。元カノの今ツマと対決したくってしょうがないらしい。

「余計なことするなよ」と、釘《くぎ》を刺さねばならなかった。

一方、テンコはまた、「俺はパス」という。「今度の土曜日は、ピカちゃんのお手伝いをする約束があるしね」

「何の手伝い？」

「ヒ、ミ、ツ」

当日、英一が出かけようと玄関を開けたところに、本当にテンコはやって来た。

「オレの留守に何を企《たくら》んでる？」

「いよいよだね。行ってらっしゃ〜い」

テンコから何を聞いてどんな勘違いを起こしているのか、京子がお弁当を持って行きなさいとうるさいので、英一は追及を諦《あきら》めざるを得なかった。

駅で落ち合って早々に、ついコゲパンに愚痴ってしまったら、笑われた。

「花ちゃん、テンコとピカちゃんが仲良しなんで、ヤキモチ焼いてるんでしょう」

レトロな漫画のなかの小学生のように、「ちがわい！」と言い返したいところだったけれど、空っぽずれではないような気がした。

「ピカのヤツ、テンコを尊敬してるんだ」

オレのことはお兄ちゃんと呼んでもくれないのに。

「テンコって、何であんなに人気あるんだと思う？」

わかんないと、コゲパンは即答した。英一が鼻白むと、

「知らないし、考えてみたこともない」と言い直した。大差はない。

「正直者だな」

「わかんないことを言いつくろったってしょうがないもん」

「コゲパンは受験のとき、ランクがゼンゼン下の私立の滑り止めを落ちたって言ってたよな？　それ、面接で落とされたんだよ」

本校を志望する動機を教えてください。ハイ、単なる滑り止めです。

「第一志望に通ったんだから、いいもん」

澄まして鼻の頭を車内の吊《つ》り広告に向けていたかと思ったら、急に遮光器土偶にな

った。

「一緒に電車に乗ったら、思い出しちゃったよ」

さらに横目になると、怖い。

「訊いていい？」

察しがついたので、英一は言った。「人違いだった。オレの見間違いだった」

コゲパンは目を開いた。

「知り合いだったのは、絆創膏《ばんそうこう》くれたおばさんの方だった。近所の人だった」

ウソばっかと、コゲパンは吹き出した。

「でも、いいや。要するに訊いちゃいけない質問だったんだね。あたしも、知らなきゃ知らないままでいい」

本心のようだった。

「うちのお母さん、あの駅での事件の後、いろいろ感動してた」

「おまえが写メール野郎を殴ろうとしたのは偉いってか」

「花ちゃんがきちんとあたしを送ってくれたことと、あと、絆創膏のおばさんだよ」

何かと物騒な世の中だけど、親切な人もいるんだよねって。そう言って、コゲパンは自分の膝《ひざ》小僧をくるりと撫《な》でた。本日はジーンズを着用している。

「駅員さんたちだってさ、そうだよ。歩けない女の人をおぶってあげて」

「仕事だからだよ」

「仕事なら担架を使うよ。あれはね、思わず背中を差し出しちゃったんだよ。そういう駅員さんだったんだよ」

あのときと同じで、下を向いたら、また英一の口から言葉が落ちた。「あの女に、そういう優しさがちゃんと届いてるかどうか、わからない」

コゲパンが横目遮光器土偶に戻った。

「花ちゃん、あなたが将来どんな仕事を選ぶにしても、ひとつ忠告しとく」

工作員だけはやめな。向いてない。

わかりましたと、英一は黙った。

電車に揺られているあいだ、コゲパンは独りでいろんなことをしゃべった。車内の吊り広告はたまたま女性誌の最新号が花盛りで、他愛ない話題には事欠かない。あの服、可愛《かわい》いとか、あのモデルさんは大人気なんだけど、花ちゃんはああいうタイプは好きかとか。英一が返事をしなくても、あるいは生返事をしても、楽しそうに囀《さえず》っていた。

窓の外は好天で、朝から強い北風が雲を吹き飛ばしていた。抜けるような青空に負けないほど、コゲパンの顔も明るかった。

駅前の景色は、どこでも似たり寄ったりだ。オレはどっか行くたびにそんな感想を抱く。それはこの国がそういう国だからだ、豊かな国はみんなそうなんだ――と思いつつ、トモダ荘を探し当てた。

認識が変わった。

「うち、一度も引っ越したことないから知らないんだけど」

コゲパンはトモダ荘を仰いで直立している。口が半分、開いている。

「こういうものを借りるときでも、不動産屋さんって手数料を取るの？」

「失礼なことを言うな。満室みたいだぞ」

窓という窓に洗濯物がはためいている。

トモダ荘は木造二階建てのアパートだった。一見して木造と判別できる、剝《む》き出しだ。外壁にはモルタルもタイルもない。古い映画に出てくる下宿屋みたいだった。前置きなしでぽんとこの外観を見せられたら、昭和懐古ブームに乗っかってつくられたドラマのセットだと思うことだろう。

入口の引き戸の脇のアルミ製郵便受けは、頑丈に取り付けられているからこそ、大きく傾《かし》いでいた。重みで、壁の方が保《も》たないのだ。羽目板が緩んでいる。廊下はコンクリート打ちっ放しで、一階と二階に五つずつ、安っぽい樹脂製で、いっそ色なんか塗らない方がいいのにと思うような陰気な深緑色のドアが整列している。

インタフォンはない。饅頭《まんじゅう》にポッチのついたブザーは、リフォーム前の小暮写眞館と同じだ。エアコンの室外機は見あたらない。玄関ドア脇の窓に、排水用ホースを垂らしたウインドファンがついている部屋が、ひとつふたつ。

煙草《たばこ》屋とコンビニはあるけれど、あとは住宅ばかりの町並みである。アパート前の道は一車線一方通行で、コンクリの「スクールゾーン」のペンキが薄れかけている。

錆《さ》びて軋《きし》む外階段を、二階へとあがった。まともに北風が吹きつけてくる。コゲパンの髪が舞い上がる。後ろから、英一のフード付きコートの裾《すそ》をがっちりつかんでいる。

「あたし、ちょっと怖い」

自己申告どおりの怖がりだ。

「でも真冬でまだよかった。夏だったら、いろいろと嫌な虫がいそう」

目指すドアは廊下のいちばん奥だ。部屋番号は、ドアに直接、ビニールテープで数字を作って貼《は》ってある。大家（推定・トモダ氏）がやったのか、不動産屋がやったのか。なかなか器用な技だけれど、貧乏くさい感は否《いな》めない。ちなみに、貧乏は少しもいけないことではないが、貧乏くさいのはいけないというのは、テンコの父ちゃんの持論である。

二〇五号室の標示は、「2　5」になってしまっていた。その数字の脇に、黄色っぽく退色して端っこが破けた名刺が一枚、ぞんざいに千切ったガムテープで貼り付けてあった。

「株式会社森永紙工　業務部　足立文彦」

住所と電話番号の下に、笑顔のイラストがついている。そしてキャッチコピーも。

〈紙製品の加工・制作　誠意価格でお引き受けします〉

この薄汚れた名刺から、誠意を感じ取るのは難しかった。念のため言うが、森永紙工の誠意ではない。この名刺をこんなふうに使用する足立文彦の、己の生き方に対する誠意だ。

二〇五号室の窓に、ウインドファンはなかった。

「新婚で、こんなとこに住むって言われたら、あたし別れる。ゼッタイ速攻で離婚する」

「結婚して三年って、新婚か？」

「揚げ足とらないでよ」コゲパンが英一のフードを引っ張った。「花ちゃん、ホントに――」

勢いを削《そ》ぐような発言を聞き取る前に、英一は饅頭型のブザーをぐいっと押した。コゲパンは、英一が金輪際取り返しのつかない罪をおかしたかのように――たとえば自転車《チャリンコ》で幼稚園児をひき逃げするとか――あああと嘆息した。

「はい」と、男の声で返事があった。

気配が近づいてくる。深緑色のドアの、丸っこいアルミのノブが回る。英一は脇に寄って、待った。なかから顔を出す男と、正面から対峙《たいじ》するために。

ドアが開いた。

いろいろな服装（作務衣《さむえ》と冬場のアロハを含む）や容姿（長髪に髭《ひげ》もしくはカラーコンタクトなど）を想定していたのだけれど、たかだか高校一年生三学期始まったばかりのティーンエイジャーの想像力には限界があり、足立文彦は、その限界点の一歩外に、越えるというより、はみ出していた。

量販店のものらしい黒のとっくりセーターとよれよれのジーンズと黒い靴下。

真冬の陽光にてらてら光る、丸坊主《スキンヘッド》。

笑ってしまいそうになった。僕たち社会見学で、休日の住職をお訪ねしました。

「何、かな」

ノブに手をかけたまま、スキンヘッドが首をかしげる。丸っこい目。少々わしっ鼻。口角は下がっている。こういう口元の人間は、テンコの父ちゃんの経験的人相学から言うと、勝負事や人気商売には向かない。

英一はものも言わず、肩から提げていた鞄《かばん》の外ポケットを開けた。あの写真を取り出し、ぴたりと角度が合うように少し傾けて、相手の鼻先に突きつけた。あとでコゲパンに、ドラマの刑事が容疑者に警察手帳を見せるときみたいだった、と言われた。

「この写真の件で、お伺いしました」


室内はきれいに片付けられ、掃除も行き届いていた。古いし侘《わ》びしい部屋だけれど、外見《そとみ》よりは遥《はる》かに住み心地がよさそうだ。

六畳一間と、板敷きの台所が三畳くらいの広さ。家具が少ない。台所のテーブルは四人掛けだが、椅子は二脚だけ。足立文彦は、英一とコゲパンにそれを勧めて、自分は隅っこから踏み台を運んできて腰をおろしている。なので、中肉中背の人なのに、英一たちより頭ひとつ低くなっている。

テーブルには、赤白チェック柄のビニールクロスがかけてあった。

最初に尋ねた。一人暮らしですかと。足立氏は聞き返してきた。どうしてそんなことを訊くのかと。

「お察しでしょうけど、足立さん以外の方の耳には入れたくない用件なんです。特に奥さんには」

「そんな心配、要らないよ」

見てのとおりだからと、足立氏は少し恥ずかしそうな顔をした。一人でいることを恥じているのか、ぼろいアパートを恥じているのか。

「結婚、しなかったんですか？　それとも別れたんですか」

コゲパン、目が爛々《らんらん》である。ものには順序というものがあるんだぞ、寺内。

英一はこれまでの経緯《いきさつ》を説明した。長くかかる話ではない。足立氏はちょこなんと踏み台に腰をおろしている。河合公恵の名前を聞いたときも、目立った反応はなかった。うっすら口を開けて、猫背になって座っている。上から見おろすつるつる頭は脂《あぶら》がのっていて、若々しい。なのに、この人には、このしょぼい姿勢がよく似合う。ずうっとこうやって暮らしてきて、身に馴染《なじ》んでしまったというように。

ところが、英一が話し終えた途端、様子が変わった。足立氏がそわそわ動き出したのだ。お湯をわかしてインスタントコーヒーをいれたり、新聞を動かしたり、電気ストーブの出力を調整したり、細く開けていた窓を閉めに行ったり、また開けたり、テレビのリモコンの位置を変えたり。踏み台のそばに戻ってきて、しゃがんで踏み台の蓋を開ける。小さな収納になっているのだ。なかから取り出したのは雑巾《ぞうきん》だった。それを玄関先に持っていって、下駄箱《げたばこ》の脇のフックにかける。

そこまでで、さすがにやることが尽きたらしい。やっと落ち着いたかと思ったら、また立ち上がり、今度は奥の六畳間のどこかから毛糸の帽子を持ってきた。ひょいとかぶる。

ずうっと呆れて見守っていたコゲパンと目が合うと、

「この部屋、冷えるんだよね」

「だったら髪を伸ばせばいいのに」

うん――と、足立氏は帽子を引っ張る。耳が半分隠れてしまった。

「でも、一度こういうふうにしちゃうと、伸びてくるとうっとうしいんだ」

「自分で剃《そ》るんですか」

「まさか。美容室でやってもらうんだよ。けっこう手間も金もかかるんだよ」

英一は腕組みをした。憮然《ぶぜん》、という顔をしようと試みている。両親を相手に、その研鑽《けんさん》は積んでいる。積み甲斐《がい》はないけど。

「いいですか」

「うん――と。はい」

足立氏は神妙にうなずいて、肩をすぼめた。目が動いている。テーブルの上、英一がカップとカップのあいだに置いた写真を見ようとしない。ただ、その上を視線が通過することは通過する。行ったり来たり。行ったり来たり。しかも足立氏が、用もないのにそわそわと両手を動かしているので、それを見おろす形になる英一は、縁日の金魚すくいのおじさんになった気分だった。

「君たち、さ」

足立氏の視線が、写真から赤白チェック三コマ分右に逸《そ》れたところで止まった。

英一もコゲパンも緊張した。

「――会ってきたわけだよね」

「お会いしてきました」

作り話をしてるわけじゃないですよと、コゲパンが言う。足立氏は顔を上げ、コゲパンと目を合わせてうなずいた。また帽子を引っ張って、

「そうか」

そうかと繰り返し、赤白チェック五コマ分上に逸れたところへ目を移す。

「キミちゃん、元気だったかな」

これも想定外だった。公恵さんとか河合さんとかあの人とか彼女とか、そういう呼び方は想像していたけれど、「キミちゃん」かい。

ここはカウンターを喰らわすべきだと感じたので、言った。「お元気ですよ。でも、お父さんは去年の秋に亡《な》くなりました」

足立氏の頭が下がった。うなじが伸びる。スキンヘッドにすると、頭を動かしたとき首の筋肉が動くのが見えるんだな。

「親父さん、死んだの」

吐き出した呼気が、安っぽいビニールのクロスを曇らせた。両手のそわそわが止まった。

「脳梗塞《のうこうそく》で倒れて、寝たきりになってたことはご存じでしたか」

足立氏の手がわなわなし始めた。

「いつ倒れたの」

「あなたが公恵さんと別れて、半月もしないうちです」

足立氏はテーブルにぺたりと額をくっつけてしまった。

「それからずっと家で介護してて、亡くなったのは肺炎のせいだそうです」

「公恵さん、お母さんと二人暮らしなんですよ」と、コゲパンが割り込んだ。「横浜のデパートに勤め」

英一はテーブルの下でコゲパンの足の甲を踏んだ。靴を履いてないいんだから、ジェントルだ。なのに、「何すンのよ」と、つっかかる。身勝手だ。

足立氏がむっくり起き上がった。ついでに帽子を引っ張る。右側ばかり引っ張るので、左側はずり上がってしまった。今は顔全体がわなわなしている。

震えるというよりは揺れているような声で、足立氏はコゲパンに訊いた。「君たち、僕に何を言わせたいの？」

この人はさっきから、どうでも英一と目を合わせたくないらしい。検察官は怖いが検察事務官は怖くないということか。この事務官、実は怖いんですが。

「ですから、説明しましたよね」

「この写真のことなら、僕にもわからないよ」

それとも何かなあ――と、帽子を引っ張る。とうとうつるりと脱げてしまった。足立氏はそれを、まるで頭の皮が脱げてしまったみたいに見つめて、やっとテーブルの隅に置いた。

「僕に何か意図するところがあって、こんなイタズラ写真をこしらえたと思うのかな」

「キミちゃんは、その線で考えてないこともないみたいですよ」

コゲパンが英一に、きっと目を向けた。

「違うわよ。その言い方はフェアじゃない」

足立さんの想《おも》いが写っちゃったんじゃないかって考えてるんです。

「念写という、明治時代からよく知られている現象なんですよ」

コゲパンの語り（今度はおまえも受け売りだろうが）を、足立氏は丸い目をなお丸くして聞き、途中でまた帽子を手にして、握りしめては開き、握りしめては開く。

無骨な手で、掌《てのひら》が広く、爪《つめ》も大きい。河合先輩の小作りな手とは対照的だった。この二人が手をつないで歩いたら、河合先輩の手はこの手に隠れて見えなくなってしまったろう。

「僕、あんまりそういうことには詳しくないんだけど、君たちは詳しいの？」

研究してるの？　と訊いた。

「成り行きでかかわってますけど、研究してるわけじゃありません」

「でも、こういう現象が起こることを認めてるわけだよね。トリック写真じゃなくてさ」

「トリックならトリックだって自白してくださると、手間が省けます」

お互いに——と、英一は言った。顔の半面がぞくりとした。見ると、隣でコゲパンが遮光器土偶になっている。

あれって、宇宙人の姿を模したものだという説があったはずだ。オレは新説を提示したいな。モデルは蛇女とか蜘蛛《くも》女だと。

「足立さん、三年前に初めてこの写真を見たとき、顔色を変えたそうですね」

足立氏が、ようやく視線を持ち上げて英一を見た。「そういう君も、何か顔色変わってるけど」

コゲパンがにやりとして、胸の前で腕を組んだ。うふん、と笑う。

「とにかく！」と、英一は声を励ます。「それって怪しいでしょう？　なぜ顔色を変えなくちゃならなかったんですか」

「だから、僕が何か仕掛けたんだろうって言いたいのかな」

「普通、そう考えませんか」

「念写とかいう現象よりは、現実的だよね」

足立氏の目がまた泳ぎ出した。今度はテーブルクロス上だけではなく、部屋じゅうをさまよい、台所に据え付けられた旧式の瞬間湯沸かし器のところで止まった。

「僕も僕なりに、いろんなケースを想像してたんだけど、まさか君たちみたいな若い子に詰め寄られるとはなあ……」

「想像って？」と、すかさずコゲパンが訊く。タイミングは早いが、口調は穏やかだ。

「いつか誰かに、このことを話すときが来るとしたら、どんなんかなあって」

英一は既視感を覚えた。あたかも時間が巻き戻ったかのような、めまいがするほど鮮やかな回想。日比谷のティールームで、山埜理恵子が切り出した一瞬。写真のお礼に種明かししてあげようか、と。

人は語りたがる。秘密を。重荷を。

いつでもいいというわけではない。誰でもいいというわけではない。時と相手を選ばない秘密は秘密ではないからだ。

しかし、選ばれる時と相手に、基準はない。背中を向けた運転手であってもいいし、ある日来襲してきた二人の高校生であってもいい。

すべては、語られるべき秘密の方の事情が決める。積もり積もった沈黙の最後の藁《わら》の一本が、ラクダの背骨を折ったとき。

英一は訊いた。「足立さんは、この写真をお持ちですか」

たぶんそうだろうと思ったとおり、彼はかぶりを振った。「僕は持ってない。でも、忘れたことはないよ」

丸い目が、またひとしきり赤白のコマを数える。両手ばかりではなく全身を、貧乏揺すりしているみたいに、ふるふる震わせて。

「念写って、誰にでもできるものじゃないんだよね？」と、彼は訊いた。「特殊な能力が必要なんだよね？」

「一応、そういう説があるようですね」

「じゃあ、僕はそういう能力者らしいよ」

コゲパンが普通の横目になって、英一にサインを送ってきた。話の流れ、これでいいの？　ズレてない？

英一は無視することで返事をした。足立氏から目を離さずに、「どうしてそう思うんですか」

「似たようなこと、もういっぺんやったことがあるからだよ」

衝撃の告白――とでも言うべきだが。

「見たい？」

唐突に問うておいて、返事を待たずに、足立氏は踏み台から立ち上がった。六畳間に行って、小さなテレビを載っけた安っぽい合板のテレビ台の引き出しを開ける。英一のところからは、引き出しの中身は見えなかったけれど、彼が取り出してきたものは、すぐに何だかわかった。

軽くて小さなフォトスタンドだ。

「これ」と、足立氏は差し出した。「見てごらんよ」

スナップ写真が一枚、挟み込まれている。

この部屋の写真だった。テレビとテレビ台が写っている。そのすぐ脇の壁に、縦長の細い姿見が立てかけてある。

カメラは、その姿見を撮っていた。そこに映っている足立氏の姿を。畳にきちんと正座して、インスタントカメラをかまえている。

その彼の右肩の上に、もうひとつ別の顔が覗《のぞ》いていた。足立氏の後ろにいる人が、彼と一緒に写真のフレームに入ろうと、首を伸ばした。そしてにっこり、はい、チーズ——

河合公恵の顔だった。

よく見ると、不自然な写真だった。この体勢なら写るはずの公恵の肩が写っていない。足立氏の背中に隠れるように座っているとしても、やっぱりおかしい。なぜなら公恵の首から下はぼんやりとボケていて、足立氏の肩とのあいだに隙間《すきま》があいて、そこに姿見の鏡面が見えている。

笑顔の河合公恵の首だけが、ぽかんと宙に浮いているのだ。

隣にいるコゲパンの血の温度が下がるのがわかるようだった。

「髪型、違いますね」

英一がそう言うと、コゲパンは震えてるんだか細かくうなずいてるんだか不明な動きをした。

「僕らがお会いした河合先輩は、セミロングに伸ばしてました。栗色《くりいろ》に染めて」

この写真のなかの首だけの公恵は、三年前の写真のなかの公恵と同じ髪型だ。

「そうなのか」と、足立氏は呟《つぶや》いた。彼の顔にも、やわらかな微笑が浮かんでいる。

「僕が覚えてるキミちゃんは、こっちだ」

僕が思い浮かべるキミちゃんは、この髪型なんだよ。

「これ、いつ撮ったんですか」

「去年の夏。七月の末だったかな」

スナップ写真のなかの足立氏は、半袖《はんそで》のTシャツを着ている。

「週末に、会社で懇親会があってね。インスタントカメラで、僕が写真を撮った」

帰宅して、あと一枚だけフィルムが残っていることに気がついた。

「撮りきっちゃえばよかったのに、もったいないなって思ったんだよね」

そしたら、急に寂しくなった――

「何か撮ろうと思ったのに、僕には何も撮るもんがないんだ。撮ってっていう人も、撮ってあげる人もいないんだ」

懇親会は森永紙工の社長の音頭《おんど》とりで行われたもので、社員とその家族が大勢集まってにぎやかだった。

「一人で参加したのは、僕だけだった」

単身者の社員たちは、ガールフレンドを連れてきたり、妹を連れてきたりした。足立氏には、どちらのあてもなかった。

「三年前の一件から、僕、自分の家族ともあんまり行き来がなくなっちゃってるからね」

急に結婚をとりやめて、親にも迷惑をかけたから、気まずくてね。

「酔っぱらってたせいもあるかな。すごく寂しくて寂しくて、たまらなくなって」

キミちゃんのことを考えた。

「今、どうしてるかな。元気かな。幸せかな。新しい恋人ができたかな」

そして思いついた。三年前のあの奇妙な写真と、同じことができないものかと。

「一生懸命キミちゃんのことを想いながらシャッターを切ったんだ」

そしたら、この写真が撮れた。

英一は、また既視感にとらわれた。山埜理恵子がうつむいて、泣いているのではないかと心配したときのこと。彼女は泣いてなかった。下を向いて、優しく笑っていた。自分で自分を労《ねぎら》うように笑っていた。

今もそうだった。足立氏は微笑していた。彼が思い浮かべて撮ったキミちゃんと、おそろいの笑顔を浮かべていた。

コゲパンは凍るでも止まるでもなく、石化したようになって、まばたきもしない。

「なぜ、河合公恵さんと別れたんですか」

その問いかけから逃げるように、足立氏は首を縮めて両手で帽子を引っ張った。耳を隠す。でも、ワン・テンポ遅かった。

「元カノとよりを戻すことになったなんて、嘘《うそ》なんじゃないですか。理由は、もっとほかにあったんじゃないんですか」

帽子に手をかけたまま、足立氏はさらに下を向いた。「何でそんなことを訊くのかな」

「あなたがこんな写真を撮ったからですよ」

英一は河合家の縁側の写真を指した。それから、

「こんな写真も撮れちゃったからですよ」

姿見のキミちゃんの写真を指した。そして侘びしい室内を見回した。

「あなたが今も独り身で、こんなところでひっそり暮らしてるからですよ」

ようやく、コゲパンが呼吸《いき》をした。自分が生きていることを思い出したらしい。一気に吐き出した。「三年前に河合さん一家を撮ったとき、足立さん、何か河合さんたちに申し訳ないことがあったんでしょ？　それを隠してたんでしょ？　それって、元カノのことじゃなかったんじゃありませんか？　あたし、実は最初からそう思ってたんですけど」

コゲパンは、河合富士郎が怒っておらず、泣いているのがおかしいのだと言った。さっきまで石になっていた割には、見事な説明ぶりだった。

「君、いくつ？」足立氏が丸い目をして訊いた。彼も感じ入っているらしい。

「もうすぐ十六です。あたし、早生まれなんで」

「そう。頭いいんだね。びっくりしたよ」

君の言うとおりだよね、うん。

「河合先輩と結婚できなかった本当の理由、何なんですか」

尋ねてから、コゲパンは急に遠慮した。「もし伺ってもいいなら、教えてください」らしくもない。胸突き八丁で弱気になるなと思いつつ、英一も実は胸苦しい。聞き出したいけど聞き出したくない。今回は、聞いたら背負うことになるんだ。前回とは、そこが根本から違うんだ。

会社がね――と、足立氏は言った。小さいけれど、聞き取れなくはない声だ。なにしろ距離が近い。部屋が狭い。

「幹部が代わったら、経営方針も変わって」

「東邦テクニカルの？」

「じゃなくて、アメリカの親会社の方」

「ああ。金融コングロマリットだって聞きました」

足立氏は苦笑して、なぜか毛糸の帽子を脱いだ。「う〜ん、コングロマリットというほど巨大じゃない。現に、経営者が代わったのは、同業のもっと大手に買収されちゃったからなんだ」

あちらじゃ珍しいことじゃない、と続けた。

「買収前のＣＥＯは、気が遠くなるような退職金をもらって、オサラバ」

つまり僕らは叩《たた》き売られたわけ。

「新しいCEOは、東邦テクニカルが気にいらなかった。リスクが大きすぎる業種だし、こんな会社は必要ないって」

叩き売られたお次には、統合と整理という名目の淘汰《とうた》が待ち受けていたというわけだ。こちらも珍しいことではあるまい。

「うちの親父も製造業のサラリーマンなんですけど」と、英一は言ってみた。足立氏が反応して、目を上げた。「やっぱ、東邦テクニカルはニッチで危険で、あんまり意味のない会社だってことは言ってました」

足立氏は残念そうではなかった。見解の相違だね、と呟いた。

「僕はね、僕個人は」

割とやり手だったからと、淡々と続けた。「東邦テクニカルが失《な》くなっても大丈夫だったんだ。企業買収って、簡単なことじゃないからね」

親会社では、買収後のスムーズな業務移行と統合のために、専門のプロジェクト・チームを立ち上げていた。足立氏は、そのメンバーに入っていた。

「だけど、東邦テクニカルがつぶされたら、河合精鋼は困る」

一気に経営が苦しくなる。

「あの会社、親父さんは二代目でね。先代が一代で興《おこ》した工場なんだけど、国内の大手製造メーカーの孫請けとしちゃ、一流だったんだよ」

業界では、知る人ぞ知る町工場だった。

「それを、この僕が口説いて方針を変えさせたんだ」

足立氏の口調は変わらないが、背中はどんどん丸くなる。

「いつまでも孫請けに甘んじていちゃいけません。直接、世界に打って出ましょうって。親父さんの技術を、一方的に搾取《さくしゅ》されっぱなしで悔しくないんですかって焚《た》きつけてさ」

時代は変わった。もう先代のときのように、発注元の大手製造企業が、豆粒のような孫請け町工場を守ってくれることはない。企業は血族であるという、かつての美しい日本財界の気風はすたれた。今はグローバリゼーションの時代なのだ。弱肉強食、実力本位。言い換えるならそれは戦国時代であり、下克上のチャンスがあるということだ。

「それで親父さん、先代から付き合いがある得意先を少しずつ切っていってさ、うちからの仕事をメインにしていったんだ」

もちろん、軋轢《あつれき》はあった。紛糾《いざこざ》もあった。「古くから働いてる職工さんたちには、かなり反対されたんだ。そんなのうまく行くわけないってね。行ったとしても、一時的なものだって。町工場の社長さん仲間からも、河合さん、詐欺《さぎ》にかかってるんだよって叱《しか》られたらしい」

それでも、河合富士郎は東邦テクニカルに賭《か》けた。一生に一度ぐらい、男子と生まれたからには、世界に打って出るんだ。

その賭けは、成功した。河合精鋼は、一時は世界市場としっかりつながったのだ。

しかし——

「アメリカの親会社が買収されちゃったら、いきなり、ぱちんと、全部終わりだ。何から何まで変わっちゃう」

とうてい、言い出せなかった。

「親父《おやじ》さん、東邦テクニカルは失くなるんです。僕は他所《よそ》の会社か部門に移ります。たぶん金融業をやりますなんて、どんな顔をして言えるんだよ」

今や足立氏は、赤白チェックのテーブルクロスに鼻の頭をくっつけんばかりにうつむいている。

「じゃあ、あの写真を撮ったとき」

全部問う必要はなかった。足立氏は少し頭を持ち上げて、うなずいた。

「二〇〇五年の十月九日——」

縁側写真の撮影日を確かめる。日曜日ですと、コゲパンが小さく言い添える。

「買収の正式な発表は、翌年の四月の予定だった。それまでは、極秘で準備を進めていたんだ」

足立氏は胸に、大き過ぎる秘密と煩悶《はんもん》を抱えていたのだ。

「キミちゃんと親父さんとおふくろさんと、あの、キミちゃんの後輩の子」

「田部亜子さんです」

足立氏は、名前までは覚えてないらしい。あの日を含めて、二度しか会ってないという。

「みんな笑ってた。楽しそうでね」

僕は知らん顔してキミちゃん家《ち》に遊びに行って、ご馳走《ちそう》してもらって、みんなに混じって笑ってて。「記念写真を撮ってあげるよって、カメラを構えたときにね」

ファインダーを覗いて、まるで洪水に呑《の》まれたようになった。ひとつの想いが、足立氏の胸の奥から溢《あふ》れ出て、彼を包み込んだ。

「あの家、長い縁側があったろ?」

河合家の人びとは、その縁側を背にして座っていたのだ。

「僕は親父さんに、ふた言目には〝世界が相手だ〟って言ってた。世界に乗り出そう、世界を相手に仕事をしましょうって」

「だって実際、そういう仕事をしてたんでしょう？」

あやふやに問い返す英一に、足立氏は丸い目を向けた。瞳《ひとみ》が真っ黒だった。

「確かにそうさ。世界へ乗り出してたよ。だけど世界の真ん中には行かれなかった。所詮《しょせん》、河合精鋼のポジションは、世界の縁側でしかなかったんだ」

縁側は家の一部だ。だけど、家の持ち主はそこで暮らすわけじゃない。

「この人たちは世界の縁側にいるだけなんだ。家の持ち主の気が変われば、立ち去らなくちゃいけないんだ」

僕はそんなことにも気づかずに、広い家だ、立派な家だと、親父さんを鼓舞していた。僕たちもこの家の住人になるんですよ、と。

「それがグローバリゼーションだ、って」

だけどそれは思い込みに過ぎなかった。縁側はどこまでも縁側でしかなかった。

「東邦テクニカルの幹部たちだって、いざというとき、誰も河合精鋼みたいな小さな製造業者たちのことなんか考えてなかった。大手の顧客の顔ばっかり見てた」

河合精鋼その他大勢の小さな小さな技術は、どんなに優れていようと、彼らにとってはただの商品に過ぎなかった。取引先ではなかったのだ。だから守ろうともしなかった。

巨大な家の巨大な売り手が、巨大な家の巨大な買い手と取引をする。豆粒は、商品になるか不良在庫になるかの二者択一だけ。それがグローバリゼーションだ。

「事情を打ち明けたら、親父さんは僕を責めるかな。責めるだろうな。夜も眠れなくて、一人で考えた。答えはわかってたのに」

答えがわかっていたからこそ、眠れなかったのだ。

「親父さんは、僕を責めたりなんかしない。まず第一に自分の浅はかさを責めるだろう。そういう人なんだ。僕はよく知ってた。知りすぎるくらい知ってた」

こんな若造に煽《あお》られて、調子に乗って、先代に顔向けできないことをしてしまった。俺は間違っていた。乾坤一擲《けんこんいってき》の賭けに負けて、営々と築いてきたものすべてを喪《うしな》った。

怒るより詰《なじ》るより、親父さんは苦しむだろう。悲しむだろう。恥じるだろう。

幻像の河合富士郎が堪《こら》えていたのは、恥だったのか。失意だったのか。

コゲパンの推測は、またもあたっていた。なのに当の本人は、悪いことでもしたみたいにうなだれて、手で口を押さえている。あんなこと言うんじゃなかったというように。

「キミちゃんに、現像した写真を見せられたときは、死ぬほど驚いたよ」

今も、テーブルの上のその写真を正視することができずに、足立氏は目を背けている。

僕の本音が写ってる——

「顔色変わっちゃったの、無理もないだろ？」

英一は深くうなずいた。コゲパンは無言で、まだ両手で口を押さえている。

「だけど僕も男だからね。決心した」

東邦テクニカルをつぶさせてなるものか。

「買収されようがCEOが替わろうが、何だってんだって思ってね」

プロジェクト・チームのなかで運動を始めた。計画案もたくさん書いて提出した。この場合、むしろ「建白書」と言った方がいいかもしれない。

「東邦テクニカルを存続させてください。これまでの仕事を見てください。確かにリスクもあるけれど、この会社には未来が、可能性がありますって」

足立氏の言葉が途中で切れた。息も切れた。

「で？」

促さないと、永遠に続きがなさそうなほどの沈黙のあと、英一は訊《き》いた。

「どうなったんです」

足立氏は英一を見た。何か別のものを見ているような目をしていた。たとえば、河合公恵の泣き顔とか。

「僕がクビになりました」

二〇〇六年一月いっぱいで退職することを迫られたという。

「新体制への造反者と見なされたんだよね」

東邦テクニカルを、河合精鋼を救えないばかりか、自分も失業だ。

「どうしたらいい？」はげちょろけた台所の壁紙に向かって、足立氏は問いかける。

「僕は詐欺師も同然だ。そんな意図はありませんでしたって謝ったって、結果は変わらない。そうだろ？」

はげちょろけた壁紙は答えない。

「親父さんの会社は傾いちゃう。僕は失業。どうやってキミちゃんを、親父さんとおふくろさんを養えばいいんだよ」

結婚なんかできない。自分には、もうそんな資格はない。償いようもない。

「元カノの件は、どうなんです？」

風向きを変える、タイミングのいい質問だったのだろう。足立氏は悪夢から覚めたようにまばたきをして、照れ笑いをした。「根も葉もないわけじゃなかった。婚約した途端に昔の彼女がアプローチしてきたのは、本当だよ」

わたしとやり直してほしいとすがられた。

「僕、そんなモテ男じゃないんだけど」

元カノには多少、その種の我の強さ、意地悪なところがあったのだという。自分は要らないと捨てたものでも、他人が拾うと急に惜しくなって騒ぎたてる。

「風呂場《ふろば》で手首を切ったって」

「ああ、真似事《まねごと》程度ね。ひっかいたくらい」

そういう芝居がかったところも嫌だった、と言った。

「僕自身、あのころは本当に死んでしまいたいくらい悩んでたから、彼女が本気じゃないことぐらい、すぐわかったよ」

足立氏の冷淡な対応に、元カノも戦略ミスを悟ったらしい。そうなると引きは早かった。そのへん、元カノもバカではなかったわけだ。

「でも、親御さんが怒ったとか」

「そりゃ、ちょっとはね。だからって、責任とって結婚しろって言われたわけじゃない」

むしろ、こんなゴタゴタはたくさんだから、娘の前から消えてくれと言われたそうだ。

「じゃ、元カノの件は、ホントに口実に使っただけだったんですね」

「うん。そういう理由なら、キミちゃんも親父さんも、絶対に追及してこないってわかってたから。特に親父さんがね」

実際、正しい――かどうかはともかく、効果的な煙幕だったわけである。

元カノという単語の連発に、コゲパンがにわかに復活した。「その女の人、今はどうしてるか知ってます？」

「新しい出会いがあって、その人と結婚したよ。いつだったかなあ。ハガキをもらった」

コゲパンは舌打ちした。またダークサイド全開だ。

東邦テクニカルの親会社の買収は、二〇〇六年四月、予定どおりに発表された。東邦テクニカルという会社の消失も決定した。そのときには、河合富士郎は既に病臥《びょうが》しており、河合精鋼も解散していた。だから、公恵がそのことについて何を考えたか、婚約破棄とのかかわりについて何かしら察したか、足立氏には知る術《すべ》もなかった。

「たぶん、それどころじゃなかったんでしょう。公恵さんは、東邦テクニカルが失くなったこともご存じないようでした」

足立氏はがっくりとうなだれた。「僕、行方をくらましちゃったから」

「見事にね」

せいぜい嫌味を込めて言ったつもりだけれど、足立氏はもういっぱいいっぱいで、何も感じないようだった。

「僕は失業保険でしばらく食わせてもらって、それからバイトとかでつないで」

今はこんな感じ。こんな暮らし。ぽかんとして、そう呟いた。

「森永紙工に入って、一年ぐらいかな。いい会社だよ」

身体《からだ》を使う仕事はいいよ、と言った。

「言っちゃ何ですけど、もうちょいましなアパートに住むことだってできるんじゃないですか」

「僕はここ、気に入ってるから」

さらにぽかんと笑って、足立氏がまた帽子をかぶって引っ張った、そのとき。

ケダモノの唸《うな》り声のようなものが聞こえた。

英一だけでなく足立氏も、思わずまわりを見回した。野良《のら》猫か？　それとも家電のどれかが壊れたか？　英一は、うしろの台所の瞬間湯沸かし器を振り返った。爆発すンじゃねえの、これ。

不穏な音声の発信源は、コゲパンだった。

遮光器土偶になっている。しかも怒れる遮光器土偶だ。モデルになった宇宙人が、ついに正体を現して地球侵略を開始するときの顔である。人類を滅ぼしてくれよう！

「ふざけてンじゃないわよ」

唸り声が言葉に変換された。

「ふざけンじゃないよ！」

コゲパンは両手で赤白のビニールクロスを叩いた。足立氏が縮み上がり、英一は飛び上がった。

「て、寺内」

コゲパンは英一になど目もくれない。まっしぐらに足立氏を睨《にら》みつけている。今にもつかみかかりそうに身を乗り出す。

「あんたねえ、こんな小汚いアパートに沈没しちゃって、いい気になってンでしょ？これは僕が受けるバツですって、さあ」

足立氏の丸い目玉が飛び出しそうだ。

「こんな惨《みじ》めで情けなくて罪深い僕は、残りの一生をずっと打ちひしがれて暮らすべきなんです、世間の隅っこに引っ込んでなくちゃいけませんってなもんなんでしょ？

え？」

その言い方は、トモダ荘の大家はともかく、森永紙工には失礼なんじゃないか？

「何が念写よ。何が特殊な能力よ」

コゲパンは、狙《ねら》いすまして二枚の写真の両脇《りょうわき》を叩いた。縁側写真が舞い上がり、姿見写真のスタンドがぱたんと倒れた。

「これはただ単に、あんたの弱さとあんたの未練が写ってるだけの写真だよ。自分でもわかってンでしょ？」

何をするかと思えば、足立氏は毛糸の帽子を脱いだ。そして写真に目を落とす。

「よく見なさいよ！」

コゲパンは立ち上がり、右手に縁側写真を、左手に姿見写真をつかんだ。まず、右手を足立氏の顔に突きつける。

「これはあんたが泣かしたキミちゃんだ！」

そンでこっちはと、手を入れ替える。

「あんたの願ってるキミちゃんだ！」

「ね、願ってる？」

英一と足立氏の声が揃《そろ》った。

「そうだよ。何がキミちゃんはどうしてるかな、だよ。キミちゃんは幸せかな、だよ」

　コゲパンの声があんまり大音量なので、天井からぶら下がった古風な電灯が揺れている。いや違うか。そこまでのことはないか。それじゃ寺内、怪獣か。

「あんたが、キミちゃんに、こんな顔で笑ってほしいんでしょ？」

　写真を持った手が落ちた。声のトーンもすとんと落ちた。コゲパンは囁《ささや》いた。

「この笑顔、幸せだから笑ってるんじゃないよ。楽しくて笑ってるんじゃないよ」

　もう、いいよって言ってるんだよ。

「謝らなくていいよって言ってるんだよ。あんたを許してるんだよ」

　あんた、そういうキミちゃんに会いたいんだよ。

「許してほしいんだよ。そうなんでしょ？」

　足立氏が、いつの間にか口を開いている。

「許して、ほしい」

　その口をほとんど動かさず、腹話術みたいに言った。許してほしい――

「そうだよ。だってあんた、河合さんに許してもらわなくちゃならないこと、やってるじゃないか！」

三年前に、どうして正直に本当のことを打ち明けなかったんだ。どうして親父さんに謝らなかったんだ。土下座して、額を工場の床に擦《こす》りつけて、自分の見込みが甘かったことを、自分の力が足りなかったことを、詫《わ》びて詫びて詫びなかったんだ。

「その上で、だけど河合精鋼はつぶしません、けっしてつぶしません、何が何でも、この僕が、どんな手を使ってでも守ってみせますって言うべきだった。違う？　え？　あたしの言ってること、間違ってる？」

　コゲパンはがなりたてる。顔は怒っているのに、その声は悲鳴のように、英一には聞こえた。

「親父さんが取引を切っちゃった会社を、あんたが一軒一軒回ればよかったんだ。そンでまた頭を下げて、何度断られたって冷たくされたって粘って粘って、仕事を取ってくればよかったんだ。そう思わない？　あんた営業マンだったんでしょ？　何でそう考えなかったんだよ」

　安っぽいプライドが邪魔したからだ。河合精鋼より先に、河合富士郎より先に、足立文彦が真っ先に賭けに負け、だけど負けを認めるのは辛《つら》くて、逃げ出すことしか考えられなかったからだ。

「あんた、責任をとらずに逃げたんだ」

河合公恵にも、河合精鋼にも。

「先に逃げ出しちゃったんだ。嫌われるよりも先に、あんたなんかにはもう会いたくないって言われるよりも先に、キミちゃんに、ひどいって責められるよりも先に」

他の何よりも、それが最悪の罪だ。

「お父さん倒れちゃって、キミちゃんがいっちばん辛いときに、いっちばん、あんたが必要なときに、あんた、キミちゃんのそばにいなかった！」

し、知らなかったからと、足立氏が弱々しく、ほとんど反射的に抗弁した。

「し、知ってたら」

「知ってたら戻ったのかよ、このタコ男！」

タコ男？

「卑怯者《ひきょうもの》！」コゲパンは罵倒《ばとう》をかました。「自分で、そのこともわかってンでしょ。承知してんでしょ？　何よそのハゲ頭は！　出家でもするつもりだっての？」

今度はハゲかい。

「反省してンだよね。後悔してるんだ。そうでしょ？　許してほしいって、そういうことだよ。わかる？」

詰め寄られて、足立氏は限界まで小さく縮んでしまっている。

「だったら！」コゲパンはまたテーブルを叩いた。「バカみたいに自己憐憫《じこれんびん》にひたってこんな写真なんか撮って、後生大事にしまいこんでないでさ、とっとと行きなさい！」

「——わかります」

また大音量に跳ね上がる。

「キミちゃんに会って、謝って謝って謝って、カンベンしてもらえるかどうかやってみなさい！　あんた男なんだろ？　さっきそう言ったよね？　そンなら一人でメソメソしてんじゃねえよ、女の腐ったのみたいに！」

その表現はフェミニズム的に問題があると思うぞ、寺内。

「おや、おや、おや」

両手で帽子を引っ張って色を失ったまま、足立氏が金魚みたいにパクパクする。

「親父さんは、死んじゃった。もう許してもらえないよ」

一瞬息を呑んでから、コゲパンは叫んだ。

「お父さんは、今でもキミちゃんと一緒にいるに決まってんじゃないの！」

父親ってそういうものだもん。

バカ野郎と、コゲパンは吼《ほ》えた。電灯が揺れる。

「どいつもこいつも、何で男ってこんなあほんだらばっかりなんだよ！」

吐き捨てると、コゲパンは写真をバシンとテーブルに叩きつけ、部屋から飛び出した。薄っぺらいドアが中空でたわむのを、英一は確かに見た。

沈黙というより真空に近いものが、トモダ荘二〇五号室を包んだ。

気まずくはなかった。居心地はよかった。罵《のの》り倒された男同士の連帯というか、傷の舐《な》め合いというか、かばい合いというか。

衛生兵はどこかな。

かなり長いこと、二人でまったりとうなだれていた。

突然、窓の外から豆腐屋のチャルメラが聞こえてきた。この場面で何か音が聞こえるならば、この音だけは場違いだという種類の音だった。

なのに、それは正解音だった。

まず英一が笑った。すると足立氏が笑った。申し合わせたように二人でしおしおと頭を掻《か》いて。

「彼女、大丈夫かな」と、足立氏が囁いた。「追っかけてあげなくて平気かい？」

「今行くと、オレ、首をねじ切られそうな気がします」

「頭、上がンないみたいだね」

でもさ——と、丸い目が優しい光を宿した。「どんなに強くても、女の子だよ」

「はあ、一応」

「君、いくつ？」

「誕生日が来たら、十七です」

そっか、と微笑《ほほえ》む。「先、長いよ」

「はあ」

「もしかしたらあの子かもしれないし、別の子かもしれないけど」

君がこれから、結婚しようと思うほど好きになる女性。

「泣かせようなんて、これっぽっちも思わないんだよ。幸せにしようって、いつも本気で思ってるんだよ。だけどね、何でか泣かせちゃうことがあるんだ」

男って、そんなふうになっちゃうことがあるんだ。

「だから、あほんだらなんだよね」

これが終幕の、ひとつ手前の台詞《せりふ》だ。

最後の台詞はオレが言うべきだと英一は思った。横浜の、食料品売り場が充実していることで有名なデパートの名前を告げた。

足立文彦はうなずいた。英一は、田部女史から預かった写真を回収して、外へ出た。

豆腐屋のチャルメラが、のどかに聞こえてきた。

9

田部女史と面会するには、翌週の木曜日まで待たなければならなかった。何かかんか都合が悪いとかわされたのだ。田部さん、結果を聞く勇気を溜《た》めてるんだなと、英一は思っていた。

また二年A組の空き教室で、小森マネージャーが同席した。

明瞭簡潔《めいりょうかんけつ》に報告したが、そもそもコゲパンに手伝ってもらったことは内緒なので、トモダ荘でコゲパンに置いてけぼりを食い、一人で帰ってきたことは言わなかった。その後、なぜかコゲパンがまったく連絡してこないことも言わずに済んだ。学校でも避けられている。メールも来ない。

「ま、放っとけば？」というのがテンコの助言だ。

報告を終え、封筒に入れた写真を机の上に置くと、英一は顔を上げた。田部女史は脚を組み、眉間《みけん》に皺《しわ》を寄せていた。

「お手柄だ。よくやってくれたね」

お言葉は、小森マネージャーからのものだった。

「今後のことは、河合先輩が決めることだ。わたしたちはこれで満足だ」

そうだよね田部ちゃん――と、笑いかける。田部女史の眉間の皺はほどけない。

机に目を据えて、低く言った。「小森」

「ん？」

「悪いけど、席を外してくれないか」

小森マネージャーは身軽に立ち上がった。「先に部室へ行ってるよ」

英一と二人になると、田部女史は脚をおろし、座り直した。

「あたしも一人で抱えてるには重くてね。この写真の謎《なぞ》、小森には打ち明けてた。君に相談を持ちかけるときも、一人じゃ踏ん切れなくて、小森に助けてもらって」

そんなことだろうと思っていた。

「だけど、これから君に話すことは、小森も知らない」

一年生の秋に――と、始めた。

「練習試合で、浦和北高校へ行った」

「え？」

「帰りに駅のホームで、反対側のホームに降り立つあの男を見つけた」

英一はまじまじと田部女史の顔を見た。田部亜子。あの写真から、体格は変わっていないけれど、顔は少しほっそりした。

「二度しか会ってないし、つるつる頭に変わってたけど、すぐわかったよ」

忘れられない顔だったから。思い出しては腹を立て、憎んでいた顔だったから。

先輩を傷つけ、でも先輩の心に残っている男の顔だったから。

「猫背のしょぼいおっさんになっててさ」と、田部女史は苦笑した。「着てるものもヨレヨレだった。日曜日だったから、仕事帰りじゃなかったかもしれないが」

今思えば、よくあんな大胆なことができたもんだと思う、という。

「忘れ物をしたって言って、部のみんなと別れて」

田部女史は、足立氏を尾行した。

仰天である。「先輩の方が調査には向いてンじゃないですか」

「その場の勢いだよ」

ずっと尾《つ》けていくと、足立氏はトモダ荘に入っていった。

「表札がわりの名刺はなかったけど、二階の二〇五号室だったよ」

しばらくのあいだ、田部女史は電柱の陰に潜んで様子を窺《うかが》った。

「あれ、どう見ても新婚向きのアパートじゃないだろ?」

「確かにそうですね」

河合先輩を裏切ったあの男は、結婚していないのか。あるいは結婚したのにすぐ別れたのか。いずれにしろ、何だろう、この零落《れいらく》ぶりは。

「三十分ぐらいそうしてたら」

足立氏が出てきて、アパートのドアに鍵《かぎ》をかけた。

「銭湯に行くらしかった」

そういえば、あの部屋に風呂がついてるとは思えなかった。

「で、近所の風呂屋の入口までまた尾行したんだけど、何で尾けてるのか、自分でもわからなくなってきちゃってね」

「声をかけようとは思わなかったんですか」

「だって、何て言えばいい？」

御用だ！　とか。オレもくだらねえことはよく思いつくな。

「帰り道、胸が騒いで仕方がなかった」

このこと、河合先輩に伝えるべきなのか。今さら余計なことなのか。

「先輩が、あの男との別れに納得してないことは察してた。だからこそ、言えなかった」

その日から、ことある毎《ごと》にあの写真を取り出して眺めることが、田部女史の習慣になった。

「喉《のど》に刺さった小骨っていうかな」

やっと抜けた——と、笑った。苦笑でも冷笑でもない、高校二年生の女子の笑顔だ。

それで英一も気が緩んだ。「トモダ荘を知ってたなら、最初から教えてくれれば」

ずいぶんと時間を節約できた。

「今でも足立さんがあそこに住んでるかどうかわからなかった」

アコちゃんに、やっと〝あの男〟ではなく、固有名詞で呼んでもらえた足立文彦だ。

「でも、教えてもらえれば手がかりにはなりました」

田部亜子が、田部女史の顔に戻った。「自力でトモダ荘を突き止められないようなら、君の調査能力はその程度のものだということになる」

屁理屈《へりくつ》だと言いたいけど、やっぱ怖いわ。

「自分で調べてみようとかいうことは……」

田部女史はクイック攻撃の構えに入った。

「わたしが相手じゃ、あの男が真実《ほんとう》のことをしゃべるわけないじゃないか」

相手が誰かというより、どの真実を探りに行くかの問題なのかもしれない。田部女史が出向くなら、縁側写真など脇に置いて、まっしぐらに核心部分を問い質《ただ》すことになるわけで、確かにそれでは、あのそわそわ男は口を割らなかったか――

考えている英一の前で、田部女史は急に構えを解いた。女史の顔のまま、花を咲かせるように、笑った。

「ありがとう」

こそばゆくなく、うすら寒くもなく、素直に染《し》みこんでくる礼の言葉だった。

ガレー船からは、これで解放だ。船がどんな港に着くのか、あとは眺めていよう。対岸が遠すぎて、もしかしたら船の行方は永遠にわからないかもしれないけれど。

オレの役目は終わったと、英一は思った。

## 10

それから、ちょうど一週間後のことである。花菱家では大事件が出来《しゅったい》した。

ピカの具合が悪くなったのだ。

昼間は元気に学校へ行き、部活にも参加して帰ってきた。ただいまと言ったとき、ちょっと顔が白っちゃけてるなとは思ったのだが、夕飯のテーブルで、突然箸《はし》を置き、食べたものを戻したのには驚いた。

「――キモチ悪い」

額に手をあててみると、不穏にあったかい。

母・京子は卒倒しかけた。間の悪いことに、父・秀夫は接待で帰りが遅いとわかっている。

「花ちゃん、救急車！」

待て待て。子供がちょっと吐いて微熱があるくらいで一一九番しては、変人ではなく非常識人である。英一はピカを背負い、京子と一緒に、最寄りの総合病院の夜間救急へ駆け込んだ。

折しも、インフルエンザの大流行が新聞で報じられている時期である。四、五組の病人プラス付き添い人のいる待合室で、英一は病人を二人面倒みているようなものだった。ぐったりしたピカを抱きかかえて、京子は涙目になっている。

「何でこんなに待たされるの？」

「順番だから」

「何でこんなに混んでるの？」

「そういう季節なんだよ、母さん」

「だから救急車を呼べばよかったのよ」

それを言われると、バツが悪かった。オレとしては、花菱家の常識の砦《とりで》を自任しているわけでと、内心でぶつぶつ言い訳を垂れた。

診察の結果、風邪だと言われた。インフルではなさそうだという。ただ診断時期が早いので、まだ確定はできない。明日、もう一度診せに来てください。

「会計も混んでるから、花ちゃん、先にピカちゃんを連れて帰って。早く寝かせてあげて」

またピカをおんぶして、その上からコートを着せかけてもらう。

「予備の毛布があるとこ、わかるよね？　パジャマはあったかいのを着せてね。氷《こおり》枕《まくら》はね」

「わかってるから大丈夫だよ、母さん」

背中のピカは、入れたての湯たんぽのように熱かった。熱が上がってきたのだ。

二月の夜、しいんと底冷えしている。風が静かなのは有り難かった。

「花ちゃん」と、背中でピカが言った。

「何だ」

「タクシー乗るの？」

「早く帰りたいだろ?」

「揺れると、ボクまた吐いちゃいそう」

幸い、ワンメーターの距離である。

「しょうがないな」

英一はコートの前を引っ張って合わせ、ピカを揺さぶらないように注意しながら、早足で歩き出した。

「お父さん、まだ?」

「接待だからなぁ」

サラリーマンは大変なんだと言ってやった。

「今朝は具合悪くなかったのか?」

「ちょっとね、ゾワゾワってした」

だからマフラーと手袋をして学校に行ったんだと言った。

「そういうときは、ちゃんと母さんに言わないとダメだ。心配かけるんだから」

「言うと、もっと心配するよ」

そうだけどさ。

とっとと歩く。どんどん歩く。信号待ちで立ち止まったとき、英一の胃が鳴った。

ピカがクスクス笑った。

「おまえのせいだぞ。夕飯、食いっぱぐれちゃったんだから」

小暮写眞館の灯りが見えてきた。英一は小走りになった。

店の出入口を開けようとして、気がついた。例のウインドウから、カレンダーが消えている。いつ外したんだろう。さらに、カレンダーを掛けてあった場所に、ハガキみたいな白紙が貼《は》ってある。そこには、

〈ただ今、鋭意制作中〉と書いてあった。これ、テンコの字じゃねえか？

「花ちゃん」

ピカは察しがいいから、カレンダーのことを教えてくれるのかと思ったら——

「ふうちゃん、おんぶしたことある？」

こいつ、何を訊くんだ出し抜けに。

「風子は、なあ」

どうだったろう。

「おまえほどちっちゃくなかったからな」

「ふうちゃんは、今のボクよりちっちゃかったよ」

死んだとき、という言葉を省いていた。

風子は四歳で逝《い》った。この先、何年経《た》っても四歳以上にはならない。ピカはもう風子の歳《とし》を追い越してしまった。

「風子もちっちゃかったけど、お兄ちゃんもちっちゃかったから、おんぶは父さんの仕事だった」

ピカは黙っていた。

鍵を開けて家のなかに入ると、暖気と夕食の匂《にお》いが兄弟を包み込んだ。ピカは大きなあくびをして、「眠たいよう」と言った。

さすがに今夜は押し入れベッドは駄目だ。ピカを着替えさせて寝かしつけ、氷枕を用意しているところに、京子が帰ってきた。

「ピカちゃんに何か食べさせて、薬、飲まさなくちゃ」

コートも脱がずにバタバタ動き出す。あとを任せると、英一は急に所在なくなった。

そっとリビングに入って、風子の仏壇に近づいた。どの季節でも、新鮮な花と果物が絶えることがない。そこで風子の遺影は笑っている。お気に入りのワンピースを着て。

おまえをおぶってやったことって、あったっけか。

風子は嬉《うれ》しそうに笑っているだけだ。

ピカは何であんなこと訊いたのかな？

風子は答えない。写真だからな。

この写真には、不吉なものも異なものも写ってない。予兆はなかった。予感もなかった。風子の死は、出し抜けにやってきた。

寒気を感じた。リビングの暖房は点《つ》けっぱなしになっている。すきま風のせいか。

いや、この寒気は身体の内側から来てる。

まるで、何か冷たいものが、身体の奥底で寝返りをうったみたいだ。ずうっとそこで寝ていたものが、目を覚ましかけて。

花ちゃん、花ちゃんと、京子があたふた呼んでいる。

「牛乳が切れちゃってる！　ピカちゃんにあったかい牛乳！」

はいはい、コンビニに行きます。風子の遺影に一瞥《いちべつ》をくれて、英一はリビングを離れた。

ピカの発熱は、一晩でおさまった。やっぱり風邪で、診断に変わりはなかった。

ただ、どうにも食欲がないらしい。ピカよりむしろ京子が心配で、同好会を休んで早く帰ってきてみたら、母はごっそり残ったお粥《かゆ》の椀《わん》を前にため息をついていた。

「何も食べたくないっていうの」

「まだ、昨日の今日だからさ」

「だけど何か食べさせなくちゃ」

一緒になって窶《やつ》れてる。その顔を見て、思い出した。あのとき──風子があんなことになったときも、母さん、骨と皮みたいに窶れきってたよな。

看病のあと、すぐ葬式だったたし。それにあのときは──

具合が悪かったのは、風子だけじゃなかった。ピカも寝込んでたんだ。だから母さん、二重に大変だったんだ。

忘れていたわけじゃない。覚えている。意識して喚起しないようにしてきた記憶だ。

それは花菱家のタブーだ。

公《おおやけ》には禁じられないからこそ、暗黙のうちに触れないようにする事柄。

「桃缶とか、どうかしら」

「まず母さんが食ったら？」

自分の部屋とピカの部屋を行ったりきたりして、様子を見ながら過ごした。ピカはもうケロリとしていて、本を読みたがる。このくらいの歳の子供は、風邪程度なら、萎《しお》れるのも早いが立ち直りも早い。

「本、取って」

「駄目に決まってるだろ。もう一日ぐらい我慢しろ」

「退屈なんだもん。じゃ、花ちゃん読んで聞かせて」

「おとなしく寝てないと、小暮さんの幽霊が出てくるぞ」

飯を食ってない病人のくせに、ピカは大きな声で笑った。「花ちゃん、怖いんでしょ」

「こないだ、押し入れで悲鳴をあげたのは誰だ？」

「暗いところが怖かっただけだよ」

夕飯時にも、ピカはお粥をちょこっと食べただけだった。一丁前に渋い顔をして、口が不味《まず》いんだというから、語彙《ごい》も豊富だ。頭は正常に動いている。

「何か食べたいもの、ないのか？」

深い考えもなく訊いたのに、ピカはけっこう真剣に考え込んだ。そして答えた。

「コゲパンちゃん家《ち》の甘酒が飲みたい」

何だと。

トモダ荘以来、コゲパンは地上から消え失《う》せてしまったみたいに影をひそめている。英一は、あいつも決まり悪いんだろうと思うことにしていた。なにしろ叫んでたし、吼えてたし。あとで思い出して、恥ずかしくなったんだろう。けっして恥じるようなことを言ったわけではなく、コゲパンの言ったことはすべて正しかったのだけれど、表出方法はジュラシック・パークだったからな。意味、違うか。

でも、このまんまずっと気まずいのもナニだ。ちょうどいい。

「じゃ、頼んでみてやる」

ケータイには、なかなか応答がなかった。オレの番号が表示されているのを見て、あいつまた遮光器土偶になってたりして。

「はい、コゲパン」

出てきた声はフツーだった。英一も、何事もなかったように用件を切り出した。

「いきなりで悪いんだけど、容《い》れ物持って行くから、売ってもらえないかな？」

この時間じゃ、甘味屋も品切れか。

「甘酒ならあるよ」コゲパンはきびきび言った。「わざわざ来ることない。あたしが届ける」

「いや、こんな時間だからオレが」

「いいから、ピカちゃんのそばにいてあげなさい」

そして三十分も経たないうちに、見覚えのある業務用のヴァンが、小暮写眞館の前に到着した。運転手はコゲパンの親父《おやじ》さんだ。やあ、どうもどうも。

「こんばんは。〈甘味処《かんみどころ》てらうち〉の出前です」

コゲパンは保温ポットを抱いてヴァンから降りてきた。

ちょうど秀夫が帰宅したところだった。玄関先じゃ何ですからと、コゲパンの親父さんを招き入れる。またも思いがけない交流で、母さんも気が紛れるから、ま、いいか。

コゲパンの顔と甘酒を見たら、こいつ仮病だったんじゃないかと思うほど、ピカは元気になった。

「高い熱、出ちゃったんだってね」

「ゲロしちゃったんだ」

「大変だったねえ」

「ボクがゲロしちゃったから、花ちゃん、ご飯が食べられなかったんだよ」

余計なことまで言う。

もちろんピカがいるから、河合家の縁側写真の一件を話題にできるわけもない。それでいいような悪いような、二人して芝居しているみたいだった。おまえ、あれからどうしてたの？　もろもろ気にならなかったの？　心臓のうしろあたりでフクザツな問いかけがぐるぐる回るのを、英一は感じた。

階下《した》では親たちが話に興じている。笑い声が漏れてくる。リビングにいるらしい。父さん、調子に乗ってあの撮影用背景を引っ張り出してお目にかけてたりしないだろうな。

ピカの部屋には美術部の活動で使う画材がいっぱい置いてある。スケッチが何点か飾ってあるし、作りかけの紙粘土のオブジェもある。コゲパンがそれらに興味を示すと、甘酒でエネルギーを補給したピカは、張り切ってひとつひとつ説明した。

「ピカちゃん、凄《すご》いねえ。才能あるね」

コゲパンは素直に感心している。

「二十歳過ぎればただのヒトってことがあるからな」

「ヤダね～！　ピカちゃんのお兄ちゃん、僻《ひが》みっぽいね～」

二人がかりでいじめるのはフェアじゃない。

コゲパンが、ピカの学習机の下に立てかけてあるキャンバスに目を止めた。キャンバスといっても、油絵に使う布製のものではない。一枚板みたいなやつだ。

その一枚だけ、すっぽりと油紙で包んであった。しかも隠してあるような置き方だ。だからだろう、コゲパンは訊いた。「これ、内緒の作品？」

パジャマの上にセーターを着て、蒲団《ふとん》を胸までかけて、くりくりと目を動かしていたピカの笑顔が、ちょっと止まった。

「う〜んとね」

目だけはくりくり運動を続けている。

「テンコちゃんがね」

「テンコが？」

「完成するまではナイショにしといて、だから花ちゃんにも言わないでおいて、コゲパンちゃんをびっくりさせようって言ってたんだけど」

コゲパンが英一の顔を見た。知らん知らん、オレは加担してない。

「何の話だ？」

「ちぎり絵、作ってるんだよ。ウインドウに飾るの。テンコちゃんのアイデアなんだ」

だから、背景を貼るとき、テンコに手伝ってもらったのだという。テンコはもっぱら、素材の和紙をちぎってばかりいたそうだが。

テンコが言ってた「お手伝い」とは、このことか。ウインドウの貼り紙の〈制作中〉も。

「あとちょっとなんだけど、ブカツの共同制作もやっててね、ボクも時間なくて、こっちはまだ完成してないの」

ちぎり絵って、手間がかかるんだ。重ね貼りするときは、しっかり乾かさないといけないし。

「じゃ、まだ見せてもらっちゃ悪いよね」

コゲパンの言い方が残念そうだったからだろうし、実はピカも見せたかったのだろう。

「ううん、いいよ。見てみて」

そして異なことを言った。「これ、コゲパンちゃんの絵だから」

コゲパンがまた英一の顔を見た。だからオレは蚊帳《かや》の外なんで、知らんのだってば。

コゲパンは慎重に、赤ん坊を風呂に入れるために着ているものを脱がす母親みたいな手つきで、キャンバスの油紙を解《ほど》いた。

色彩豊かで緻密《ちみつ》なちぎり絵は、英一の目には、ほとんど完成しているように見えた。ピカの言うとおりだった。それはコゲパンの絵だった。初詣《はつもうで》でにぎわう深夜の神社。赤い鳥居。参拝客たちの色とりどりの冬着。ヴァンから漂い出る甘酒の白い湯気。ヴァンのそばに、藍染《あいぞ》めのエプロンをつけダウンジャケットを着込んで、笑顔の売り子がお客に呼びかけている。

「すっごくいい景色だったから、目に残ってたんだ。絵に描きたいなあって思ったんだ」

コゲパンがあんまり深く黙りこくり、両手でキャンバスを捧《ささ》げ持ってじっと動かないので、ピカは不安になったらしい。

「あんまし、よくない?」

コドモ人生常勝将軍のこいつにしては謙虚な問いかけだ。

ピカおまえ、写実派だったんだな。ちぎり絵だけどリアルだよ。

とりわけ、コゲパンの顔の色が。

「――すてき」

コゲパンが小さく言った。

「とっても素敵。ありがとう、ピカちゃん」

こいつにしては本当に殊勝に、ピカははにかんでホッとした。「よかったぁ。ウインドウに飾ってもいい?」

「もちろんだよ」

コゲパンはちぎり絵を手に立ち上がり、ピカの学習机の上に、そうっと立てかけた。

「もうナイショにしておかなくていいでしょ。こうしておいた方が、早く乾くんじゃない？」

「うん、そうだね」

何だコゲパン。声がおかしいぞ。

「じゃ、あたし帰るね」

こっちを向かずにそう言うと、「ピカちゃん、お大事にね」

逃げるように部屋を出て行ってしまった。お父さん、もうこんな時間だよと、親父さんに声をかけている。失礼しましょう。

やっぱ、声がおかしいぞコゲパン。風邪って、そんなに急に感染《うつ》るもんかな。鼻、詰まってンのか？

「花ちゃん」ピカが白目で英一を見る。「さっき変な笑い方したでしょ」

「してねえよ！」

「コゲパンちゃん、ホントは気に入らないのかなぁ」

「顔はもうちょっと――白っぽい紙を使う手があったかも、しれない、な」

「ホラ、花ちゃんがそんなこと考えてるから、コゲパンちゃん傷ついちゃったんだよ！」

「おまえもコゲパンコゲパン言うな！」

でも、そうか？　そうなのか？　英一の心臓のうしろあたりで、また疑念がぐるぐる騒いだ。

コゲパンの動揺の理由は、それから小一時間後に判明した。


ごめんね――と、寺内千春は言った。

ケータイの向こうで、声が変などころか、べそをかいていた。

「ホントにごめん。ごめんなさい。あたし、花ちゃんに謝らなくちゃ」

英一の自室である。さっきまでごにょごにょ言っていたピカは、やっと寝た。小暮写眞館――もとい、花菱家の夜は静かだ。

「謝るって、何を」

とりあえず、そう問い返すしかない。

「花ちゃんのこと、利用しようとしてた」

本格的に泣き始めたらしく、りようひようとひてたと聞こえる。

英一には身に覚えがあるわけない。

「それ、逆じゃねえ？　おまえ、オレの調査を手伝ってくれたんだから」

そうじゃないんだと、濁音で泣く。

「去年の、夏休みの、終わりに、ね」

サッカー部員のある男子に、コクられたそうである。念のため説明すると、君が好きなので僕のガールフレンドになってほしいと告白されたという意味です。

河合先輩も言っていたが、軽音楽同好会は運動部の対外試合の応援に出かけたりするので、意外と交流する機会が多い。

「めでたいじゃんか」

コゲパンはえぐえぐと息をする。

「おまえはそいつ、嫌いだったの？」

「ううん」

好きだったという。正確には憧《あこが》れていた。サッカー部では一年生ながらレギュラーを張る選手で、背が高くてイケメンで人気者だったから。

「じゃ、なおめでたい」

コゲパン、面食いだったのかと思うと、やや意外の感はある。何でか橋口の顔をふと思い浮かべ、そこに否定的なベクトルをかけている自分に気づき、すごく済まなく思った。欠席裁判はいけない。

「信じらンなかった」

「何で」

「だって超モテる男子だもん。あたしはこんなコゲパンなのに」

英一はまた、コゲパンの心の深みを覗《のぞ》き込んでいるのだった。

「おまえ、やっぱ気にしてたんだな」

悪かった、と言った。「うちのチビまでコゲパンちゃんとか呼んじゃって」

コゲパンの泣き声にドライブがかかった。違うよ、そんなんじゃないと言ったらしいが、濁点が大繁殖《アウトブレイク》しているので定かでない。

「色が黒いってからかわれるのは、小学校のときからだから」

「それで親父さんが怒ったんだよな」

「うん。クラスの子だけじゃなくて、担任の先生まで一緒にからかったから」

出席をとるとき、毎朝「コゲパン」と呼んだそうだ。クラスメイトたちは、そのたびに笑った。

「たまにいるからな。そういう、フレンドリーの方向を間違えがちの教師」

「ぶん」

今のは「うん」だろう。

それはコゲパンが小学三年生のときで、親父さんが学校へねじ込み、担任が悔い改め、以降、あからさまにからかわれることはなくなった。

「けど、あたしのこの色黒、自前だから」

この先も似たようなことはあるだろう。寺内親子は話し合った。何度も何度も、話し合った。

「ソンで思ったの。あたし。もう恥ずかしがるの、よそうって」

あたしのこの顔も身体《からだ》も、お父さんとお母さんからもらったものだ。あたしはお父さんもお母さんも大好きだ。色黒だって恥ずかしくなんかない。これはあたしの、大切な個性だ。

「それからはね、陰で何か言われても、気にならなくなったんだ」

ヒヨコみたいな仲良しの友達もできたし。

「ずうっと、大丈夫だったんだ。もう平気だと思ってた」

コゲパンて呼ばれてもあたしが傷つかないのが面白くない女子たちがいる――と、軽く口に出せるほどに。

「けどね、そのサッカー部のね」

コクった男は、どうやら彼の取り巻きの女子たち（いるのだ、そういうのが）に唆《そその》かされて、コゲパンをいたぶったらしいのである。

英一は、濁音がちにしゃべるコゲパンの言葉を解読しながら聞いている。このくだりでコゲパンは、また「からかわれた」と言った。が、英一の解読では、それは「いたぶった」になった。

からかうの次元を超えていたからだ。

「コクったの、嘘《うそ》だったのか」

「ぶん」

「おまえが本気にするかどうか、試したってことか」

「ぶん」

仕掛けた連中は、コゲパンがぽうっとなっているのを、こっそり笑っていたらしい。

「何でそれがわかったの」

「教えてくれたの。同好会の友達が」

サッカー野郎の取り巻き女子たちのなかに、知り合いがいる女子だそうだ。

——あいつら、見かけよりずっとタチ悪い奴《やつ》らだよ。何か企《たくら》んでるよ。

同好会ではいちばん親しくしている女子の忠告だったけれど、やっぱりコゲパンはにわかには信じられなかった。どっちを信じていいかわからなくなってしまった。

「だから、思い切ってはっきり訊いたの」

「コクったヤツに」

「ぶん」

「そしたら」

テキは笑ったそうである。

――なんだ、バレた？

「でも、まさか本気にしてねえよなあって」

――おまえ、コゲパンだもん。俺がマジでコクるわけねえって、わかってたろ？

知り合いの女子が自分にいじらしい想《おも》いを抱いているのをいいことに、取り巻きの女どもとよってたかって騙《だま》していたぶって、しかも笑ったと。

「そいつの名前は？」

「カンベンして」

興味本位で訊いたのではない。「いや、どこの誰だかわかれば、今度ピカが具合悪くなったときに連れてって、そいつにおんぶさせようと思ってさ」

で、ピカに号令する。吐け。

コゲパンは盛大に泣いた。

「あたし、バカだから」

一緒に笑ってみせたんだ。

「平気だってふりをした。そうだよ、あたしコゲパンだから、こんなの最初から冗談だってわかってたって言った」

濁音まみれでも、ちゃんと聞き取れた。痛みも、ちゃんと伝わってきた。

「ホントは、ちっとも平気じゃなかった」

あたしはコゲパンだ。一生コゲパンのまんまで、一生、大丈夫なコゲパンにはなれない。

「そんなの、誰だって大丈夫になれるか」

コゲパンはむせび泣いている。

しばらくのあいだ、英一は黙ってコゲパンの嗚咽《おえつ》を聞いていた。そしてむかむか考えていた。コゲパンはコゲパンと呼ばれたくらいじゃ傷つく素振りを見せないけれど、あれは仮面であって絶対傷ついてるはずだから、それを露《あら》わにさせるにはどんな手を使えばいいかしらってなもんであれこれ企画しやがった女子はオレが見かけたリボンひらひら視線のなかにいたのだろうかもしいたとしたらオレはそいつをホームから蹴《け》り落としてやるべきだった。

いっぺん、正面から電車を見てみな、と。

コゲパンがしゃくりあげる間隔が、少し開いてきた。

「寺内」

「ぶん」

「洟《はな》をかめ」

コゲパンは素直に言われたとおりにした。これまた盛大な音がした。

「このこと、親父さんとおふくろさんは知らないんだな」

「あたし、もう小学生じゃないもん」

「テンコには」

「言ってないけど、たぶん知ってる。テンコ、鋭いから。工作員、いっぱい友達にいるし」

あいつがＣＩＡの親玉だったか。

「テンコ、何か言ったか」

「何にも」

「じゃ、誰にも相談してないの」

「ヒヨコには話した」

巣のヒナちゃんは憤慨した。「千春、負けちゃ駄目だよって」

まっとうな助言である。

――平気なふりをしてみせたんなら、それを徹底しなくちゃいけない。そいつらが二度と同じ真似《まね》をしないように、千春は元気に、ハッピーにならなくちゃいけない。

「で、具体的にはどうしろと」

「彼氏をつくれって」

それは――まっとうなのかな。女子の考え方としてはまっとうなのか。

「そいつらの目の前で、ラブラブでハッピーな寺内千春を見せつけてやれって」

だから学校のなかで彼氏をつくるんだよ。可及的速やかに。

英一にも、話の筋道が見えてきた。

「ははあ」

ごめんなさいと、コゲパンはまた泣き始めた。「ごめんなさいごめんなさい」

ずっと機会を窺っていたのだ、という。

「何かで花ちゃんに近づくチャンスがないかなって」

深呼吸してから、英一はゆっくりと尋ねた。「ひとつ質問するのですが」

「ぶん」

「何でオレなの？　テンコの方がいいだろ」

コンプレックスを発動しているのではない。

「客観的に見て、テンコの方が全然ランクが上の彼氏になるぞ。あいつも超モテ男なんだから」

「それじゃ、かえって駄目なんだよ」

ウソくさいもん、という。

「それに、テンコは彼女つくンないよ。有名だよ。誰にコクられても振ってるんだもん」

頼めば、テンコはふりをしてくれるだろう。仲のいい寺内のためだ。寺内の気の済むようにしてくれるだろう。だが、それではバレバレで意味がないわけだ。みんな、テンコがそういうヤツだということを知っているから。

「だけど、あんまりパッとしない男子じゃ、それも駄目なんだ」

まあ、だろうなあ。

「ヒヨコと一緒に考えたの。体育祭の写真とかも見て、誰かいないかって。普段はゼンゼン目立たないけど、ちゃんとしっかりよく見るとわりかしイケてて、みんながアレって驚いて、真実味がありそうな、手頃な男子はいないかって」

泣きながらぶちまけて、さらにいっそう声を張りあげて、コゲパンは泣く。

「テンコの幼友達で、すごく仲のいい男子がいるって、言い出したのはあたしなんだ！」

そうなると、オレだな、うん。普段はゼンゼン目立たないけどちゃんとしっかりよく見るとわりかしイケてる？　そこまで接近して見ないとイケてるとわからないのは、イケてないのとイコールでないかい？　と思うのは、男の見解だろうか。

でもって、〝手頃〟か。

「ごめんなさい。あたしそんなコンタンで、花ちゃんに近づいたんだよ。最初からそんなこと狙《ねら》ってたんだよ。花ちゃん、気づかなかったけど」

まったく気づきませんでした。

ああ、でも。

「ヒヨコちゃんを紹介してくれるとか言ったのも、その一環ってことか」

観測気球を打ち上げたとでもいうか。

「――ぶん」

イエスか。

「ヒヨコ、そういうふうに言ってごらんって。それで相手の反応を見るんだよって」

オレ、ストレートに喜んだ覚えがある。あれでよかったんだろうか。

「花ちゃんのこと、ヒヨコにはいろいろ話したけど」

聞けば聞くほどに、ヒヨコちゃんはコゲパンを励ましたそうだ。

「花ちゃんは条件ぴったりだから」

本当はオレが泣くべきなんじゃないかって気が、少しする。

〝手頃〟な、オレ。

「あたし、花ちゃんの知らないとこで、ちょこっと言いふらしたりもしてた。あたしたちが付き合ってンじゃないかって、勘ぐるヒトたちが出始めてたから」

ハ～イと手を振ったかと思えば、意味ありげに無視したりするのは、そのせいだったか。

「本気でもないのに」

えぐえぐえぐえぐ。

「自分の都合で利用しようとして」

またひとしきり泣きじゃくって、今度は英一に言われる前に、洟をかんだ。

「あのさ」

英一が切り出すと、コゲパンは息を呑《の》んだように黙る。

「オレも、ほんのちょっとおかしいなと思うことはあったんだ」

どんなこと――と、押し殺した声で訊く。

「おまえ、やたら謝るから。何かっていうと、ごめんねごめんねって」

コゲパンは黙っている。

「そんなに深く気にしたわけじゃないけど」

「ごめんね」

「ほら、また」英一は笑った。「口癖なんだろうなあって思ってた。よくいるだろ。何かっていうと〝ウッソぉ！〟って言うヤツ。あれみたいなもんで」

コゲパンは洟をぐすぐす鳴らしている。

「それはともかく、オレ、そんなに謝ってもらう必要を感じないんだけど」

どうしてと、かろうじて聞こえた。

「別に、傷ついてないし」

ちょっと今夜は押し入れに籠《こ》もって寝ようかなっていう気はするけど。

おお、と理解した。この感じが強大化すると、スキンヘッドになってトモダ荘で暮らすというところに行き着くんだな。違うかしら。

しかし真面目《まじめ》に、英一には傷ついた感覚はない。コゲパンには腹も立たないし。

どうしてかと言ったら——

「さっきおまえ、言ったろ。〝手頃〟って」

ごめんなさいごめんなさいごめんなさいと雪崩《なだれ》のように言い募るので、遮るのに手こずった。

「だから聞けって。オレ、そういうの嫌じゃないんだよ。たぶんな」

手頃、という評価。

「ていうか、むしろ肯定的？」

いいじゃんんか、手頃。そうだそうだ。自分でもわかってきた。

「そりゃ、テンコみたいになれりゃ、理想だよ。だけどみんながみんなテンコになれるわけじゃないしな。テンコも、あれはあれで大変だと思うこともあるし」

世の中がテンコだらけじゃ、世の中の方も困るだろう。全員がテンコだったら、今度はテンコのなかで序列をつけねば収まらないのが世の中というものなのだろうし。

それに、すべてにおいてテンコに後れをとっていてコンプレックスを抱きがちな花菱英一君としては、こと「手頃」という一点買いではテンコに勝てる——ということがわかっただけでも、人生の予選リーグ通過って感じだ。きわどいけど。

「だからオレ、気を悪くなんかしてないし、おまえは謝ることねえよ」

調査を手伝ってもらって、助かった。

「足立さんに活を入れるのは、オレじゃできなかったことだしな」

思い出したように、コゲパンは大声で泣いた。

「あほんだらなのは、男じゃないよ。あたしの方だったんだよ！」

コゲパンは号泣モードに戻ってしまった。参った。どうすりゃいいんだろう。

英一には、女の子に泣かれるというのは初の経験である。赤ん坊に泣かれたことならある。風子でもピカでも。でもあいつら、二人とも夜泣きはしなかったし、おとなしい子だった――

唐突に、鮮やかに思い出した。

風子をおんぶした記憶はないが、だっこしたことならある。初めてだっこしたときのこと。まだ風子が首も据わっていないころだ。甘い匂いがした。驚くほど温かくて、柔らかかった。そして重かった。そう、赤ん坊は重いんだ。

風子はすやすや寝ていて、英一はそのころまだ五歳。あやしたわけでもないのに、風子が目をつぶったまま笑ったので、驚いた。

――お兄ちゃんにだっこしてもらってるってわかるから、嬉しいんだよ。

母さんがそう言ったっけ。

それから四年後、風子の出棺のとき、親戚《しんせき》の誰かに言われた。形だけでもいいから、棺《ひつぎ》を担《かつ》いでやれ。兄さんなんだから。

すると秀夫が顔色を変えて怒った。英一はいい。まだ子供なんだ。

棺の重さなんか知らなくていいと、父さんは言いたかったんだ。それより、風子をだっこしたときの重さを覚えていてくれ、と。

コゲパンは泣き続けている。英一はケータイを耳にあてている。隣の部屋ではピカが寝ている。ピカの机の上には、ピカが描いたコゲパンの絵がある。

あれはいい絵だ。コゲパンの絵だ。無駄にはしたくないし、しちゃいけない。

気にするなと言っても無駄だろう。許すと言っても何も変わらないだろう。そんなしち面倒くさいことじゃなくて、何かこう、スカッとするようなこと、ないもんか。場つなぎに英一も洟をかんでみたら、脳が刺激されたらしい。いいことを思いついた。

「寺内」

「――ぶん」

「明日、ヒマか？」

一緒に、テンコの家《うち》に行こう。

「テンコの父ちゃんに頼んで、野宿しよう」

ファン付きの大型赤外線ヒーターが二台。

「これ、真冬のお葬式のときに使うやつでしょう?」

店子家の庭は純日本風で、枯山水《かれさんすい》だの錦鯉《にしきごい》のいる池だの朱塗《しゅぬ》りの橋だのがある。なのにその一角に立つ東屋《あずまや》は、意味不明にギリシャ神殿風だ。ここだけ、別人の趣味もしくは我意が割り込んだらしい。

東屋のまわりがいちばん植え込みが濃く、下は芝生で温かいので、二月の野宿ならここがベストだと、テンコの父ちゃんは言った。その上で、ヒーターも持ち出して設置してくれたのである。

「縁起でもない言い方をすンなよ。いつもは、春の観桜会のときに使うんだよ」

「かんおうかい?」

「花見だ、花見」

テンコと英一には専用の寝袋《シュラフ》がある。コゲパンは、買っただけで一度も使ったことのないテンコの母ちゃんの寝袋を借りることになった。

広げたら、「非常時持ち出し」のタグがついていた。

「店子家は、一朝事があっても、どっかへ逃げるより、ここにいた方が安全だと思うけどなあ」

二月の夜空は澄んでいて、仰げば星がいっぱいだ。東屋のある場所は店子家の母屋《おもや》に近く、うしろに窓明かりが見えるけれど、その分、まわりの家々からは離れているので、空がいちばん広々と見えるポイントでもある。

コゲパンはさっきから、寝袋を引きずってうろうろしている。

「どした？」

「位置決めしてるの」

ファンの空気があたって温かくて、でも直接には赤外線があたらないところ。

「お肌のために、ね」

「今さら手遅れだとは思いませんか」

裏拳《うらけん》が飛んできた。ふふん。

「寝袋に入っちゃったら、どこだって同じだよう」と、テンコが笑う。

テンコは寝袋もサイケデリックな色彩なので、三人で寝転がると、テンコだけ毒のある巨大な芋虫のように見える。

「父ちゃんは？」

「風呂《ふろ》に入ってから来るって」

「風邪ひかない？」

「上級者だから無問題《モウマンタイ》」

「さっき、祖父《じい》ちゃんが木刀持ってあっちの方へ歩いてったけど」

「今夜は女の子がいるから、夜警だって言ってた」

付けろよ、防犯装置。

「侵入者を警戒してンじゃないよ。俺らを牽制《けんせい》してンの」

「誰がコゲパンなんか襲うか」

コゲパンは聞いてない。寝袋から丸顔をのぞかせ、空を見上げて深呼吸している。

「空、でっかいね」

「でっかいだろ」テンコが応じる。

「星、きれいだね」

「きれいだろ」

「東京の夜空も、捨てたもんじゃないね」

「東京の夜空も、捨てたもんじゃないよ」

おまえら、木霊《こだま》か。

何もしゃべらなくてもいいのに何かしゃべりたいときって、相手の言ったことを繰り返すのが楽しいんだな。

ファンが唸《うな》りをたてている。コゲパンのげっぷは、その音にもまぎれなかった。

「バーベキュー、食い過ぎ」

「美味《おい》しかったんだもん」

そのくすぐったそうな声にかぶって、一種異様な調べが響いてきた。

これも——音声か？

何だこれ。うしろの窓から漏れてくるぞ。

出し抜けに、テンコがばっと起き上がった。「ヤバい！」

寝袋のなかでもがいている。やたら焦《あせ》るので、なかなか出られない。

「何なんだよ」

「あれ、父ちゃんだ！」

コーンと高い、いい音がした。風呂場だ。桶《おけ》が鳴ったのだ。店子家の風呂は総檜《ひのき》である。

「機嫌がいいと、風呂で歌うんだよ」

やめさせなくちゃと、地面を引っ掻《か》くようにして立ち上がる。

「いいじゃない、お風呂の鼻歌ぐらい」
よくないと、テンコは引き攣《つ》っている。
「うちの父ちゃんの歌、医師会の先生たちに、〝音波兵器〟って呼ばれてンだから！」
母ちゃんが危ない！　と、テンコは母屋にすっ飛んでゆく。よじれた芋虫みたいだ
なってそれを見送り、英一とコゲパンは呆気《あっけ》にとられた。
コゲパンが笑い出した。その声には、何か綺麗《きれい》でか細いけれど、実は強靭《きょうじん》なものを
きらきらと弾《はじ》いて奏《かな》でているかのように、音階があった。
テンコの父ちゃんの歌は続く。確かに面妖《めんよう》な声だが、この距離なら実害はなさそう
だ。
コゲパンの笑いはとまらない。近くをがさがさと足音が横切っていったのは、テン
コの祖父ちゃんだろう。ハイ、おとなしく寝ます。
英一は寝袋で丸くなった。

さて。
収められるところは万事丸く収めたと思い込んでいた英一ではあるが。
それから数日後、学校帰りに駅のホームに降りると、収めることを忘れていたブッ

が——いや人物が、そこにいた。

何でか知らんが、今日はあのときとは反対側のホームの端にいる。

英一は手で目を覆《おお》った。何とか自分を騙せないか。見なかったことにできないか。できない。

一人で佇《たたず》む垣本順子は、紙っぺらみたいに薄っぺらかった。くすんだ臙脂《えんじ》色《いろ》のコートはぶかぶかで、ホームを吹き抜ける北風に、裾《すそ》ばかりか袖《そで》まではためいていた。化粧っけのない顔は青白く、ジーンズに包まれた足は棒っ切れのようだ。

近くには電車を待つ人が二、三人。駅員の姿は見えない。ホームの先端には、その気になれば簡単に乗り越えることのできる鉄柵《てっさく》がぽつんとあるだけだ。

学習しろよ、ＪＲ東日本。

「おい！」

駆け寄りながら、考えるより先に、声が出ていた。垣本順子はこっちを見た。

そして険のある目つきをした。

「何だよ、花菱の息子」

長い距離を走ったわけでもないのに、英一は息が切れていた。

無言のまますかずか近づいていって、ミス垣本の腕をつかんだ。つかんで引っ張り、ホームの中程へと引き返す。

ミス垣本は抵抗した。「何すンだよ」

また心臓が躍り始めていて、どうやら交感神経がそちらに気をとられているらしく、声が出ない。

「何すンだっての。離しなさいよ」

力ではこっちに分がある。英一に引きずられて、ミス垣本は転びかけた。

「でっかい声、出すよ」

そのくせ、その声はかぼそかった。

「栄養失調だったんだって？」

ミス垣本は黙った。抵抗をやめた。自発的に歩こうとはしないので、英一は足を緩めなかった。

階段を通り越し、駅員室のそばまで来た。クリップボードを手にした若い駅員が、ホームの反対側の方を眺めている。

英一は立ち止まり、息を整えた。

はっきり言って、成績には難がある。英一の頭のなかにいる記憶係は勉強嫌いらしいのだ。ただ、まるで使えないヤツではなく、ある局面——しかもあまりフツーではない局面で言わねばならないことがあると、それにふさわしい材料を、どっかから引っ張り出してきて提供してくれるのだ。

今もそうだった。

「うちの、学校に」

まだ息があがっている。何を興奮してんだ、オレ。

「鉄道愛好会ってのがあるんだ。同好会だ。平たく言ったら、筋金入りの鉄ちゃんの集まりだ」

ミス垣本は、動かない。何も言い返さない。

「その連中に訊《き》けば、教えてくれる。すぐにはわかんなくても、あいつら、面目にかけて調べてくれるから」

何を――と、ミス垣本は訊いた。次の電車が来ると、アナウンスが流れる。

英一は言った。「走ってくる電車を、正面から見られる場所」

もちろん、避《よ》ける必要のない安全な場所だ。

「日本中の鉄道のどっかに、そういう場所があるはずだから、聞いてきて、あんたに教えてやる」

だから、もう二度と線路に降りるな。

電車がホームに入ってきた。それでなくてもボサボサのミス垣本の髪がかき乱され、舞い上がる。瘦《や》せ細って尖《とが》った顎《あご》から耳への線がはっきり見えて、一段と寒い。

ドアが開き、人が乗り降りし、ドアが閉まり、電車が出て行った。

ミス垣本が言った。「知ってたの」

「あの電車に乗ってたからな」

英一は、やっと目を動かして彼女を見た。覚悟していたような表情はなかった。眠たそうなまばたきが見えただけだった。

「間が悪いね、あんたも」

「マジで運が悪いと、オレも思う」

まだミス垣本の腕をつかんだままだった。あわてて離した。垣本順子の腕は、そのまま半端《はんぱ》に、宙に浮いている。

「あんた、さ、自覚してるかどうか知らんけど」

コートの袖から、ピカと同じくらい華奢《きゃしゃ》な手がのぞいている。骨張って白く細い指は、こっちがつかんでいないと、すぐにも何か、つかんではいけないものをつかみに行ってしまいそうに見えた。

「須藤社長と奥さんの家の、縁側に座ってンだよ」

オレの頭のなかの記憶係は偉い。そうだ。オレは今、これを言いたかったんだ。

「あんたが縁側に座ってンのが、社長にも奥さんにも見えてたんだよ」

そして縁側は、家族が住む場所ではなくっても、やっぱり家の一部なのだ。

「だからあんたがそこで寝込んだりすると、社長も奥さんも心配するんだよ」

ミス垣本は黙って聞いている。その腕が、すっと身体の脇《わき》に落ちた。指が袖に隠れて、見えなくなった。

「それじゃおいとましますって、大人らしく、きちんと出て行くんじゃなかったら、縁側でおかしなことするンじゃねえよ」

鼻息のような音がした。英一は目を上げた。

ミス垣本が、険のある目つきのまま、鼻先で笑っていた。例の、あの笑いだった。

「説教くさいんだね、花菱の息子」

目が合った。垣本順子の瞳《ひとみ》は、何も映していないみたいに透明だった。汚れていないとか、澄んでいるとかではなく、あまりにも硬いので、どんな種類の光も跳ね返してしまうとでもいうかのように。

英一は急いで視線をそらした。

「じゃ、今回のあたしの手数料、その鉄ちゃんたちからの情報ってことにしてあげる」

何のことだっけ。

「手数料？」

「忘れてたね」底意地の悪い口調。「これだから、ガキは困るよ」

そういえば、言い値を払うということになってたか。

「約束は約束。取引は取引。甘えンじゃないよ」

「――わかった」

次のアナウンスがあった。

「あたし、電車に乗るから」

「どこ行くんだよ」

「アパートに帰るんだよ。仕事、終わったんだから」

我ながら間抜けな質問だった。あ、そうという顔をするしかなかった。

「あんたも道草くってないで、帰りな」

英一は動かなかった。電車が来る。

「帰りなってば」

もっと散歩したいと我を張るペットの犬みたいに、英一は両足を踏ん張って立っていた。

電車がホームに停車し、ドアが開いた。垣本順子はさっさと乗り込んだ。英一はそれをじっと見つめていた。

背中を向けていたミス垣本が、くるりと振り向いてつり革につかまる。無表情な痩せた顔が、車内の蛍光灯に照らされて、いっそう白く見える。

英一は思った。ＳＴ不動産から一歩外に出ると、あんた、幽霊になっちまうんだな。さっきホームに立ってたときもそうだった。今にもまたたいて消えそうだった。

そんなら、ＳＴ不動産に、ちゃんと置いてもらえよ。縁側でも、正座はできる。

電車が動き出した。

垣本順子の口がゆっくりと動いて、言葉の形を作った。声は聞こえなくても、何を伝えたいのかわかった。一語一語、わかるように動かしていたから。

――バッカみたい。

あいつの決め台詞《ぜりふ》だ。

ま、いいけど。

テンコ曰《いわ》く、こっちはオレの決め台詞だ。

これであいこだ。そう思って、英一はホームから降りていった。

話が長くなって恐縮なのだが、もうひとつ、収拾について語らなければならない。

ぼつぼつ春めいてきた、ある日のこと。

〈小暮写眞館方　花菱英一様〉

女性の丸っこい字で宛名《あてな》の書かれた封書が舞い込んだ。差出人の名前は〈河合公恵〉だ。

開けると、桜の花の絵柄の一筆箋《いっぴつせん》と、スナップ写真が一枚出てきた。一筆箋には、表書きと同じ字体でこう書かれていた。

〈アコちゃんに、送り先を教えてもらいました。いろいろ、ありがとう〉

スナップ写真には、母親と肩を並べて、河合公恵が写っていた。窓とカーテンが見える。現在の二人の住まいで撮ったのだろう。

河合母娘《おやこ》は笑っていた。こうして見ると、面差しがよく似ている。

英一は写真を裏返してみた。妙にのどかな、開口部が広くて線の細い別の字体で、書いてあった。

〈撮影者　足立文彦〉

ちょっとのあいだ、写真を見つめて、英一は待った。じんわり、笑いがこみあげてくるのを。そしてそれを噛《か》みしめて、味わった。

足立文彦は、念写のできる特殊能力者ではなかったようだ。もしもそうであるならば、必ず写るはずのものが写っていない。

河合富士郎の怒った顔の幻像。いや、笑顔の幻像か。

父親って、そういうものであるらしいから。


（下巻につづく）

宮部みゆき著　理　由

直木賞受賞

被害者だったはずの家族は、実は見ず知らずの他人同士だった……。斬新な手法で現代社会の悲劇を浮き彫りにした、新たなる古典！

宮部みゆき著　模倣犯

芸術選奨受賞（一〜五）

邪悪な欲望のままに「女性狩り」を繰り返し、マスコミを愚弄して勝ち誇る怪物の正体は？　著者の代表作にして現代ミステリの金字塔！

宮部みゆき著　あかんべえ（上・下）

深川の「ふね屋」で起きた怪異騒動。なぜか娘のおりんにしか、亡者の姿は見えなかった。少女と亡者の交流に心温まる感動の時代長編。

宮部みゆき著　孤宿の人（上・下）

藩内で毒死や凶事が相次ぎ、流罪となった幕府要人の祟りと噂された。お家騒動を背景に無垢な少女の魂の成長を描く感動の時代長編。

宮部みゆき著　英雄の書（上・下）

中学生の兄が同級生を刺して失踪。妹の友理子は、〝英雄〟に取り憑かれ罪を犯した兄を救うため、勇気を奮って大冒険の旅へと出た。

宮部みゆき著　ソロモンの偽証

―第Ⅰ部　事件―（上・下）

クリスマス未明に転落死したひとりの中学生。彼の死は、自殺か、殺人か――。作家生活25年の集大成、現代ミステリーの最高峰。

# 小《こ》暮《ぐれ》写《しゃ》眞《しん》館《かん》(上)

新潮文庫　み－22－38

令和七年三月一日発行
令和七年四月三十日三刷

著者　宮《みや》部《べ》みゆき
発行者　佐藤隆信
発行所　株式会社新潮社

郵便番号　一六二―八七一一
東京都新宿区矢来町七一
電話　編集部(〇三)三二六六―五四四〇
　　　読者係(〇三)三二六六―五一一一
https://www.shinchosha.co.jp

価格はカバーに表示してあります。

乱丁・落丁本は、ご面倒ですが小社読者係宛ご送付ください。送料小社負担にてお取替えいたします。

印刷・錦明印刷株式会社　製本・錦明印刷株式会社


ISBN978-4-10-136949-5　C0193